"公园里的那些猫……"

"帮你收衣。"

"打工碰到你那次……"

"不过做运。"

"突然通知我有翻羡所廉的房子……"

"我找的人。"

"毕业时年级主庄提议拍跨班合照……"

"我求的他。"

暗星长曜

欲汀 著

团结出版社

新生入学体检报告单

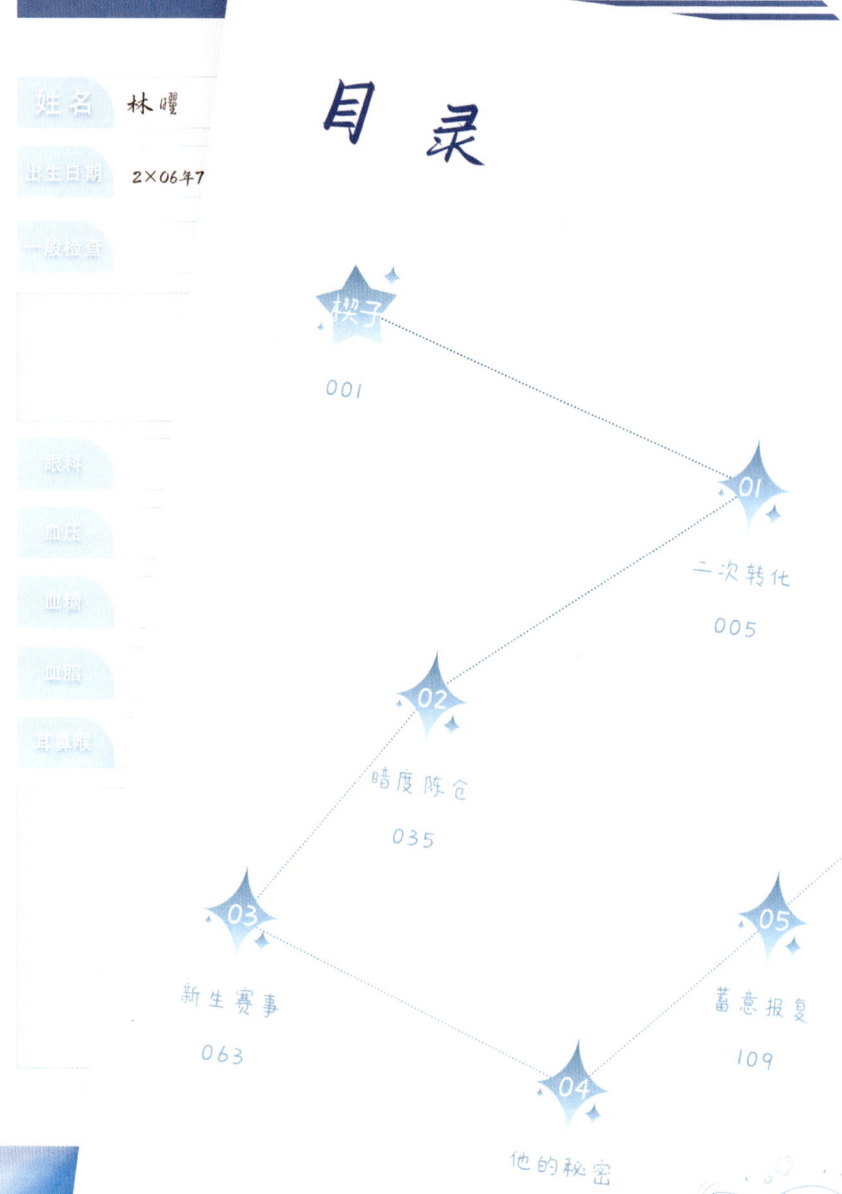

姓名　林曈
出生日期　2×06年7月
一般检查

眼科
血压
血糖
血脂
耳鼻喉

目　录

楔子
001

01
二次转化
005

02
暗度陈仓
035

03
新生赛事
063

04
他的秘密
089

05
蓄意报复
109

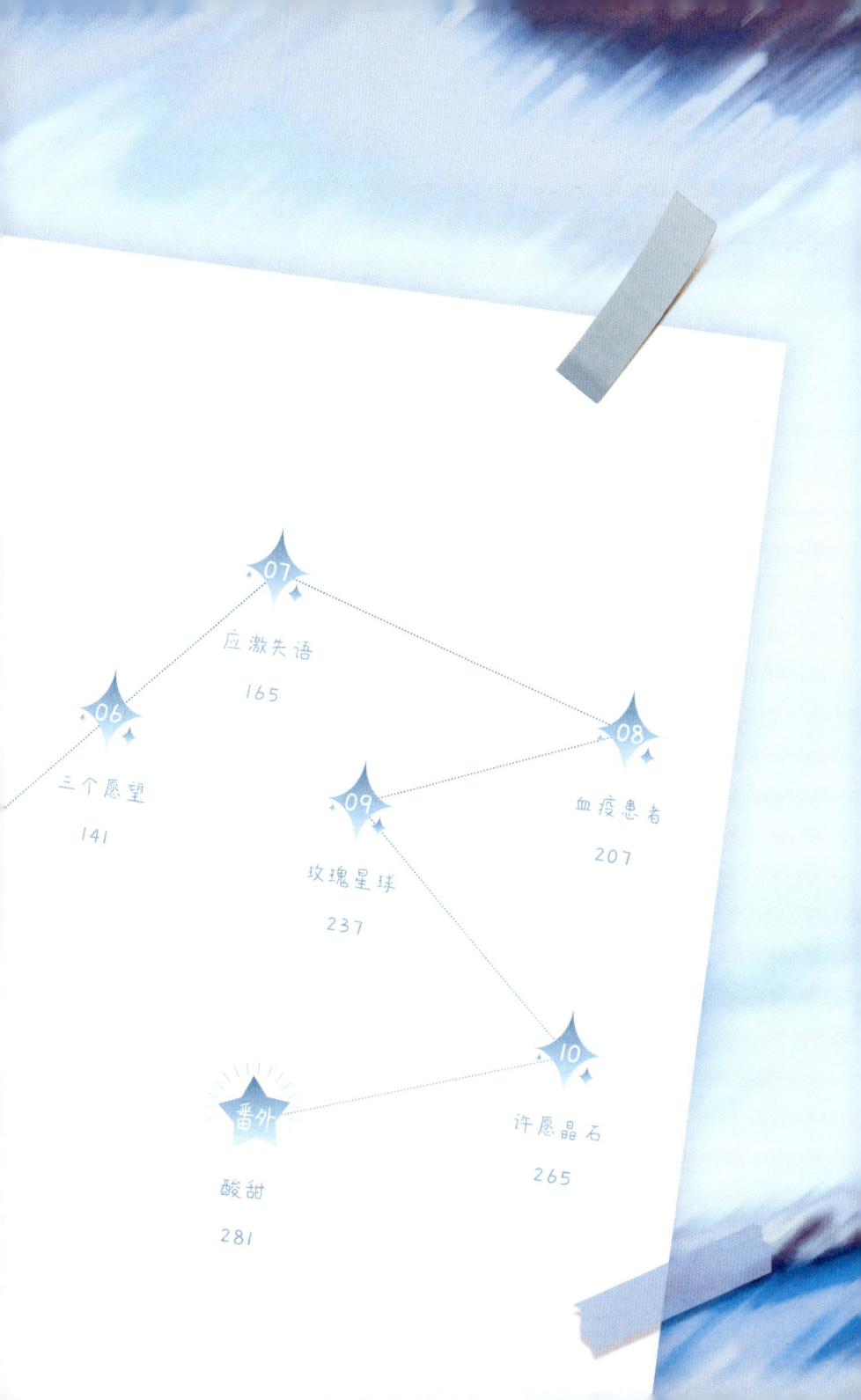

- 07 应激失语 165
- 06 三个愿望 141
- 08 血疫患者 207
- 09 玫瑰星球 237
- 10 许愿晶石 265
- 番外 酸甜 281

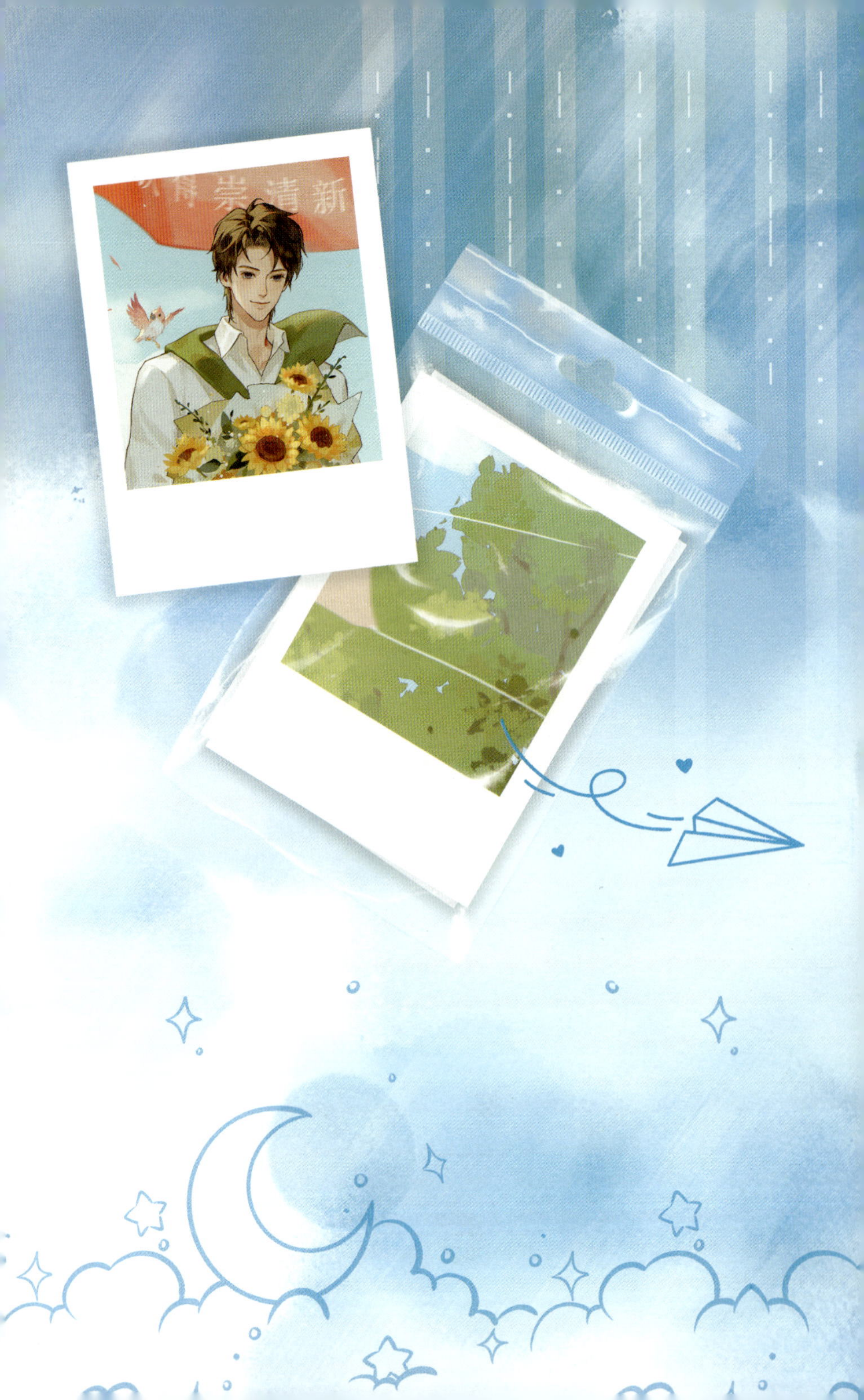

楔 子

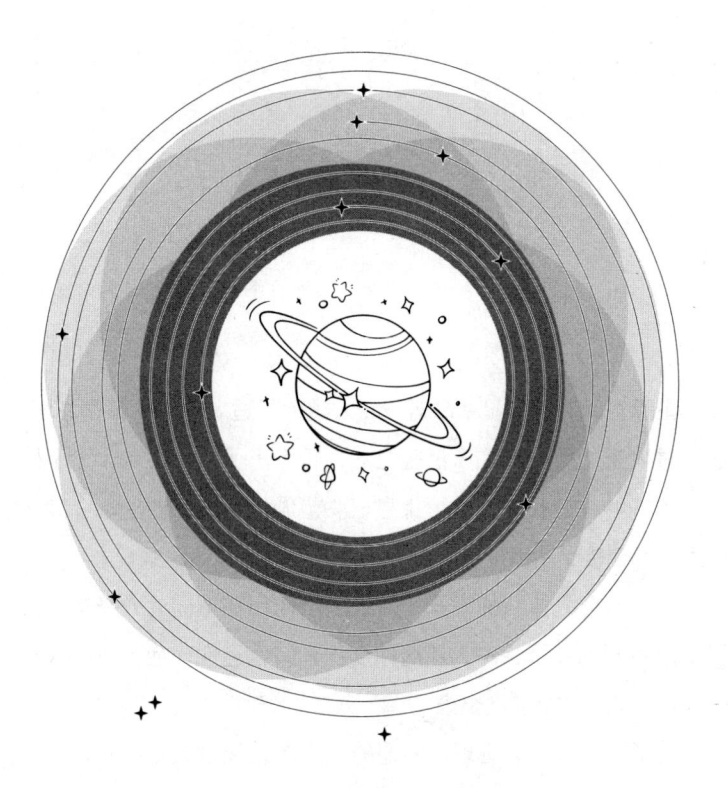

星际空间，第九星系联盟，新人类为了适应全新的生存环境，在经过大量的研究和临床试验之后，研发出了基因疫苗。为了确保人类能够在此长久地繁衍生息，联盟颁发条例，要求每个婴儿出生后都要接受基因疫苗的注射，以保证婴儿能够健康长大。

但由于个人体质的不同，基因疫苗作用在不同的人身上，会呈现出不同的基因状态，且这种变化具有延迟性，绝大多数人在进入青春期后才会显现出来。

为了更好地区分管理，联盟的卫生组织经过大量研究，根据这些变化的不同表现，将基因状态划分为了三类——

一类状态，个体身体素质强化，拥有强大精神力，名"东君"。

二类状态，个体思维情绪更加敏锐，精神力较弱，名"星渚"。

三类状态，除能更好地适应环境外，个体表征不受疫苗影响，保持正常状态，名"月宫"。

精神力的出现，让人们对于力量的渴求和研究更上一层楼。但由于精神力之间天然具有互斥性，且存在等级差异，因而，精神力在成为一种作战手段的同时，也成为众多冲突乱象出现的根源，连带着引发了一系列新型疾病。好在，抑制剂等药物补充剂的出现，极大地解决了这一问题。

　　不过，人们对于精神力的研究始终没有停止。在那些科研人员眼中，精神力既是疾病的根源，也是治疗的手段，但最终会被如何使用，却不是他们能够操纵的事情……

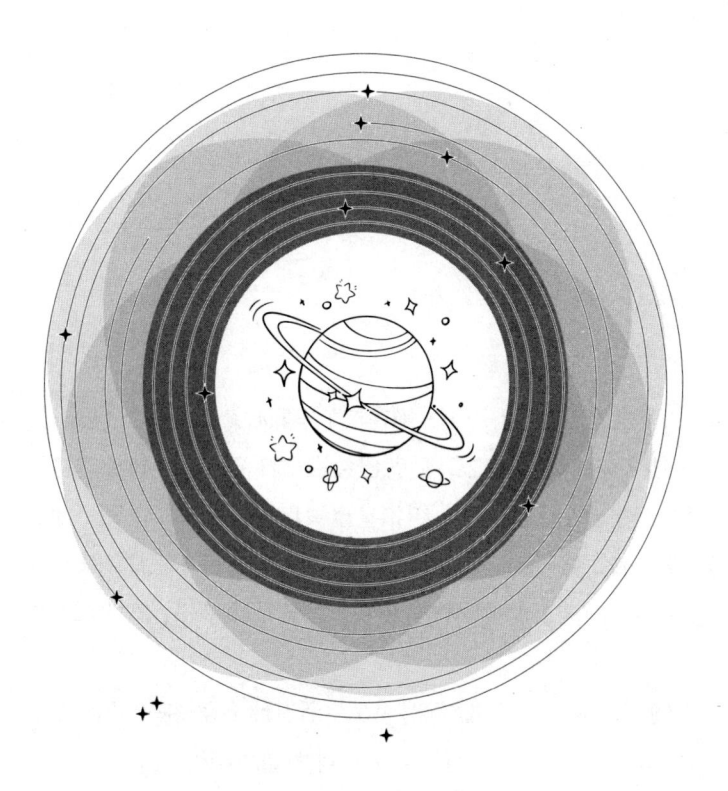

01 二次转化

八月末的天气闷得厉害，蝉在枝丫里撕心裂肺地吵个不停。

好热……林曜闭着眼，后背已经被薄汗浸湿。他拉扯着衬衫的领口，在大庭广众之下，纽扣甚至被粗暴地扯掉了一颗。他沉闷地喘息着，修长的手指按压着手腕。体温高得不正常，像是从血管里滋生出无尽的火灼烧着皮肤，以致他嗓子干、喉咙痒、躁得慌。

"同学，采访一下，请问对大学生活有什么期待吗？"不知是从哪儿蹿出来的记者，将话筒直接怼到林曜的嘴边。

林曜后退几步，拉开彼此的距离，一言不发。

漫长的沉默中，记者心想：这个新生可真酷。

眼前的少年鼻梁高挺，眉目清绝。或许阳光也偏爱美色，温柔地在那张脸上勾勒出半明半暗的光影，衬得他仿佛美神降落凡尘，可惜表情实在冷淡，连头发丝都带了"生人勿近"的意味。

记者讪笑着说："随便说两句嘛。你有没有打算参加什么社团？射击、格斗，或者……"

林曜克制着身体的不适，抬手指了指自己的喉咙，生怕一开口就暴露了情况。

记者不确定地问："是……说不了话吗？"

林曜面不改色，"嗯"了一声。

对方脸上露出同情的表情："耳背加哑巴，考上崇清一定吃了很多的苦吧。"

林曜又"嗯"了一声。

记者点了点头。懂了，爱赌的爸、生病的妈、上学的妹妹、破碎的他……怜爱了。

忽然，不远处传来一阵尖叫，林曜跟着看过去，只见一张机械弓破风射出箭矢，击中了移动靶的红心，赢得一阵欢呼。紧接着，一支又一支的箭离弦而出。

十环、十环、十环……靶心移动的速度快到肉眼难以捕捉，命中难度颇高，那几支箭却无一例外，直中靶心。

"啊！哥哥射中我的心了！"

"今年新生已经卷成这样了吗？"

"帅哥是哪个系的？我现在改志愿还来得及吗？"

周遭极为吵闹，人群中心的男生身姿挺拔，修长的手指把玩着机械弓，偏头看向电子版上刚破的射击纪录，有些嘚瑟地开口道："崇清的前辈也不怎么样呀……"

林曜目光渐冷。就这后脑勺，剃成光头、化成灰，他都认得。哼，狗东西，不是说志愿填了政大，以后再也不见了吗？八十公里的路程，跑到这儿来刷存在感，真是闲的。

身旁的记者抓起摄像机就往那边冲，生怕错过了好素材。

谢星忱显然是一个非常棒的采访对象：长得英俊帅气，说话慢条斯理，唇角微勾，姿态从容，看起来就特别好相处……

林曜：是特别爱装又特别欠揍吧！

他们俩在高中时就结下了梁子，积怨颇深，林曜只要盯着那个人超过三秒，就想把他按地上揍一顿，挫挫对方的锐气。

他拖着行李箱走过去，拿过社团志愿者递过来的弓，在对方那句"同学来试试射箭的魅力吧"的热情招呼中站定，拉弓、绷弦、射箭！

十环、十环、十环……好似刚才的场景重现，命中率如出一辙，精准，漂亮！更让人震惊的是，离弦的箭干脆利落地破开了靶上原本残留的那一支箭，将其一分为二，稳稳地扎进了红心。

"啊！我的天哪！钢也能破？真是太帅了！帅疯了！"围观群众疯狂地尖叫着。

"呵呵，厉害。"谢星忱毫不吝啬地夸奖着。

林曜放下弓，觉察到对方看过来的视线如有实质。

谢星忱被当场刷新了纪录，也不恼，目光朝那边探去："林同学，好巧呀。"

林曜看着一地的残箭，薄唇轻启："手下败将。"

谢星忱笑着说："没事儿，当你的手下败将，不丢人。"

"你来崇清干什么？"

"看你呀。"

林曜最烦他这种故作友好的样子，三年过去也没变。

正在看戏的记者瞪大了眼，突然回过神，问："你不是哑巴吗？原来会说话啊……"

林曜：忘了这茬儿了……

谢星忱倒是替他解了围："他呀，间歇性失语，很难治的。一紧张就说不了话，是不是还挺有意思？"

林曜目光如刀，心想：过了一个暑假，您羞辱人的水平真是显著提高啊!

突然,手机振动起来,他转身到旁边接起电话。

电话那头激动地出声道:"曜哥,完了,你的死对头也考到崇清了!我刚刚在八卦群里看到了他的实时生图,真帅……啊,不是,真够衰的!"

林曜抬眼,看着不远处的谢星忱,说:"见过了,他怎么没去政大?"

"我也很好奇大少爷怎么突然改志愿了。不过,你见过他了,到宿舍了?"

"没,跟宿舍有什么关系?"

"没事,我……我晚点才能到……"对方讪讪笑道,"你要是碰上他,下手轻点,我怕殃及池鱼。"

林曜平静地说:"好,知道了。"

而此时,谢星忱正看着林曜的方向,嘴角挂着笑意。

林曜挂断电话,拖着行李朝反方向走。远远地,他听到记者问:"你和刚才那位哑巴帅哥是什么关系?看起来好像认识……"

林曜脚步微顿,过了几秒,才听见谢星忱用吊人胃口的口吻说:"我们俩啊……平平无奇的同学关系。"

闷热的云层里零星地落了几滴雨,却降不了体内的热。林曜还有更重要的事,得洗个冷水澡降温,于是,脚步越发快了起来。

他到得最早,四人寝的宿舍空空荡荡。林曜随手脱了衣物,从行李箱里抓出洗漱袋,快步进了浴室,打开花洒。冰凉的水暴雨一般落在身上,体内的热却没有得到半点儿缓解。

听见外面有开门声,林曜抬手抹了把脸。

"新室友，你好啊。"

隔着水声，林曜隐约听到有人在打招呼，但听不太清。

他又冲了一会儿才关上花洒，拿毛巾擦拭身上的水迹，却突然反应过来，刚才进来得匆忙，自己没拿换洗衣服。反正都是男生，以后训练的时候也会有去集体澡堂冲澡的情况，倒没什么可避讳的。于是，他用毛巾简单围住身体，在潮湿的雾气里打开了浴室的门。

谢星忱靠在书桌边，支着长腿，懒散地滑着手机屏幕。听到动静后，抬眼看去——浴室的水汽被风吹散，露出一张冷淡的脸。流畅的薄肌均匀覆盖全身，身量挺拔，四肢修长。

"林同学，这回是真巧了。"谢星忱笑着说。

"你怎么在这儿？"林曜走近，居高临下地看着他。

谢星忱长腿微曲，抬着下巴，注意到对方鼻尖上的那颗痣上正挂着水珠，欲落不落。

"问你话呢。"林曜冷声。

谢星忱凝视着对方："很显然，我们是室友。"

"不行。"林曜直接拒绝。

"我尊重学校的安排。"谢星忱语气温和，"况且，凭咱们俩这关系，天天待在一块儿，你不觉得很刺激吗？"

刺激？是分分钟会让宇宙爆炸吧！林曜无法想象跟他住一个宿舍的场景，难得退了一步："行，你不用动，我去换宿舍。"

"就这么讨厌我啊？"谢星忱缓声道。

说着，他伸出手想要示好，林曜反应更快，出手打偏了对方伸过来的手。

几秒后，谢星忱再次袭来。林曜转动手腕，对方用力收紧，场面像极了他们初次交锋的那场格斗赛。方才压下的热意卷土重来，顺着血管迅速蔓延、炸开，溢出了一层薄汗。

林曜拧眉挣扎："你是不是有病？"

谢星忱直起身，用了点力道："你在发烧。"

两人互相钳制着，林曜想要躲开，又动弹不得。他被高温烧得没了力气，这会儿连挣扎的力道都趋近于零："关你什么事？"

"你怎么回事？"谢星忱站直了几分，盯着他，"发烧了还洗澡？"

林曜不想跟他废话，猛地抽出一只手，结结实实给了他一巴掌——"啪"的一声！没想到谢星忱竟然没躲，生生地挨了这一下，下颌绷紧又松开。应该挺疼的，毕竟林曜的格斗成绩可是满分。

谢星忱的头微微偏了下，又转过来，道："还要打吗？"

林曜：我是在打你，你是傻了吗？

"你能闭嘴吗？"林曜从咬紧的牙缝里挤出声音，"松手。"

谢星忱松开手，道："行了，我去给你拿药。"

林曜才不接受他的施舍："刚用过，不需要。"

"可是你现在体温很高，身体很烫，浑身都是汗。如果放任不管，状况会越来越严重的……"

"那也是我的事。"林曜语气凶巴巴的。

从认识时起，两个人基本上是见面就打。暴躁、高冷、浑身带刺，是高中时的林曜给谢星忱留下的全部印象。

谢星忱正准备说点什么，门被打开了，带进一阵风，又被猛地关上。随后，门外传来声音，不知道是谁在和谁复述："你室友，就那个谢星忱，跟人在宿舍打架呢，把人衣服都打飞了！"

谢星忱唇角微勾,耸着肩问:"怎么办?"

"我去解释。"林曜弯腰从自己的行李箱里拿出换洗衣物,不遮不掩,就当着谢星忱的面把衣服换上。换完衣服后,他转过身准备出去,手刚碰上门把手,就被谢星忱叫住。

"你确定要出去?外面人多嘴杂,你要怎么解释?"谢星忱笑了一下,语气平缓,用一种特别替对方考虑的口吻说,"现在他们可都以为是我跟人打架,把人衣服都打飞了,谣言已经传了出去,你出面解释,是想让人家知道被打飞衣服的那个人是你?你去浴室躲躲,我出面。"

见自己被他撇得干净,林曜一时愣住:"你……你不在意风评吗?"

谢星忱无所谓地说:"不在意呀,我的风评本身就差。"

林曜抿着嘴唇,他不想欠对方人情,尤其是欠关系差到见面就打的死对头的人情。

谢星忱看出他的犹豫:"我以前的名声也不怎么样,不差这一回。"

林曜不想丢人,不得不承了这份人情,他不自在地朝里走,边走边说:"麻烦你了,那我先去浴室。"

谢星忱"嗯"了一声,起身站直,拉开了门,对着门外的同学温和地说:"各位,抱歉啊,见笑了。"

"你好,我是程博言,是住这儿的新生。"门口的男孩看谢星忱一副浑身松弛的模样,赶紧解释,"刚才是不是打扰你了?"

"没关系,就是跟人吵了一架。"谢星忱没多解释。

"那……"

谢星忱从兜里拿出一张私人卡:"请你们吃饭,麻烦给腾个地儿。"

林曜用手撑着墙，躲在浴室里也能将外面的对话听得清清楚楚。门外还在闲聊，他心里那股烦闷劲儿再次蔓延开来。来回呼吸，烦得不行，忍无可忍，只能再次开了淋浴，靠着那点落下的凉水来减轻痛苦。

"谢爷大方，不打扰了。"程博言非常上道。

林曜听见谢星忱说了声"谢谢"，然后关上了门，朝自己靠近，脚步声轻而缓。

"高烧还洗澡，你有没有点儿常识？"谢星忱的声音传来，林曜看不见他的表情，只感觉语气挺冷的，很有压迫感。

林曜看见门把手缓缓往下压了下去，忙阻止道："别开——"

话没说完，门就打开了。他站在对方的视野里，头上的花洒淅淅沥沥地洒着水，浑身湿透。说不尴尬是假的。

"介意吗？"谢星忱问。

人都已经进来了，还明知故问。林曜机械地摇头："不介意，但……你先出去，我马上就好。"

谢星忱察觉到他不对劲，声音更沉了："我帮你解决了麻烦，现在呢，还打算再发挥一下助人为乐的精神，带你去医院。你得想想怎么谢我。"

林曜此时一个字都说不出来。他撑着墙的手掌有些不稳，稍微松了力，整个人就顺着潮湿的墙壁往下滑。没了往日的精气神儿，他只能强撑着说："你……先出去，回……回头再谢。"

对方却偏要跟他对着干，缓步朝他走来，每走一步，压迫感都变得更强了。林曜好不容易手脚并用地站起来，后背全部贴在冰凉的瓷砖上，还来不及说话，腿脚又是一软。谢星忱忙伸出手，一把扶住了他。

"谢谢……"林曜被高热烧得头昏脑涨,意识混乱,处在半清醒半混沌的状态,待反应过来对方是他最讨厌的人时,便下意识地想要推开。绝对不能被对方抓住把柄!

"这就是你谢我的方式?"

林曜听见谢星忱笑了一声,于是喘息着开口:"闭嘴。"

谢星忱现在就是在落井下石!看到自己出糗,他恨不得录段视频,然后投放到学校的表白墙大屏上循环播放三天吧。

换作以前,林曜早就一拳头招呼上去了,可是现在,他只想赶紧起来。结果因为手脚发软,他刚将身体撑起来一点儿,便再次跌倒。

谢星忱忙借力让他站稳点,道:"现在就跟我去医院。你去抽个血,我去拍个片,咱们当一天的医院搭子。"

林曜没心情和他斗嘴。他断断续续地听着,手上的动作却没停,挣扎着想要推开对方,结果整个人都坐在了地板上。此时,他只能仰着头,看着居高临下的谢星忱,但眼神里仍然是冷的,十分有骨气:"我自己会去,你走。"

真倔。谢星忱垂眼看着林曜,收了脸上说笑的表情。说实话,他有些头疼,两个人的关系太差,以至于这个人压根不肯向自己低头。唉,都是罪过啊!

"你单独走出去试试看。"他实话实说,"你这样走出去,下一秒就得摔倒爬不起来。给你三秒钟的时间考虑,我也不是滥好人,干不出被人骂还上赶着助人为乐的事儿。三……"

林曜开始犹豫。针锋相对了三年,平时连话都懒得多说几句的人突然转了性,其中肯定有诈。但目前来讲,谢星忱不可能对自己起什么歹心，让他帮忙的确是最安全的选项。

"一！"

林曜直接愣住：你数数是体育老师教的？

谢星忱不管那么多，把浴巾扔在他的头顶上，说："擦干，换衣服，走。"

被他塞进那辆超跑里的时候，林曜还是蒙的，整个人蜷缩在座椅里，烧得厉害，意识不怎么清醒。他莫名想起两个人第一次结仇的事情——因为五万元的比赛奖金。

林曜当时很缺钱，那笔奖金能救命。结果考试前，他被谢星忱的跟班挑衅，跟人打了一架，耽误了半小时考试时间，最后差了两分，第一名和奖金都被谢星忱收入囊中。狗东西！林曜不觉得他很需要这五万，八成就是大少爷来了兴致，单纯想找自己不痛快罢了。后来几年，两个人的关系愈发恶劣，完全没有回旋的余地。但现在……是闹哪一出？

谢星忱察觉到他的视线时不时飘过来，低声道："闭上眼睡会儿，到了叫你。"

"去哪个医院？贵的我去不起。"

"没事，我家开的。"

你家开的……好小众的词汇。林曜想了想，虚弱地说："你是不是打算把我拉过去贩卖器官？"

谢星忱熟练地转动方向盘："你是不是有被害妄想症？"

"总觉得你不安好心。"

"我是怕你死在我的宿舍，不吉利。"

也算合理。林曜勉强接受了这个理由，闭了嘴。

到了医院，检查，抽血，化验，大概是谢星忱打过招呼，结果很快便出来了。不过，医生的表情不太好看。

"怎么样？"谢星忱问。

"得通知家属。"医生问林曜，"你的监护人呢？"

林曜摇头："没有人可以通知。"

谢星忱替他解释道："他家人没办法出面。"

林曜有些莫名其妙地看了他一眼，心想：嚯，你知道得还挺清楚，无聊了就调查别人家庭背景是吧，果然是少爷作风。他没有力气追问谢星忱是怎么知道的，勉强撑着桌沿，说："您直接告诉我吧，我成年了，可以对自己负责。"

涉及隐私，谢星忱非常有涵养地转身出去了。

关上门之后，医生直截了当地说："你身体的基因状态，从之前的东君转化为星渚了。"说完，他抬眼看着眼前的病人。果然，林曜的脸色猛然变得煞白，医生看得莫名有点儿心疼。

林曜说："什么？"医生说的每一个字他都懂，组合在一起，他却不明白了。

"林曜，你二次转化了。"医生残忍地告知真相。

"不可能，我十六岁时就已经是东君。"林曜表情木然，"怎么可能发一次烧，就发生转化呢？一定是你检查错了。"

"是很特殊，但的确存在这样的案例。你现在所有的症状都符合二次转化的特征，检查报告也表明，你现在的基因状态百分之百是星渚。"医生顿了顿，继续说，"听说你和星忱都在综战院，星渚在实战中是非常吃亏的，更何况你的情况特殊，很容易出现应激反应，不适合再待在综战院了。不如趁着刚开学，赶紧联系学校，换成军械或者后勤……"

"我不换，你们搞错了！"林曜打断了他。

医生很头疼，不知道该怎么劝导这个年纪尚轻的孩子。对这样一个看上去骄傲、倔强的孩子来说，真相的确太残忍。

林曜撑着桌边，头晕目眩，几乎站不稳，他低声说："麻烦给我打两支高强度补充剂。"

"补充剂只能暂时缓解，二次转化会伴随着高频率的应激、发热。"医生说，"你的症状很严重，精神力的缺失会让你很痛苦，你扛不住的。"

庸医！骗子！谢星忱他们家的医院真烂！林曜毫不犹豫地反驳道："我不信！"

就在这时，门外响起敲门声，紧接着，谢星忱拿着一沓纸探身进来："程主任，我的报告，先放这儿了，你们继续。"

程主任点了点头，视线落在谢星忱每月例行的检查报告上。他突然福至心灵：等等，这两个人发病时的症状，一个是精神力疯涨，一个是精神力暴跌……单独来看，都是不太好治疗的体质，如果凑在一起，搞不好反而有机会！

像谢星忱这种体质，一旦发病，疯涨的精神力无处宣泄，会使其情绪异常狂躁，任何靠近他的人都会遭到无差别攻击。且在他S级精神力的压制下，绝大部分人根本无力反抗，甚至会因为被迫接收了过多的精神力，也出现精神力暴动的症状。

而林曜的特殊性，在于二次转化让他频繁处于应激状态，精神力大幅度下降，在这种情况下，即便他在短时间内接收了大量外来的精神力，大概率不仅不会出现暴动，甚至可能在短时间内就将精神力恢复到平衡状态。

只要两个人能够定期进行精神疏导，最好可以进行深度疏导，那么，通过精神力的交互和共享，就有可能实现完美对冲！前提是，两人精神力的互斥度需要尽可能地趋近于零。

谢星忱对自己例行体检的结果并不在意，将视线落在浑身泛红的林曜身上，好心安抚道："马上就好了，再撑一下。"

程主任不好暴露病人的隐私，笑了笑说："你们俩要不要一起去做个精神力互斥度的测试？"

闻言，两个人同时抬起了头。

谢星忱笑了，语气还带着点无奈："主任，虽然我那病是挺难治的，但也不至于随便抓个人就强行让人家帮我进行精神疏导治疗，林同学会揍我的。"

林曜转头看向他，问："你也有病？"

谢星忱毫不避讳，云淡风轻地说："我有科林症，精神力容易暴动，挺难熬的。"

程主任补充道："全靠药控制着呢，真发作起来，啧……不好说。"

林曜懒得理他，想到自己二次转化的报告，说："你们提供虚假报告，我要投诉。"

程主任觉得，让他接受事实的确很困难，只能无奈地说："我刚才说的结果是真的，你要是不放心，可以去军医院再测一遍。"

谢星忱问："测什么？"

"没什么。"林曜烦躁不已。

谢星忱没再追问，而是问程主任："那他现在该怎么治疗？"

程主任用指尖在报告上点了一下："眼下只能配合药剂，住院观察。可以吗？"

林曜摇了摇头，直接拒绝："不住，没钱。"

谢星忧赶紧说："挂我账上，不收你钱。"

林曜还想再说什么，却只觉得眼前的光线蓦地暗了下来。他伸手想抓住桌沿，却抓了个空，身体也慢慢地滑下去。

在失去意识的前一秒，他感到有一双结实的手牢牢地抓住了自己。

再醒来时，眼前是一张放大的脸，看了两秒才反应过来，是跟自己一起考入崇清的好友——贺离。四目相对，对方立刻大喊："曜哥，你终于醒了！我还以为你死了呢！"

"你怎么在这儿？"林曜扫视四周。

独立病房，挂着药水，冰凉的药物一点点下落，再进入血管，床头挂着名牌，上面还有医院的 Logo——和睦医院。得，还是上了贼船！这房间，这配置，谢星忧就是想让他欠下巨款，然后日夜还债吧！

贺离忙解释了来龙去脉："我去宿舍报到，结果碰到了谢星忧，他跟我们居然住同一间宿舍。我问他你在哪里，他说你生病了，被送进了医院。这不，我就赶紧过来了。不过，你和他不是死对头吗？他怎么知道你生病住院了？"还没等林曜开口，贺离又说，"哦，我懂了！你们肯定一见面就打起来了！结果他略胜一筹，直接把你揍到卧病在床了！"

这智商，上战场大概能把敌人给蠢死。林曜的声音还有些沙哑，体内的热已经退下去不少，他没好气地说："发烧，晕了，现在好多了。"

"哦，没事就好，果然不愧是私立医院，高级货多，这么快你就好了。"贺离松了口气，"对了，我们宿舍还有一个新同学叫程博言。他悄悄跟我说，谢狗他居然开学第一天就在宿舍打架，还把人衣服都打飞了！"

谢星忱拎着一篮水果刚进门，就恰好听到了这句。林曜看到他进来，重重地咳了一声，想让这个猪队友赶紧闭嘴。然而，贺离还在滔滔不绝："我就知道，这种含着金汤匙出生的有钱人，肯定不是什么好东西。据说，他超级变态。"

林曜忍无可忍，用正在输液的手重重地掐了他一把，换来杀猪般的号叫。

"同学，你说谁变态？"谢星忱慢悠悠地走进来，把果篮放在床头。

贺离瞬间尴尬得只想原地消失。他哆哆嗦嗦地站起来，不知道谢星忱听到了多少，只能强行挽尊（挽回尊严）："我不是说你啊，我说的是一个长得奇丑无比、身高一米六三的隔壁院校的渣男。对，他太坏了，必须强烈谴责！"

谢星忱"嗯"了一声："那确实是过分了。"

贺离仿佛看到自己的坟头上已经长出三尺高的草。他尴尬地笑道："都是谣言，怎么可能呢？我们谢少爷人帅心善、助人为乐，还愿意把和自己不对付的同学送来医院，我回去就给你做一面锦旗……不，现在就去！"说着，他拍了拍林曜的手背，"曜哥，你好好休息，实在不行再多请一天假。"说完，便一溜烟地跑了，一秒都不敢多待。

躺是不可能再躺了，独立病房、特级 VIP，在这儿躺一天的钱可以买他的命。林曜和谢星忱面面相觑，他欠了人情，却说不出好话，只能别过脸，硬邦邦地说了句："谢谢。"

过了好长时间都没听到回话，林曜正准备回头看是什么情况，额头上却落下一只体温略高的手。

"你还在发烧。"谢星忱淡淡地说,"程主任说你需要配合治疗。"

林曜转过头,和他四目相对:"不治。"

谢星忱移开掌心:"你一直这么不听话吗?"

他的声音很轻,却像是来自兄长的管束,沉甸甸地落下来,宛如训诫,让人后背绷紧。林曜抬眼,凝视着他漆黑的瞳孔,启唇:"我说了,不关你的事!"

室内的气氛又重新凝固。

谢星忱拖出凳子,在床边坐下,又从果篮里拿出一颗苹果,用水果刀慢吞吞地削着皮,也不说话。林曜自知理亏,说到底,人家是帮了忙的,但他们俩就没有平心静气地对话的时候,自然也没什么话题好聊。

终于,林曜找到了一个话题,问:"你那个病……发作的时候是什么症状?"

"跟你昨天的情况挺像的。"谢星忱慢悠悠地转动着苹果。

林曜是真的服了这哥们儿。但他不想认输,只能顺着话茬儿说:"以你的身份,想要治个病找个合适的人帮你疏导精神力还不简单,用得着这么大费周章吗?"

谢星忱看了他一眼:"一般人不行,会被我的精神力弄出毛病,严重的话会出人命的。"

林曜不解地眨了下眼:"什么毛病?"

谢星忱盯着他,唇角微微勾起:"你确定要听?"

林曜不太确定,这狗东西时常语出惊人,但他到底还是好奇:"说说看。"

谢星忱谨慎用词："我的精神力等级很高，一旦发病，身边的人会被我的精神力重创，变成没有思想和意识的木偶，到死都不会反抗，哪怕是你这么强悍的人，也不会有什么例外。"

林曜被他这三言两语点燃了火气，条件反射地抬腿踹了他一脚："你什么意思？"

谢星忱手上的刀一晃，刀尖划破了食指，鲜血缓慢溢出、滴落。

"抱歉……"林曜没想伤他。

谢星忱却不依不饶："光道歉不够，你要负责。"

林曜眼一闭心一横："打架吧。"

谢星忱："什么？"

林曜呼吸不稳，但脑子还算清楚："你送我来医院，替我付了医药费，你算算一共花了多少钱。听说你会找人当训练陪练，我陪你练，一局三百，打到债务抵消为止。"

谢星忱唇角微勾："好啊。"

曾经对他避之唯恐不及的人，如今亲自送上门来，真让人心情愉悦。

林曜偏过头看着他："你就这么轻易答应了？"

谢星忱"嗯"了一声："学校不方便，陪练的地点定在我家，时间是晚上，暂定每周末两次。其间，可能会出现我病情发作的情况，到时候你就什么都不用做，也算时间。"

林曜觉得好像有哪里不太对，却又说不上来。什么都不做也能算出工？听上去，像是要把自己拖去海底杀掉的骗局。

谢星忱又说："我想着还是早点了结比较好，相信你也不想一直欠着债吧？"

林曜点头："那就说定了。"说完，他的目光落在药袋上，输液快要结束了，于是他坐起身，"马上就要输完了。那我先回学校了，下午还有入校体检。"

谢星忱双腿交叠，问："对了，我想借一下你的浴室，方便吗？"

林曜按铃让护士过来拔针："随便你。"

他见谢星忱起身，自己也整理好衣服，去了程主任的办公室。

看到林曜，程主任没忍住叮嘱道："知道你接受不了自己二次转化的事情，你要回学校，我也不拦着，但你要保护好自己。听着，你现在还在转化期，输液也只能暂时缓解，如果发生精神力冲撞或被诱导，一不小心就会直接导致你精神力崩溃。"

林曜两眼一黑："那还是直接死掉好了。"

程主任给他推了一支临时激素补充剂，又给他开了一星期的药，还喋喋不休地教育他大半个小时，无非是说什么年轻人要积极向上，别动不动就要死要活的……

林曜的注意力全在药费单子上，价格真贵，这下又要陪谢星忱多练好几个晚上了。

等从主任办公室出来，他原本打算扭头就走，但崇清在郊区，为了节约车费，他不得不回了病房，打算再搭个顺风车。

回去的路上，谢星忱把敞篷彻底打开，林曜坐在车里被公开处刑，十分丢脸。太招摇了，这人莫名其妙不知道又在发什么癫！

林曜抬手捂住脸，挡住迎面吹来的风，决定跟这位少爷约法三章："回到宿舍后，我们俩还跟以前一样，互不打扰。除了每周末的练拳，别再有任何交集。"

谢星忱转着方向盘："我尽量。"

林曜偏过头看着他，冷冷地说："也不许随便透露我们的交易。"

谢星忱品了品，调侃道："哦，原来你喜欢做地下工作。"

林曜：懂了，谢星忱现在喜欢走这种恶心人的路线，服了，真被恶心到了！

发现路边有人看过来，他立刻道："把敞篷弄下来，我嫌丢人。"

谢星忱嘴上说着"好的"，心里却很遗憾，他还打算在校园里巡回一圈呢，让大家看看他俩关系已经有所好转，可惜了。

林曜决定保持沉默，直到两人回到宿舍之前，都没有再多说一句话，好像又回到了曾经打得不可开交、彼此横眉冷对的日子。

刚打开宿舍的门，贺离就手忙脚乱地把林曜拉了过去，压低声音问："他是不是又揍你了？"

什么叫"又"？林曜淡淡地回道："没有。"

贺离露出一个痛心疾首的表情："我懂！打不过人家是很丢人，肯定不愿意承认……"

林曜真想敲开他的脑袋，看看里面是不是全是糨糊："你是从哪儿得出来的这个结论？"

"群里啊，不信你看……"贺离把手机塞给他，点开名为"AAA今天的瓜多少钱一斤"的群聊界面。

△听说了吗？XXC把LY给打了。

△对对对，我也听说了，就在他们宿舍。

△LY的衣服都被打飞了！

△这么刺激！然后呢？

林曜现在有点儿理解高中时期有关谢星忧的那些谣言是怎么传出来的了。

贺离一副"我也信了"的表情，抬了抬下巴："继续看。"

谢星忧懒散地靠在另一侧的门边上："看什么？"

贺离不敢暴露，结结巴巴地说："看……兼职群，我们这些家境清寒的孩子跟你这种含着金汤匙出生的少爷可不一样。"

谢星忧点了点头，又说："林曜暂时不用。"

贺离问："为什么？"

林曜想着他也不是外人，便解释道："最近我周末的时间归他，打不了工。"

贺离脑子宕机了，什么叫"周末的时间归他"？他神色微变："曜哥，你是不是脑子发癫啊？刚被他打了，还上赶着倒贴，你这是认贼作父！"

林曜想当场了结了他："你是猪吗？！"

谢星忧微低着头，拿着手机随意摆弄着，听到这句话，没忍住笑出了声。

厕所门打开，程博言双手捂住嘴巴："我什么都没听见，不用给封口费我也不会乱说的。"

林曜从牙缝里挤出声音："你也是猪！"

手上的群消息仍然在不断弹出，林曜面无表情地垂下眼，越往下看，脸色越黑。

△后续当然是LY被揍进医院，严重到昏迷了一天一夜。

△打得好激烈呀！不过话又说回来，平民还敢跟少爷斗？胆子也很大呀！

△明面上肯定是斗不过的，但暗地里也争得有来有回。以前他们俩打过好多次架呢，现在住进一个宿舍，不得半夜就开打？

就在这时，宿舍的门被打开了，辅导员带着摄像机径直走了进来，将镜头对准了八卦中心的二位，微笑着开口："听闻两位同学因为打架进了医院，我相信那些都是添油加醋的谣言。不管是真是假，你们俩都得握手言和，我也好向上面交差。刚开学，不要让我难做，行不行？"

握手言和？和谢星忱？林曜觉得，自己可能跟崇清大学八字不合。

谢星忱倒是摆出一副挺好说话的架势："行。"

林曜还在纠结伸哪只手，就被辅导员直接拽了起来，拉到谢星忱面前。四目相对，林曜一时间有点儿蒙。

"来，一段室友情，一生同学情。"辅导员慷慨激昂地说完，还压低声音说，"抱一个，快点！"

谢星忱非常配合，大大方方："兄弟，来！"

林曜还没反应过来，就被一只宽阔的手掌抓住，整个人被结结实实地抱住了。

"说点什么吧。"谢星忱在他耳边低语。

"我是你爹！"林曜面无表情地回应。果然他从一开始就不该配合这场演出。

"在校园里无意间拍到这一幕，看得出十分真挚，所以呀，大家就不要再造谣二位同学不和了。"辅导员满意地看着镜头里的两位帅哥，"好，就这样，我去发公告了。"

辅导员来去一阵风，办事效率高得离谱。

宿舍门一关，林曜立刻将谢星忱推开，还嫌弃地皱了皱眉。

围观了全过程的贺离用胳膊碰了碰他，压低声音说："我怎么感觉你变得温和了许多？这要是换作以前，你早就一拳打他脸上了。"

林曜的耐心所剩无几："再胡说我把你丢河里喂鳄鱼。"谢星忱这个狗东西，就会做这种冠冕堂皇的表面功夫恶心人。

谢星忱看他一副要杀人的表情，开口解释："不是你们想的那样，他是去我家打工的。"

林曜难得配合，承认了："是的。"

贺离一愣，盯着林曜的脸，问道："你，去他家……打工？"

林曜觉得有点儿莫名其妙："怎么了？我欠他的钱，所以陪他打拳来还钱，就这样，有什么问题吗？"

贺离的脸上流露出一副恍然大悟的神情。

就在这时，几个人的手机同时振动，是辅导员发来提醒，要求所有人马上去教学楼集合，进行入学体检，通知中还特地说明东君和星渚要在不同的大楼体检，以免出现精神力冲撞的情况。

"还愣着干什么？咱们走吧，曜哥。"说着，贺离就伸出手，搭上林曜的肩膀。

站在一旁的谢星忱眼睛微微眯了起来。

林曜感受到对方别有深意的目光，抬头，与之四目相对。谢星忱的瞳色原本就深，视线落在人身上的时候，就像是用狙击枪瞄准了目标，下一秒就要将目标原地击毙。

"你这么看着我干什么？"林曜皱着眉，心里不爽。

"我是在想，你昨天的检查是不是出了什么问题？"谢星忱收回视线，"崇清的体检很严格，稍有不符，你就会被踢出去。"

林曜抬头看了他一眼，思考着对策。这个狗东西还挺敏锐，个子那么高,脑子居然不是摆设。

"你们俩打什么哑谜呢?"贺离关心地问,"到底是什么病啊?昨天你也没告诉我……"

林曜面无表情地摇了摇头:"小毛病,走吧,去体检。"

几个人一同出了宿舍门,谢星忱慢悠悠地跟在后面,将视线落在前面的林曜身上。他并不知道林曜的检查结果,但他看林曜这两天行为反常,也猜了个八九不离十——要么跟自己一样得了科林症,要么二次转化为星渚,已经完全不适合待在综战院了。如果是后者,林曜铁定过不了今天的体检。

林曜也心不在焉,自言自语:"之前都交了报告了,怎么还要体检?"

"当然啦,综战院全是东君。"程博言解释说,"要是真有一个星渚掉进一群东君中,光是精神力冲撞的事情就不知道要发生多少回!"

"这是歧视。"林曜轻嗤。

程博言摆手:"还真不是。你想想,一旦上了战场,星渚是很吃亏的,都不用战斗,光是被精神力压制这一点,就得认输,还打什么仗啊?"

谢星忱点了点头:"确实是。"

检查的队伍排得很长,但井然有序。谢星忱用胳膊碰了碰林曜:"哎,要不要先跟我一起去那边?"

林曜莫名其妙地瞥了他一眼:"你又在打什么主意?"

谢星忱笑了笑,替他出了个拿捏自己的主意,指点道:"全身检查要两个人一组,还得脱衣服,我怕有人偷拍我,然后拿着照片出去卖钱。我这个人特别在意个人隐私，要是谁拿这种照片来威胁我，我可能什么要求都会答应。"

林曜评价："自恋。"

"如果有照片，群里肯定有人想要。"程博言摸了摸下巴。

"传播这种照片是犯法的。"林曜声音冷淡，"再说了，一群大男人，要他照片干什么？"

贺离凑到他身旁小声说："你不知道吗？那个群里潜伏了很多隔壁学校的小姑娘，都等着来崇清大学联谊呢。如果真有这种照片，绝对能卖出高价，谢狗的担心不无道理。"

林曜脑子里忽然闪过一个念头：如果他拍下照片，拿去和谢星忱谈条件，是不是也算是一个办法？虽然手段恶劣了点，但有能力帮他的人，似乎也只有谢星忱了。

林曜偷摸打开了手机的摄像头，下一秒，又推翻了自己的想法。还是算了，这么做太缺德、太变态了。

谢星忱看出了他隐藏在平静下的紧张，推着人往体检室走："怎么了，怕身材比不过我呀？我看着你应该也还可以，别妄自菲薄。"

林曜懒得理他。

进了房间之后，两个人在两位医生的注视下宽衣解带。原本新生在被崇清大学录取前就有过体检环节，这次也就是走个过场，因此氛围轻松。

医生笑着看了看两人，夸奖道："身材都练得挺标准，宽肩窄腰，个高腿长，肌肉块块分明，换个人进来都得自卑。"

"所以就找了个旗鼓相当的同学一起呀。"谢星忱大大方方地转过身，毫不避讳。

林曜先通过了扫描仪,正弓着身子穿衣服,没想到,手机从口袋里掉了出来。他手忙脚乱地在屏幕上胡乱地滑动着,可怎么也关不上。

"对吧,林曜同学?"谢星忱突然叫了他的名字,出现在了手机镜头里。

林曜手一抖,意外按下了拍摄键,照片自动保存进了相册中。完了,这下真成了变态了!

好不容易将手机锁了屏,林曜故作镇静,低着头把T恤胡乱地套在身上。

谢星忱偏过头,看他一副手忙脚乱的模样,问道:"你慌什么?"

林曜干巴巴地道:"没,穿衣服。"

谢星忱看着他,突然笑了起来。林曜心虚极了,四肢像是刚安上的,动作十分不协调。

"你……你瞎乐什么?"他用只有对方能听到的声音问。

谢星忱闷声笑了一下,拎着他的领口道:"笨啊,穿反了。"

林曜整张脸几乎红透了,一把将刚套上的白T恤拽下来,翻了个面,重新套回身上。难得见他这副模样,谢星忱没忍住,又笑出了声。

"之前听说你们俩关系不太好……"医生看到他俩的动作,说,"这不挺好的吗?很友爱呀。"

林曜硬邦邦地辟谣:"就是不好。"

医生笑了笑:"那就更要缓和关系了。"

两个人从检查室里出来,接下来是抽血,林曜拿着手机像是拿着一个烫手的山芋。他侧身走到角落，把屏幕偏向墙边，然后点开相册。那张照片虽然有些虚焦，但依稀可以看出谢星忧眉目分明的脸，他长得也太有辨识度了。

林曜将手机屏幕扣在手心里，犹豫不决。删了吧？拿这种照片去威胁人，他实在干不出，更想不出合适的开场白。

"哎，我用这张照片跟你做个交易……"

好像干了件多体面的事儿似的！

"我手滑拍了张你的照片，只要你答应我一件事，我就给删了……"

就他俩这水火不容的关系，绝对难以启齿！

林曜板着一张脸，脑海中的台词一句比一句尴尬。

这时，贺离从另一支队伍里走出来，直扑过来："曜哥！你们俩怎么在里面待了那么久？"

林曜手忙脚乱地按下锁屏键。要是被人看见这张照片，他真的可以原地消失了。

"你刚在看谁的照片？"贺离视力贼好，虽然没看清楚，但也隐约看到了一点儿轮廓。

谢星忧朝着他们俩的方向望过来，意味深长地问："照片？"

林曜愤愤地说："乱说什么？！怎么可能？"

谢星忧唇角微勾，并没有半点儿被冒犯的不满："这么紧张，我还以为刚才检查的时候，你趁机偷拍我了呢。"

林曜心里郁闷：别上学了，直接改行去算命吧。

谢星忧见他不说话，眼神变得更加意味深长："如果真的有人拍了我的照片，并且拿来威胁我，我应该很容易答应要求……"

林曜眨了眨眼，在心里告诫自己，这是个圈套，不能跳！

"我曜哥怎么可能偷拍？"贺离听得云里雾里，恰好旁边有同学在叫他的名字，他忙嘱咐道，"你们俩快去抽血，不然一会儿人多了又得排队。"

林曜不发一言。

谢星忱推着他的肩膀往抽血的方向走："要做交易就早点做，等真抽了血就麻烦了。"

林曜转过头，直直撞上对方的视线。这已经不能叫暗示了，完全是挑开了放在明面上了！

从前，林曜很少这样认真地看着谢星忱，他的双眼皮很窄，却很深，配着漆黑的瞳色，所有的情绪都被那吊儿郎当的神色掩盖了，看不清，道不明。

偷拍是不对的，更何况还要拿来干这种上不得台面的事。即便是手滑，可照片的确是拍了。此刻，林曜为自己的想法感到不齿，却找不出第二种能够解决困境的方案。

眼看就快走到抽血室的门口，林曜还在犹豫之时，肩膀上的手掌忽然用了点力道，把他带进了旁边的洗手间里。

进门后，谢星忱先是环顾四周，确定没有人，便径直关上了门。

林曜绷着脸，将手机滑开，把照片大喇喇地展示给对方。他绷着后背，勇敢承认："我刚才不小心拍了你的照片，额……我也不想……不想用这种东西来威胁你……"他边说边点击屏幕，打算按下删除键。

谢星忱却一把抢过手机，反手扣住："原本是想交易什么？"

林曜的耳垂红到了极点："我的身体情况出了问题，过不了检查。"

谢星忱看着他,眼底带着笑:"挺诚实啊,要是出事了,咱们俩都得滚蛋。"

林曜微低着头,不再看他。既然已经开了口,接下来的话就没那么难了:"或者你告诉我怎么办,我自己来,不牵连你。"

谢星忱翻开他的手机,目光落在那张照片上,若有所思。

林曜感觉到他的停顿,眼看没有得到任何回应,尴尬地道:"我……删了!我现在就删!真不是故意要拍的……"

谢星忱没接他的话,眉梢微挑:"帮你可以,条件是——"

林曜舔了舔发干的嘴唇,被这几个字拉回了注意力:"是什么?"

谢星忱用指尖点了点那张照片,大方地说:"留着,不准删,作为你相册的镇册之宝,我随时检查。"

林曜:我选择消失!

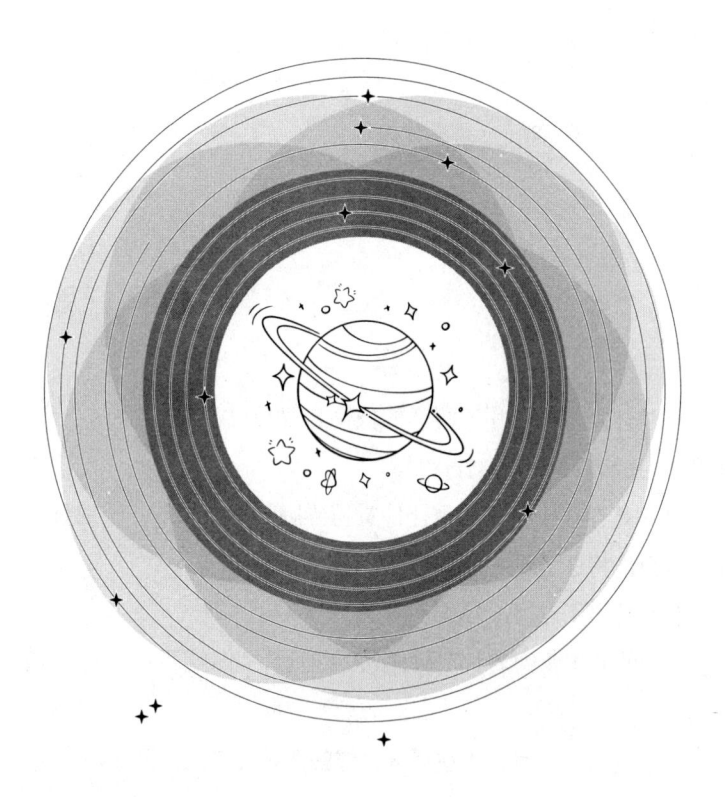

02 暗度陈仓

林曜怀疑他是在用一种新的伎俩羞辱自己，便抬起眼，一脸嫌弃："我不想看的，会长针眼。"

　　就算是存在手机里，也让他觉得弄脏了这个相册。但他有求于人，只能将这话硬生生地咽了回去。

　　谢星忱点了点头："我知道。"

　　"那你还让我留着！"林曜冷冷地道，"你就不怕我私下传出去？"

　　谢星忱微微站直，手往后伸，撑在洗手池边上，慢悠悠地说："主要是一想到你看这张照片时候的表情，想到你那种看我不爽又干不掉我的样子，就让我十分愉悦。"

　　纵然是在求人，林曜也实在无法忍受了，直接骂道："神经病！"

　　谢星忱觉得林曜身上这种反差感很有意思，隐忍的暴躁状态下，耳朵尖都气得发红，看起来特别好玩儿。他慢悠悠地说："对啊，我就是这样的。咱们俩也算是认识三年了，你刚知道吗？"

　　林曜又骂："恬不知耻！"

　　谢星忱盯着对方，心想：人长得这么好，怎么说话就那么不好听呢?

洗手间外,人声嘈杂,林曜想起正事,低声问:"那我还需要抽血吗?"

"不抽了。"谢星忱说着,收起眼底的散漫,表情严肃了些,"这件事交给我吧,你是实打实靠自己考进了崇清,成绩摆在那儿,不过一次体检而已,不用太担心。"

林曜抬眼,一眨不眨地看着他。

在他的记忆中,谢星忱很少有这么正经的时候。上高中的时候,两个人不同班,相遇的机会不多,多半是在升旗台上或者光荣榜上,在校外遇到时,也总是剑拔弩张的。很难想象,这人竟然会一而再,再而三地出手帮自己。开学才两天时间,自己就已经欠了对方几次人情,真邪门,这家伙是不是中蛊转性了?

林曜还在发愣,手机已经被递到眼前。他火速扭过脸:"我真不想看!"

谢星忱点了点头:"那就把这张删了,重拍一张。"

林曜没忍住:"有必要重拍吗?你脑子里装的都是洗澡水吗?"

谢星忱不理他,跟他并肩站在一起,拿着手机换了个方向,翻转镜头对准两个人,按下了快门。照片里是两张英俊的脸,一个棱角分明,一个眉清目朗,帅得各有千秋。

林曜还一头雾水,谢星忱已经把手机递了回去:"不准删了,这是我们俩交易的条件。"

林曜简直要被气炸了,谁愿意自己的手机相册里躺着死对头那张令人生厌的脸啊?真是太狡诈了,知道怎么做最能让人恶心!

谢星忱微微挑眉:"怎么,不愿意呀?那刚刚的电话我可以撤回……"

林曜从牙缝里挤出声音:"没不愿意。"

"嗯,那不许删,我会时不时抽查的。"谢星忱心满意足,并提醒他,"你的手机一直在振动。"

林曜垂眼打开手机,不知道什么时候,自己竟然被贺离拉进了一个群,群名还非常眼熟——"AAA今天的瓜多少钱一斤"。

△最新消息,刚体检的时候,XXC把人拉进厕所了。

△把谁?

△LY呀,感觉他们俩又得打一架。

△啊?他们俩不是刚在宿舍握手言和吗?又打上了?

△那都是表面功夫,难不成他们俩一起上厕所,你信吗?

△进去十分钟了,他们俩不会已经打起来了吧?

林曜无语:有时候一个人上网也挺无助的……

谢星忱转身,正准备开门,被林曜叫住:"等等——"

"还有什么事?"谢星忱眉梢微挑。

林曜恢复了以往冷冰冰说话的模样:"好多人见我们俩一起进厕所待了十分钟,为了不让别人发现交易的事,现在要么分开出去,要么直接点,打一架。"

谢星忱转过身,重新走到他面前。因为略高他半个头,说话的时候,谢星忱需要微微躬身:"有必要做到这个地步吗?"

林曜想着自己还欠对方好几个人情,当下挺直后背,抓着他的手腕:"你单方面揍我也行,让我挂点彩,我不反抗。"

谢星忱有点儿不悦:"你就这么讨厌我吗?"

这下,林曜笑了,仿佛对方问了件愚蠢至极的事。细长的眼尾微微上挑，笑起来反而显得没有那么冷漠了："当然，我们彼此讨厌。我这也是为了你着想。"

"彼此讨厌……"谢星忱品了品这四个字，"所以你宁愿我对你动粗？你这个想法的确挺让人讨厌的。"

林曜眯了下眼，还没来得及说什么，门就被猛然撞了一下。

"不好意思，我实在是憋不住了，尿急！我进来了！"门外传来一道声音，紧接着，门被推开一条缝。

林曜的视线越过谢星忱的肩膀，已经预感到即将和无数道直白的目光对上，脑子还没反应过来，身体已经行动起来，转瞬间，他已经将谢星忱按倒在地。

动静不小，门打开的瞬间，无数双眼睛看了过来。有人在吼："真打起来了？林曜都把谢星忱按在地上了！"

林曜两只手被迫掐在谢星忱的脖颈上，对方连下巴都微微抬起，像是要配合自己的动作，随时反抗。嚯，演得还挺像！不过，他们俩打架，还用演吗？林曜心不在焉地想着，他们三天两头就互相挑衅，打架是再正常不过的，高中封闭体能训练的时候，他们俩还真刀真枪地打过好几场。

"好像很假……"林曜垂眸看向他，低声商量，"我再调整一下。"

"好。"谢星忱好脾气地应了，甚至还抬起下巴配合着。

林曜五指完全收紧："现在呢？逼真吗？"他都不敢相信，自己居然会用这种商量的语气和谢星忱说话。

因为抓扯，谢星忱的衣服和碎发都变得凌乱，他象征性地配合着挣扎了几下，脸上却挂着笑，戏精附体般道："信不信我揍你？"

"你打啊，有本事起来揍我！"林曜会意，也配合起来。

"别打了！别打了！"贺离和程博言从人群里蹿出来，看着两个人剑拔弩张的模样，一阵胆战心惊，这两人看起来像是要互相刨了对方的祖坟。

"曜哥，你的脖子都粗了！"贺离心疼自家兄弟，"是不是谢星忱欺负你了？"

林曜顺势松手起身："没有。"

程博言自然地站在了谢星忱这边："不对呀，我刚才可看见了，是林曜把人按在地上，是不是他先挑衅的？"

谢星忱也从地上利落起身，半点儿没有方才被单方面压制的样子，淡淡地说："没有，小事儿。"

除了匆匆忙忙跑进隔间上厕所的同学，一大群人站在门外看热闹。

贺离见林曜的脸色异乎寻常，觉得有点儿不对劲，便问："你们为啥打架？"

林曜连理由都不想找："他长得欠揍，我看他不爽。"

听起来像是真的，贺离有点儿惋惜："真无聊……"

林曜实在不想被一群人围在厕所，转身就往外走："行了行了，散了吧。"

他怕露馅儿，假意进抽血室转了一圈，才悄悄从体检大楼溜走。但他始终不太放心，还是去了首都军医院重新做了检测。第二份报告写得清清楚楚，基因状态：符合星渚特征。

两次结果一致，没有原因，也检查不出原因，只说大概是特例。林曜背靠着墙，抬手抹了把脸，只觉得心脏钝痛。他不知道该通知谁，也不知道该向谁求助，这会儿才迟缓地产生了一丝迷茫。

　　他买了一个打火机，把报告烧了个干净。过往经历的苦难太多，一而再，再而三地被摧毁又重建，因此，他只能平静地接受了这一次变故。而后，独自一人走进人群里，淹没于其中。

　　林曜重新返回学校，刚走进校门，就看见一辆纯黑加长的轿车从身边驶过，停在了不远处的宿舍楼下，谢星忱正站在那儿。车门打开，一个西装革履的男人下来，在谢星忱的面前站定。

　　"哥，几天不见，又帅了。"谢星忱越过眼前的人，将视线落在不远处的林曜身上。

　　谢允淮神色淡淡："听说你打着老头儿的名义找校长帮了点忙？林曜是谁？"

　　谢星忱"嗯"了一声："消息够快的，新室友，顺手帮个忙而已。这也值得你大老远特地跑一趟？"

　　"你这么助人为乐，来给你送小红花啊……"谢允淮唇角微挑，戏谑道，"老头儿正打算用你去和江家谈两家联盟的事情，别在这种时候捅娄子。"

　　谢星忱的视线缓慢转移，由远及近，目光的落点却一直没变。他缓缓出声："怎么不让你去？哥大我五岁，有事儿不应该是你先扛吗？"

　　谢允淮眯了下眼："江祈然点名要跟你谈。"

　　"他是不是有病？"谢星忱一副薄情寡义的模样。

　　林曜从旁经过，握着矿泉水瓶，皱了皱眉。他无意偷听，但的确隐约听见了两句。

　　"哎，介绍一下，这就是林曜。"谢星忱突然出声。

听到他叫自己的名字，林曜被迫转过身，对上两张略微相似的脸，表情冷淡："你又抽什么风？"

"我哥，谢允淮，认识一下。"谢星忱说。

"我见你哥干什么？"林曜眉心锁得更深，但碍于礼貌，他还是略微点头，算是打过招呼，"大哥好。"

"嗯，你好。你就是林曜？你怎么了？"谢允淮毫不遮掩地打量着林曜，想不通弟弟为什么会出手帮这个人。

林曜后背一僵，不发一言。他不想让别人知道自己的情况，毕竟这把柄太大了。

谢星忱一向很会打圆场："二项应激症，半年不能参加训练，就帮忙隐瞒了一下。"

谢允淮看着他笑了笑："你又知道了？他去和睦做的检查？"

"你管那么多。"谢星忱还是那副吊儿郎当的模样，神色却变得认真，"有这份闲情逸致，不如替我去江家。"

林曜没想到谢星忱做事这么"滴水不漏"，理由都找好了，原本绷紧的后背稍微放松了些。他想离开，又觉得不合时宜。

"周末记得回家。"谢允淮没再继续刚才的话题。

谢星忱想了想，拒绝道："不去，约了人。"

谢允淮似笑非笑："刚说的话就当耳边风了？刚开学，你能约谁？"

谢星忱低着头，含糊不清道："新认识的几个朋友，接下来的几个周末都有事，没空。"

林曜只当没听见，面无表情地拧开瓶盖喝水。等等！周末？该不会是和他约好要练拳的事情吧？

谢允淮有些意外，微微挑眉："你该不会是谈恋爱了吧？"

林曜微仰着头,和谢星忱撞上视线,脸上全是"你解释吧,不关我事"的冷淡。

谢星忱唇角微挑:"没谈,真的只是约了朋友。"

谢允淮觉得这就是个幌子,也没当真:"反正话我带到了,你要是不回,后果自负。"

"回见。"谢星忱毫不留恋,转身就走。

林曜抬步跟在他后面,想了想方才两人的话,问道:"周末你要是有事,还需要我陪你练拳吗?"如果不用的话,他就可以趁着周末去打别的工,再多挣点钱。

"练啊,反正我又不去。"谢星忱唇边挂着微笑。

林曜愿景破灭,心情不佳。不过,想着本就是自己欠了人情,他的语气稍微缓和了些:"练就练吧,等欠债清零,我们就还是跟以前一样。"

谢星忱神情懒散,懒得理他,转身走向风口:"你先回吧。"

林曜脾气不好,察言观色的本事却是一流:"我说错话了?你生什么气?"

"没有,我哪儿敢生你的气呀。"谢星忱和气地笑了笑,笑意却没有抵达眼底。

林曜轻嗤:"莫名其妙。"

他懒得再理会,转身回了宿舍。进了宿舍,他去了浴室,拿出补充剂往手臂上扎了一针。

这是和睦医院研发的最新产品,效果极佳,从昨天只输了一次液就已经压下了病症就可以窥见一二。但林曜仍然觉得不保险,或许得更狠一点儿,那种据说通过手术可以改变基因状态的方法也不是不能考虑,虽然成功率只有万分之一。不过,他的钱不够,不是不够，是差了很多。除了还谢星忱的债，他还得加长打工的时间。

理清了思绪，林曜点开某个聊天对话框，边打字边朝着浴室门外走。

林曜：之前您说的那个工作，我接了。

程哥：读了军校还能来这种地方表演？

林曜：没有规定说不能，又不是正式军官，我缺钱。

程哥：行啊，你这样的，我巴不得。

程哥：今晚就来吧，等你。

林曜回了个"OK"，迎面撞上正开门走进来的谢星忱，对方的表情仍然是刚才那副不知道谁欠了他八百万的不爽。

林曜微微皱眉："有事直说。"

能上军校的人，视力都是顶好的，谢星忱只是随意一扫，就看清了对话框的字。"今晚就来吧，等你"？好家伙，还挺暧昧啊，林同学这是打算去会情人？

林曜见他不说话，难得耐心地又问了一次："我惹你了？"

"没有。"谢星忱见他把补充剂的针头扔进垃圾桶，随手抓了件外套穿着就要往外走，又出声问，"天马上黑了，你还要出去？"

林曜觉得好笑："我出去需要跟你报备吗？"

他眉眼清冷，面无表情的时候仿佛结了霜，实在不好接近。谢星忱皮笑肉不笑："那倒是不用，我也要出去，顺道送你。"

"别，就医院那债我已经很难还了，不想再欠你人情。"林曜晃了晃手机背面的交通卡，"我坐公交。"

谢星忱还是跟着下了楼，但对方抄了近道，没两分钟，他就把人跟丢了。他头一回觉得自己的座驾太招摇，不太方便跟人。

他打开自动驾驶，就坐在车里在城市里漫无目的地闲逛，直到中控台上显示有个陌生的电话，他点下接通。

"是谢星忱吗？我是江祈然。"对方自报家门，"你哥给了我你的联系方式。"

谢星忱"嗯"了一声，兴致缺缺："别在我这儿浪费时间，没用。"

"真直白，直接拒绝也太让人感到挫败了。"江祈然说。

谢星忱不耐烦地说："挂了。"

电话那边背景音太嘈杂，有人群在喧闹欢呼。突然，手机里传来"啊"的一声，紧接着是一句"抱歉，有没有撞疼你"，然后又被铺天盖地的吵闹声淹没。后者的声音一如既往地清冷，隔着电话传过来，谢星忱依旧轻易听出那是林曜的声音。

江祈然是出了名的爱玩，大晚上去的肯定不会是咖啡馆，尤其是，林曜还处于略微应激的状态……不太对劲！谢星忱咬着猩红的烟，甩尾刹车，急速掉头："地址，马上到。"

江祈然摆摆手跟旁边的人说："没事，没撞疼。"又冲着电话这边笑，"谢少爷怎么突然这么关心我了？"

"地址。"谢星忱不想废话。

对方说了个名字——琅庄，一个有名的地下搏击场，合法但危险，各式各样的表演能满足不同客人的喜好。对有钱又有闲的人来说，琅庄是个不错的取乐之地，但林曜那么缺钱，应该不是顾客。琅庄对表演者的选择也是有门槛的，他的表演会是哪一种？

谢星忱的神色彻底沉了下来，车速飙升。

琅庄虽然只对受邀的客人开放，但谢星忱的限量超跑刚到门口,就有眼尖的门童认出了这是谢家二少爷的车。他不敢拦,放任对方径直入内。

谢星忱给江祈然回拨过去,简单直接地问:"你人呢?"

江祈然笑吟吟地站在花坛边挥手:"这儿呢。"

谢星忱利落地刹车,把车钥匙扔给泊车小弟,朝着他走过去:"刚刚在看什么?"

"嗯?"江祈然抬头。

谢星忱个子高,就算江祈然站在台阶上,也还需要微微仰头,可即便是这种角度,谢星忱依然显得格外帅气。的确是一张好皮囊,这点跟他哥很像。

江祈然欣赏了几秒钟,才说:"你也是来看戏的?"

"不然呢?"谢星忱摸出了这人的脾气,估计来硬的是不行的,便搬出名利场上那套,"有好戏怎么能错过?"

听到里面一阵喧闹,江祈然道:"来吧,表演快开始了,别耽误我看演出。"路过十三长廊的时候,他又说,"我本来是听说今天有粉色透明人鱼的拍卖,才想来凑个热闹,结果你猜怎么着?"

谢星忱没兴致:"不想猜。"

"你这人真无趣。"江祈然无语,带着他进入顶楼包厢,"然后,我在七号廊撞到了一帅哥,长得……怎么说呢?"

谢星忱听到跟林曜相关的话题,把视线转了过来:"继续。"

江祈然回味道:"气质很冷,眼神很淡,有股很难驯服的劲儿,挺酷的。"

谢星忱"嗯"了一声:"所以呢?"

江祈然慢悠悠道:"我觉得他很不错,想约出来一起吃顿饭,你觉得如何?"

谢星忱：不如何。不过他得承认，林曜那张脸确实长得不错。

场馆突然喧闹起来，伴随着一阵尖叫，表演即将开始。谢星忱抬眼看过去，正中央是一个斗兽场，很普通的布置，只是放大了数倍，显得极具压迫感。

谢星忱意兴阑珊："这就是你说的表演？"

话音刚落，表演者便上场了。

半张兽面遮面，上身赤裸，脖子上缠着一条银色的锁链，喉结处扣了一个粗犷的锁扣，锁链末端垂在饱满的胸肌之间，像是被拴住的兽类。腰间露出两道深深的人鱼线，双手交叉在胸前，低着头，整个人蓄势待发，野性，充满了征服欲。

此刻，全场沸腾！

"就是他，我撞上的帅哥，很帅吧？"江祈然大大方方地欣赏。

谢星忱"嗯"了一声。

江祈然语气惋惜："不知道他到底经历了什么，才愿意接这种表演秀，等今天结束，我去问问能不能把人带走。"

"表演而已。"谢星忱跟林曜曾经交手过很多次，不论是搏击还是格斗，抑或摔跤，林曜都是一等一的高手，他并不担心会出什么意外。

江祈然却狡黠一笑："如果只是单纯的表演，谁会看啊？"

紧接着，侧门再次打开，伴随着巨大的声响，一只拴着铁链的巨兽被拖了进来。巨兽显然是被打了镇静剂，还未完全苏醒，被四个人联合抬进了场地中央。几人将巨兽放下后飞速离去，生怕被误伤。

谢星忱换了坐姿，收起懒散。他看着林曜在巨兽旁边半跪着，然后将自己身上垂坠的铁链一端扣在了巨兽的脖颈上。

如此近的距离,野兽几乎张口就能把他吞噬,他等同于把性命交了出去。要在无法挣脱的情况下靠着拳头求生,两者之间必有一死,的确是不要命的玩法。

"疯子!"谢星忱骂道。

而场馆四周已经响起了无数尖叫声,观众也像是疯了一般,纷纷催促着赶紧唤醒野兽,把它刺激成狂躁模式。高高在上地欣赏着一个苦命少年在野兽的利爪下挣扎,这些人的乐趣,可真是够残暴无情的。

听到喊声,林曜拿起旁边的兴奋剂时,手都在抖。他能看到野兽锋利的獠牙,稍微移动,相连的铁链便哐当作响。

恐惧吗?当然。他没有无畏到可以藐视一切,可是,没有别的办法。他想要通过手术变回从前,这手术不仅成功率相当低,且费用昂贵,但即便只有万分之一的可能,他也得试。所以他得存钱,存很多的钱。而这样危险的表演,是不用出卖自己,来钱最快的渠道。

林曜咬着后槽牙,将针扎进野兽的脖颈,缓缓推入药剂。

"这是 Z7032 兴奋剂。"江祈然偏过头,低声给谢星忱科普。

谢星忱分神听着,滑开手机,发送消息:让人送支 Z7033 来琅庄,再带把猎鹰47,现在。

第九星系内,凡联盟公民是被允许持枪的,但能买得起枪械的毕竟还是少数。

考虑到琅庄的人实在太多了,万一擦枪走火出了事,后果很重要,于是对方谨慎回复:要是被联盟长知道,不好处理。

谢星忱:后果我担。

斗兽场中，野兽苏醒。它被兴奋剂刺激得满眼通红，发出一声低沉的嘶吼，四肢站起，猛然昂头。铁链骤然被拉紧，林曜被巨大的力道拖拽着悬到半空，脖颈上的项圈成了唯一的支点，将他勒得喘不上气。他十指扣着锁链边缘，拼命喘息挣扎，手臂上青筋暴起。

电子屏幕上的数字正在飞速滚动，一大半的观众笃定，十分钟后，野兽将咬断少年白皙的脖颈，让他当场身亡。

谢星忱偏过头："要不要打个赌？"

江祈然见他终于有了点兴趣，笑嘻嘻地说："好啊，你赌多久？"

谢星忱说："三分钟。"

江祈然觉得这人实在无脑，劝阻道："小帅哥再怎么菜，单凭这股倔劲，也肯定能扛过三分钟。"

谢星忱一眨不眨地盯着林曜，缓声说："不是，我赌他会在三分钟内赢。"

江祈然觉得他在开玩笑，指着正中央不断挣扎的林曜："你看他现在，被勒得脸红脖子粗的，赢得了吗？"

谢星忱面色平静。

同一时刻，林曜呈倒挂姿势，双腿交叉着锁住野兽的头，借力一跃而起。在距离到了最近的瞬间，他一拳砸进了野兽的眼睛里，鲜血飞溅。观众席开始沸腾、尖叫。

林曜是一名永不服输的战士，一拳接着一拳地出击，越战越勇，这是一场超值的表演。痛苦的野兽狂躁到了极致，獠牙划破了他的小臂。暴力美学在这一切达到了极致，让整个场馆都变得急不可耐。

"快！打啊！反击！"

林曜庆幸自己提前打了药剂，不至于出现应激状况，即便如此，他现在的体力也支撑不了太久。而此时，他还有更重要的事——解决眼前这只丑陋的怪物。

好累，喘不上气。林曜抬头看向观众席，在密密麻麻的人头中，恍惚间好像看到了一双漆黑的眼睛，好熟悉。谢星忱？游手好闲的富家子弟的确有可能出现在这种寻欢作乐的场所。可不能让他看到自己输的样子，太丢脸了，不能在这里倒下。

江祈然看着越发暴躁的斗兽和逐渐脱力的少年，惋惜道："快到三分钟了，他根本就打不动了。小谢，你再不改，就真的要输了。"

"是吗？"谢星忱漫不经心地反问道。

旁边，一个一身黑西装的高大男人进来，弯身停留了一秒，而后离开。

谢星忱握着送过来的猎鹰47，滑动上膛，扣紧扳机。狙击满分的优等生无须瞄准，就精准锁定了笼中狂躁的野兽。

"我们会赢。"

"我们？"江祈然反问。

林曜单手抓着那条晃荡的铁链，借力踩上野兽的后背，再抬腿朝着它的脑袋狠狠砸下。同一时刻，那枚含着Z7033麻醉剂的消音弹，在无人察觉时精确击中了野兽的心脏。

野兽发出了狂烈的嘶吼。之后伤痕累累的勇士带着鲜血骑在他的俘虏的背上，闭目喘息。而那只巨兽轰然倒下，昏死过去，说不清是因为麻醉剂起了效果，还是因为林曜的全力一击，或者都有。

谢星忱感受到了一种前所未有的并肩作战的愉悦。

"真在三分钟内打赢了！"江祈然兴奋地起身。

"我都说了，我们会赢。"

谢星忱表情冷淡，手中把玩着那把猎鹰47，目不转睛地看着斗兽场中央那双转过来看向自己的、倔强的眼睛。

江祈然用胳膊肘碰了碰他："我们去休息室找他。"

"过两分钟再去。"谢星忱双腿交叠，灯光暗淡，让人看不清他的表情。

"表演结束了，一天就这么一场。"江祈然顿了顿，压低声音，"不过刚刚，我总感觉什么东西飞过去了，是不是有人帮他？"

琅庄没有任何规定说不可以帮忙，场外可以做干扰动作，但毕竟用了枪，谢星忱需要找个理由回去跟老爹解释。老头儿心思太密，他倒是不怕被骂，只怕老头儿察觉到林曜现在的身体状况而引发误会，做出些强制调离的举动。

谢星忱缓声开口："江祈然，能不能帮我一个忙？"

江祈然微微挑眉，"嗯"了一声。

"刚才台上的那个人。"谢星忱顿了顿，"改天跟我一起回家的时候，你跟我爸说，因为你不想他受伤，才求我动了枪，怎么样？"

江祈然错愕地盯着他好几秒钟，又不可置信地看向斗兽场，来回好几次才开口："你为了个路人在琅庄动枪？真是疯了！"

联盟境内允许持枪，但琅庄里面多的是高官和亲属，联盟长的亲属在这里动枪，要是误伤了谁，那是会引发大乱的。

谢星忱笑了笑，眉眼间都是纨绔子弟随口玩笑的风流模样："一时兴起。"

江祈然低声骂道:"疯子。"

谢星忱想:好巧,十分钟前,他也是这么评价林曜的。他将枪别在腰上,用外套的下摆挡住,起身径直朝着休息室走去。

此时,林曜整个人陷在沙发里,呼吸粗重,双目紧闭。刚从生死边缘回来,现在仍然心惊肉跳。他甚至不知道救了自己的是最后用尽全力的一击,还是那枚擦着他小腿过去的消音弹。

谢星忱动了手吗?不可能。他没有为自己出头的动机。是琅庄的人的可能性更大,早就听说他们会内部操控下注结果来赚钱,估计是不想真的闹出人命。

脖颈上的铁链还沾染着血迹,他烦躁着解开铁扣,把铁链扔到一边。还没来得及换回衣服,门就被推开了。他艰难地抬起眼皮,就看到刚才脑海里闪过的脸骤然出现在自己的面前。

"你……喀喀喀……"林曜狂咳不止。

谢星忱难得没出声,就那么不发一言地看着他。

如果今晚自己没来,也许最后林曜依然可以获得胜利,他会是单靠自己就走到最后的英雄,但会受更多的伤,流更多的血,甚至有性命之危。

真让人感到生气,竟然把命当儿戏!

"你跟踪我?"林曜抬头,撞上他的视线,却看不清他眼底的情绪。

"碰巧。"谢星忱避重就轻。

林曜微微点头:"也是,这儿像是你会来的地方。"

挥金如土,纸醉金迷,以看贫穷的底层人民挣扎为乐子的上等人,符合他对纨绔子弟的刻板印象。

谢星忱没辩解,直勾勾地盯着他身上的伤口,还挺长的。

"近距离再看,果然很帅。"江祈然带上门,从谢星忱高大的身后冒出来,一副看热闹的表情,"你好,我叫江祈然,是谢星忱的朋友。"

林曜这才注意到他身后还有别人,微微抬了一下下巴:"抱歉,受伤了,没办法招待。"

"果然很酷。"江祈然用胳膊碰了碰旁边的人,"你不表示一下?"

谢星忱侧头睨着他:"我觉得你可以走了。"

江祈然眉梢微抬:"但我还想多待两分钟,怎么办?"

谢星忱实在懒得陪他玩这种无聊游戏,略一低头,压低声音:"开始我还不太清楚你的目的,但刚刚那通电话让我确定,你针对的其实是我哥吧?"

进门之前,谢允淮打来电话,询问那支枪的用途,成叔是他的心腹,谢星忱知道瞒不过。只是谢星忱还没开口,手机就被江祈然抢了过去,说辞与刚才两人的串供一致,但语气明显带了一点儿挑衅的成分,谢星忱瞬间了然。

江祈然别过脸:"胡说,我没那么无聊。"

"呵呵,我看人很准的。"谢星忱微微笑,"放心吧,你帮我,我也会帮你的。"

江祈然绷直了后背,不动了。

林曜看着他们俩说个没完,实在是受不了了:"我说,你们想说悄悄话能不能直接出去说?"

"生气了?"谢星忱站直,笑得风清月朗。

"我生什么气?"林曜咬牙切齿,稍一用力,胳膊上的血就溢了出来,疼得他直皱眉。

江祈然转身，表情木然："那你帮他包扎吧，我先走了。"

谢星忱低声道："谢谢。"

江祈然独自离去，留下一站一坐的两个人，气氛瞬间凝滞。

谢星忱拎过旁边的医药箱，面无表情地打开，半跪在林曜旁边。手臂被他握住，冰凉的消毒液涂抹上去，带来一阵刺痛，林曜微微挣扎。

"别动。"谢星忱这会儿才稍微显露出一点儿真实的情绪，"你赚钱不要命是吗？"

林曜拧着眉，低声道："不用你管。"

"不用我管？"谢星忱一字一顿地重复，手上却动作利落地替他缠好纱布，缓慢打结，然后松开。

刚才看他表演时还没有多生气，此刻，谢星忱却真的有点儿动火。谢星忱微微掐住他的脖颈，迫使他抬头跟自己对视："林曜，什么叫不要我管？你现在这条命都是我救的！"

林曜艰难地挤出声音："什么意思？"

谢星忱左手的虎口抵在他的下巴处，右手抓住他的手摸向自己腰下的位置，缓声问道："摸到了吗？"

林曜浑身僵住，碰到了，是猎鹰47，他最喜欢的枪，此时，正别在谢星忱的腰间。

"刚刚是你出的手？"林曜觉得难以置信，居然是谢星忱开枪帮自己结束了那场生死战斗！

谢星忱背着光，整个人陷入昏暗的阴影里："所以我说你的命是我救的，有问题吗？"

压迫感重到了极点。林曜定定地看了他几秒钟，想看清那漆黑的眼里到底藏着怎样的深意。因为……实在没必要啊。为什呢？他突然不想再玩这个猜谜游戏，直接挑明了问：" 怎么，知道我二次转化，想换个玩法了，是吗？"

谢星忱愣了一下。原来没猜错！只是这突然的坦白，让他的情绪都有点儿乱了。

林曜追问："说话。"

谢星忱看着他紧绷的身体，眯起眼睛："又在胡思乱想什么？"

林曜眼底通红，像一只受伤被捕、陷于囹圄的猎物，带着倔强："你救我，是要我付出什么代价，又或者，是要我为了报恩听你的话？"

谢星忱哑声："是，我想要你好好——"

"我就知道！"林曜打断他，神色桀骜，语气嘲弄到了极点，"少爷，这次又想怎么玩？"

谢星忱垂着眼，压着心里的火气，定定地看着他，似笑非笑："你以为我要做什么？"

林曜没想到他会反问自己，瞬间卡壳了。

"知道在琅庄开枪有多大的风险吗？我费了这么大的劲儿，你觉得我要做什么？"

林曜咬牙切齿："如果你没什么目的，为什么要帮我？"

"我好不容易找到一个对味儿的陪练，你要是死在这儿，多无聊呀。"谢星忱避重就轻。

林曜不喜欢被钳制的感觉，抬脚蹬他："放开我。"

谢星忱轻轻地"啧"了一声，正准备再说点什么，休息室的门被人敲了两下。他松开林曜，陷入背椅里，姿态懒散。

进来的是琅庄的经理，也就是之前联系林曜的程哥，他背后还跟着一位西装革履的男人。那个男人看到谢星忱时,视线定格了一秒,开口道:"没想到小谢少爷今天有雅兴过来。"

"庄琅先生?"谢星忱没来过这儿,不代表他不知道琅庄的老板是谁,对方能一眼认出自己,动动脑子就能猜出身份。他姿态未变,揶揄道:"林同学面子够大的,连老板都惊动了。"

林曜一直是和程经理单线联系,此时也吃惊地抬头问:"老板?"

"今天的演出很精彩,打破了琅庄最快胜利的纪录,当然要来看看。"庄琅温和地说,"有兴趣签个长期约吗?林曜,想要多少钱都好商量。"

还没来得及回应,谢星忱就替他回答了:"不签。"

林曜踹了一下谢星忱的小腿,让对方赶紧闭嘴。他当然知道这是万分危险的工作,可这也是他能力范围内来钱最快的办法,如今他迫切地需要动手术,一刻都不能多等。

"可以给我点时间考虑吗?"林曜给自己留了余地。

庄琅笑道:"当然,毕竟还是有危险的,好好考虑一下是应该的,周日前给我答复。"

林曜点了点头:"谢谢。"

庄琅没再过多停留,寒暄了两句便转身离开。临关门之前,他顿了顿,转过身:"当然,如果你想要更安全的工作,可以找程经理要我的联系方式。"

林曜迫切出声:"什么工作?"

谢星忱垂眸,没话说。

庄琅微勾了一下唇,没有多说就离开了。

门再度被关上,林曜自言自语:"到底什么工作啊?也没说呀……"

谢星忱提醒道:"安全又来钱快,你动脑子想想。"

林曜回忆着老板方才的话,猜测道:"让我当格斗陪练?周末给你陪练,周一到周五给他陪练,也可以的。"

谢星忱轻嗤:"蠢货。"

"你再骂!"林曜拳头硬了,但碍于手上还缠着纱布,有点儿影响发挥。

谢星忱重重地吸了一口气,又缓慢吐出,过了好几秒后才说:"他是说你可以卖身,这么明显还听不出来,你不蠢谁蠢?"

林曜半闭上眼,脑子乱糟糟的:"那我还是再练练表演吧,胜算会越来越大的。"

谢星忱转过头看他:"这么玩命赚钱,要做什么?"

"做基因改造手术,我现在的情况不适合当军人,我不能……"林曜没打算瞒着他,坦白地说,"我咨询过了,成功率很低,但我得试试。"

谢星忱淡淡地笑了下:"你是千方百计地把自己的生命置于危险之中是吗?不是今天被打死,就是明天死在手术台上?"

林曜察觉对方好像在生气,却不明白怒从何来。想着他刚帮了自己,头一回耐着性子解释:"我有我的执念,除了崇清,我哪儿也不能去。"

"谁说星渚就不能成为杰出的军官?法律没有这条规定。"谢星忱命令道,"抬头,看着我!"

林曜抬头,撞入他的眼中。这几日,身体的状况已经无法遮掩,他不得不承认:"星渚上战场很吃亏,再加上我有应激,更加不利于作战。"

"那是其他人,你不一样。"谢星忱盯着他的眼睛,"我已经问过医生了,定期的精神疏导能够帮你保持精神力的平衡,但帮你进行疏导的人,精神力等级必须与你相近。就我们两个这么多年对阵的状态来看,你的精神力应该也是 S 级,即便是经历了二次转化,也没有被削弱太多。"

林曜不明所以:"所以呢?"

"所以……"谢星忱唇角微弯,"我可以帮你定期进行精神疏导,这样你就不会再出现应激的情况,会成为战斗力最强的星渚。怎么样,要不要我帮你?"

这是林曜从未想过的路。得知检查结果之后,他一心想要回归原来的轨道,连次日有新生赛都顾不上,拼着受伤也要参加今晚的表演。但事实上,他心里很清楚,自己可能真的回不去了。而此刻谢星忱的话,就像点亮黑暗的灯。

"你肯帮我?"他心弦微动,"帮我,对你有什么好处?"

谢星忱想了想,找了个对方可以接受的逻辑:"你不是看不惯我吗?看不惯又不得不仰仗我,换作你是我,你是不是也挺开心的?"

真是非常符合大少爷恶劣的作风!林曜默不作声。

谢星忱看着他:"所以,决定了吗?求我,我就帮你。这可比你攒钱做手术要容易多了,不需要你出一分钱,每次陪练,我还给你结工资。"

求吧,说句软话而已,这可是天上掉馅饼的好事儿。林曜拼命做着心理建设,手指拽着外套的衣角,只是脸都涨红了,硬是挤不出半个字。以前恨不得拔刀相见,这会儿自己却要低声下气地求他……林曜此刻已经体会到了谢星忱所说的那种备受折磨的感觉……

谢星忱嗓音带笑:"林同学,这就是你求人的语气和态度?"

林曜忍了又忍,才控制住想揍他的冲动。他试了又试,发现自己真的开不了口求人,深吸一口气,艰难地挺直后背,放弃了:"算了,我放弃。"

话都到嘴边了,又拐了弯。谢星忱轻"啧"了一声,心想:还是这么硬气,真倔!

"但我已经喜欢上了这个游戏。"谢星忱俯身,"现在给你两个选项,要么你求我帮你,我们愉悦地达成交易;要么我强制,毕竟以你现在的状态,在强精神力的压制下很难反抗。"

林曜猛然抬头,原本清冷的眉眼此刻泛着红,眼底满是倔强。恶劣的狗东西,他在心里谩骂。

谢星忱压下心中不忍,今天不逼他一把,就无法让他主动接受自己的帮助,万一出了事,后果不堪设想。

他开始倒数:"三,二……"

林曜的呼吸变得急促。

"一!"

林曜绷紧的唇松开,尝试着从干涩的嗓子里挤出声音:"谢星忱——"他绷着表情,发出了一点儿沉闷的声音,"求你帮我。"语气十分生硬,一副"你跪下,听我求你"的高冷架势。

谢星忱看得有点儿想笑,却不打算太难为他,满意地说:"嗯,我答应了。"

林曜站着没动,只是冷着脸看他,一副桀骜不驯的模样。此刻,他的思路也逐渐清晰。谢星忱说的方法的确是个好主意,就算不能长期进行疏导,就短期而言,也是一个不错的选择,他可以趁机选择更安全的方式慢慢攒钱,慢慢想办法。

他吐出一口气,问:"帮我进行精神疏导,对你的病有好处吗?"

不好说,毕竟他们两个没有一起做过精神力互斥度测试,万一互斥度太高,搞不好自己还会受到精神力的反噬,但谢星忱还是点了头,说:"有。"

"好。"林曜自认拿捏了一切,"那我们的交易是互惠互利,是平等的,从某种程度上来讲,我们是战友,你不能借此控制我。"

谢星忱笑着答应:"好。"

气氛突然变得这么平和,林曜反而有些不自在了,他胡乱抓过沙发上的无袖背心往身上套:"回去了。"

"那我们的一对一互助小组就从今天开始?"谢星忱说。

"嗯。"

"你有任何需要,或者我有,另一个人都要随叫随到。"

"嗯。"

谢星忱若有所思地看了他一眼,才拿起车钥匙起身,慢悠悠地说:"走吧,回宿舍,快到门禁时间了。"

已经是夜场时间,琅庄正是热闹的时候,场馆的光线变得昏暗暧昧,纸醉金迷,醉生梦死。林曜只是随意一瞥,就从脸颊红到了脖子根,脚步越来越快。谢星忱跟在后面,心情愉悦。

林曜偏过头,看他笑得一脸荡漾,摇了摇头,心想:还是看他不顺眼,真烦!等坐上车,整个人松懈下来,林曜才察觉胳膊上的伤口开始疼痛,上场前打的补充剂也被消耗殆尽。

谢星忱很轻地眯了一下眼,将油门踩到了底。

眼见车速越来越快,林曜转过头看着他问:"你驾照的分快被扣完了吧？"

谢星忱喉结滚动："没事，我的分很多。"

林曜面色如常，回想起谢星忱之前用的那把猎鹰47，那可是他的梦中情枪！

"谢星忱。"林曜试着叫对他的名字。

"嗯？"

"你今晚用的枪，能不能给我看看？"林曜只在资料上见过，还没看过实物。

这种东西管控严格，万一擦枪走火是要负责任的，一般不会轻易外借。谢星忱倒是大方得很，他趁着红灯，踩了刹车，把枪递给林曜："看吧。"

林曜只是碰了碰那枪，便迅速松开了手。

谢星忱看出了他眼底隐藏的喜欢，想来林曜应该是真的很想要成为一名军人吧。他抬起眼，用余光看着红灯倒数的读秒，玩起了无聊的角色扮演："林上将，放我一条生路。"

演技挺好，声音也没了平时那副游刃有余的懒散。

林曜唇角微翘，露出一丝愉悦，不过他情绪藏得很快，瞬间又恢复了平静，只是隐约间露出了一点儿虎牙。他利落地扣紧枪支，把枪抵在对方腰间，语气冷淡："逮捕你。"

谢星忱配合地抬起双手，低头道："嗯，被你抓到了。"

林曜没想到谢星忱真的会配合。两个人像是小孩子扮家家酒一样，一个当军官，一个当俘虏。不过，小时候玩这种游戏，可没人愿意扮演战败的俘虏，而林曜也没有过这么无忧无虑的童年。

夜风吹拂，林曜把手指从扳机上挪开，怕走了火："幼稚。"

谢星忱微微调整了一下坐姿，双手搭在方向盘上："林长官，怎么连枪都拿不稳？需要我教你吗？"

　　林曜面无表情，手一用力，枪便再次抵了上去："你就不怕我真的开枪？毕竟我这么讨厌你，搞不好会趁机杀了你。"

　　"你来呀。"谢星忱停顿了一拍，"倒是不怕，就是有点儿遗憾罢了。"

　　"遗憾什么？"

　　还没从死敌变成朋友，当然遗憾了。谢星忱看了他几秒钟，道："不玩了，坐回去，马上绿灯了。"

　　听起来倒像是自己在胡搅蛮缠。不过林曜的确不占理，便松了手，把枪重新塞了回去。他侧过头，瞥见手臂上的纱布再次渗出了血，感觉身体又有了应激的征兆，低头摸索出外套口袋里的药剂，熟练地朝着自己手臂扎进去，眉头都没皱一下。

　　"你可以找我帮忙。"谢星忱说，"我们不是约定好了，任何时候，互利互惠？"

　　林曜冷冷地瞥了他一眼："不到万不得已，不想求你。"

　　还是一样倔。

03 新生赛事

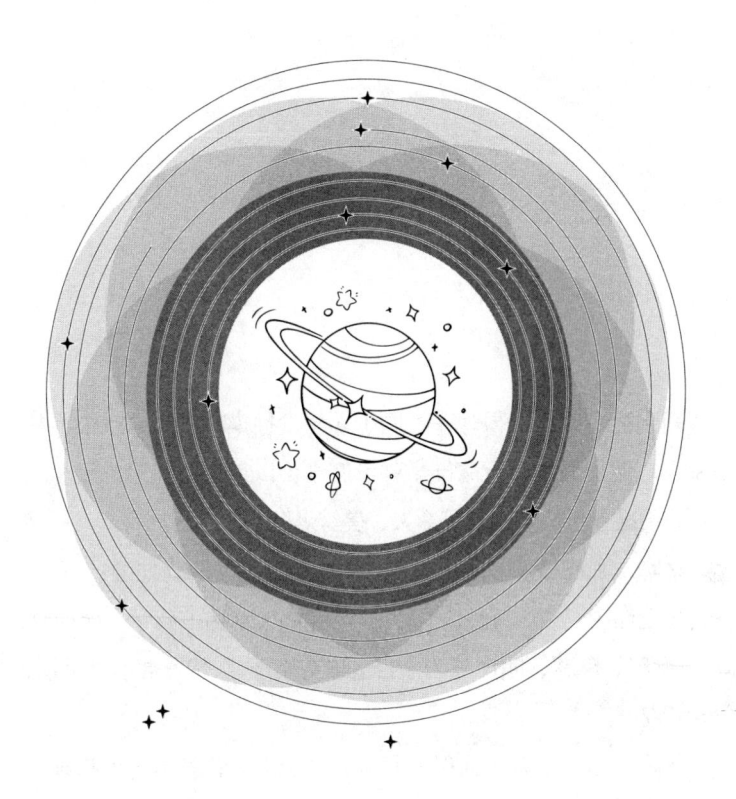

回到宿舍时已经很晚了，两个人偷偷摸摸地进去，生怕弄醒了室友。但很显然，贺离同学并没有学会以德报德，第二天早上六点，便敲锣打鼓地叫醒了众人，美其名曰为新生赛热身。

林曜从乱糟糟的被子里露出一颗脑袋，语气阴森地说："我现在就想把你揍一顿热身。"

"别呀，曜哥，叫你是为了告诉你有奖金。"贺离拿出撒手锏，"一万呢！"

林曜收回了想要杀人般的眼神，扯了下唇，露出一个和善的微笑："早餐想吃什么？"

贺离抖了抖："你别这样，有点儿恶心，我受不了。"

"想死是吗？"林曜淡淡地威胁。

贺离拍了拍胸脯："舒服了。"

程博言看到这幅场景，转头看向谢大少爷："咱们这个宿舍里还有正常人吗？"

谢星忱摇头表示遗憾："没有，我比他们更变态。"

林曜叼着牙刷想：这人还挺有自知之明。

等几人洗漱完，下了楼，聚集地已经坐满了人，乌泱泱一大片。

　　崇清的新生赛一向是学生们每年最期待的盛事，军校纪律严明，就更需要新鲜的刺激和荷尔蒙的冲击。而新生赛聚集了指挥院、军械院和综战院三个院系的入校综合测试中前三十名的学生，是强者之间的决斗，很是刺激。

　　谢星忱一行人走到比赛入口时，意外地看到拎着医疗箱走过来的江祈然。谢星忱挑了挑眉："你也是崇清的？"

　　江祈然换下了在琅庄时矜贵的装扮，穿着一身白大褂："嗯，你哥没跟你说吗？我是医学院大三的学生，今天来帮忙处理急伤。"

　　听到对话，林曜跟江祈然对上视线。昨晚在那种场合上碰过面，他不确定对方是不是想要被认出来，便没出声。倒是江祈然瞥见林曜穿着无袖背心的胳膊，"啧"了一声："谢星忱，你的包扎技术也太差劲了吧，真丑。"

　　林曜同仇敌忾："同意。"

　　谢星忱笑骂道："白眼狼！"

　　"过来，我帮你重新弄，别一会儿打着打着把纱布弄掉了。机甲会感应到伤口，加大攻击力度。"江祈然偏了下头，示意林曜过来点。

　　林曜坐过去，把袖子往上撸，露出流畅的手臂线条。这几年，除了贺离，他没时间结交什么新朋友，所以面对旁人的好意会有点儿无所适从，只能闷声说："谢谢。我们也不熟，你还对我这么好……"

　　这就叫好了？这个小孩是真没被人疼过啊，怪可怜的。江祈然用棉签帮他擦拭掉溢出的血迹，动作轻柔："这样吧，我帮你包扎，比赛结束后，你用奖金请我吃饭。我在琅庄旁边的餐厅等你。"江祈然起身，把医药箱扣好，"你肯定能拿第一吧？我很看好你。"

林曜点了点头："能。"

"那我走了。"江祈然冲他笑了笑，气质温和又灵动。

林曜和他告别后，贺离、程博言二人拎着几袋牛奶走过来，问："曜哥，刚才那个人是谁啊？"

谢星忱叼着牛奶袋子接道："找你曜哥的。"

"真的假的？"贺离用胳膊肘碰了一下林曜，"曜哥，你什么时候认识这种帅哥了？顶着这么一张英俊的脸站在人群里，简直扎眼。"

林曜轻咳了一声，侧头去看谢星忱的表情。他五官棱角分明，眼窝很深，不笑的时候，给人一种斯文败类的感觉。看在这两天他帮了自己很多忙的份儿上，林曜给出了他能给的最大善意："一会儿我在决赛圈前，不会主动狙你。"

谢星忱冷笑："那我真是谢谢你了。"

林曜：什么态度啊？真想现在就狙了他。

两个人抬眼，沉默地对视着。

"气氛好怪。"程博言敏锐地嗅到了一丝不对劲。

贺离一边喝牛奶，一边观察着两人的表情，觉得似曾相识："他们俩上高中的时候就这样，在走廊上碰到都像是要互相捅穿对方似的，我们早就见怪不怪了。"

"这么夸张？"程博言很震惊，"那我作为宿舍长，以后每天早上要多一个任务了。"

"什么？"

程博言痛心疾首："看宿舍里有没有多一具尸体。"

贺离干笑道："哥，这个笑话真的很冷。"

此时，广播开始播报："新生赛即将在十分钟后开始，非参赛学生请立即离开，有序进入观战区，参赛学生请前往准备区换取作战衣，并领取相关军械设备。本次比赛的作战区域为操场至后山的迷雾森林全域，其间，会出现机甲及各类野兽进行干扰。参赛者可用特制枪械互相狙击，胜者为王。当然，我们会最大限度地保障各位的安全，如在过程中出现受伤情况，会有急救队和直升机进行支援！"

播报完毕，几台巨型机甲从天而降，进入众人的视线，做了一番演示，朝着同一个方向发射激光，被瞄准的物品瞬间被击穿，杀伤力可见一斑。

"玩这么大？"贺离抓着身上换好的防弹衣，瑟瑟发抖，"我只是一个靠运气挤进前三十的特长生，妈妈，我要回家！"

林曜拿着狙击枪，一边快速观察那几架机甲的特征，一边开着玩笑："实在害怕，我给你一枪，把你直接淘汰，如何？"

"哥，你好冷酷好无情。"贺离眼泪汪汪。

"不是你要回家的吗？"林曜淡淡出声，"我不过是送你一程。"

谢星忱用手指来回摩挲着枪膛，心想：林曜对兄弟都这样，看来冷漠是他的个人特色。

几声枪响，烟花升天，比赛正式开始。

观战区的众人盯着大屏幕，镜头扫过每一位参赛者的脸，同时显示出对应的学号和姓名，便于大家观战。捕捉镜头特别偏爱帅哥，扫到林曜时特意多停留了片刻。

"啊啊啊，这张脸太帅了，还有这绝美的鼻尖痣，我好爱！"

"这位帅哥我不曾见过,怎么还没开始比赛,胳膊就受伤了?"

"明天就让医学院和综战院联谊!"

镜头扫到旁边的谢星忱时,观战区又是一阵骚动和尖叫。

"这等帅哥,今年竟然有俩?"

"他们俩是死敌,一向不对付,今年的比赛有看头了!"

"嗯?原来早就认识吗?"

而赛场中央,气氛就没有这么轻松了,机甲已经启动,成为进入迷雾森林的第一道防线。交错的射线组成令人无从下脚的迷阵,参赛者个个苦不堪言,既怕第一个被淘汰——那可就太丢脸了,又怕打斗时被伤到,一不小心送了命,就更得不偿失了。

贺离小心翼翼地端着枪,艰难地避开扫射过来的激光,朝着入口挪动时,突然感觉一阵风猛烈刮过。再抬起头时,两道身影如同两道光朝着入口飞奔过去,只剩下残影。

真快啊!贺离感叹道,看着那两个人的背影如出一辙地弹跳、躲闪、飞跃,动作利落得像是出鞘的剑。

"他们俩是人吗?"程博言跟着飞奔过去,"快快快,这两个人吸引了六台机甲的围攻,我们赶紧跑。"

这句话提醒了唯唯诺诺不敢上前的众人,此刻,他们都拼命地朝着入口冲去。

广播再次开始播报:"进入迷雾森林之后,参赛者可开启互相狙击模式。请注意,不同的位置受伤对应了不同程度的血条伤害,血量清零即为被淘汰。对讲机可调至公共频道,用于结盟或公开暴露他人位置。请各位在深入体会战争的残酷后,能更加珍惜和平。"

大雾弥漫，机甲在近处攻击，野兽在远处嘶吼，枪声也在密集地响起。众人如同身临真正的荒星战场，气氛骤然变得紧张起来。

"学号086宋子睿，血量不足10%，即将被淘汰。"

"学号086宋子睿，段铮击杀。"

"学号037邱子豪，林曜击杀。"

"学号015秦皓宇，林曜击杀。"

"学号032张宇轩，谢星忱击杀。"

"学号088李子明，谢星忱击杀。"

……

密集的播报声响彻上空，昭示着此刻迷雾之中正在大开杀戒。观战台上的众人看爽了。

"看这狙杀记录，哥几个是不是开挂了？"

"刚进去十分钟，林曜已经淘汰了十三个人，谢星忱淘汰十二个，段铮淘汰八个，都疯了吧？"

"根本不用野兽上场，这三个人就能直接清扫战场。"

"另外几十个新生跟他们好像不在一个比赛，笑死。"

此时，林曜已经行至半山腰，迷雾更浓，几乎辨不清去路，偶尔能看到一双猩红的眼。

"啊！"对讲机里突然传来贺离下意识的呼救，"林曜，救我！"

比赛是个人战，但为了能活到最后，也有部分参赛者选择在前期结盟，一同前行。林曜朝着坐标的位置飞奔过去，抵达时，贺离已经被那头猛兽咬着悬吊在半空中，如同昨夜他在斗兽场中和那只困兽拼死肉搏时那般。

林曜抬枪对准猛兽的心脏精准狙击，野兽中枪后摇摇晃晃的似要摔倒，却还在奋力撕扯着贺离的防弹服。

"啊……"贺离挣扎着想从野兽口中逃跑，肩膀却被咬伤，动弹不得。

林曜抓住野兽硕大的角，翻身一跃，抬脚冲着野兽的脑袋进行暴击，而后双臂合拢，勒住它的下颚，侧身用力，将其直直地掀翻在地。

巨大的声响过后，野兽轰然倒下，烟雾飘散，猩红的眼缓缓闭上，没了动静。少年居高临下地俯视着，肩头满是浸透了纱布的血。

贺离嘴巴张得老大："厉害！"

"他就这么徒手弄死了一只野兽吗？"

"不是徒手，是徒脚，真是强得可怕！"

旁边围观了全过程的两位参赛者一边猥琐前行着，一边窃窃私语，然后被人补了一枪，淘汰了。

"学号089张俊杰，林曜击杀。学号077陈俊豪，林曜击杀。"

谢星忱坐在树上，占据着绝佳观战点欣赏完整个过程，看着贺离被他小心翼翼地救下，感叹道："这待遇真不错。"

从下面经过的某位新生听到声音，一脸迷茫地抬头。

谢星忱收回视线，一边扣动扳机淘汰了路过的新生，一边按下公共对讲机："林曜，救我。"声音很低沉，根本就听不出来半点儿急迫，仔细辨别，好像还带着点笑。

"学号043张梓睿，谢星忱击杀。"

只是路过就被击杀的倒霉蛋张梓睿同学在心里咒骂：你在侮辱谁呢？

"林曜,有人要杀我,真要死了。"谢星忱半屈着长腿,悠然地踩在树上,生怕不被人看见似的拿着对讲机,"林曜,林曜在吗?"

浓雾散开了一些。阳光勾勒出少年桀骜不驯的轮廓,宽阔的手掌随意搭在狙击枪上,不忌惮任何躲在暗处的偷袭。

林曜转过身,微微抬头,用狙击枪瞄准了树上的目标,避开心脏,面无表情地连开了三枪。

机械音在上方开始播报:"学号 002 谢星忱,血量不足 10%,即将被淘汰。"

谢星忱的对讲机里传来林曜冷淡的回复:"话多。"

观赛台看到直播的这一幕,笑得不行——

"这一招叫什么?挑衅不成反被狙。"

"哈哈哈,用对讲机叫死对头来救,真的好欠揍,你看人家理你吗?"

"理了,给他剩了一点儿血量,我们林曜哥哥真是人帅心善呢。"

林曜收了枪,感觉胳膊开始刺痛,于是脱掉外套,检查了一下新包扎过的伤处。江祈然的包扎手法很好,纱布倒是没散开,只是方才用力过猛,应该是伤口裂开了,有血止不住地渗出来。

"曜哥,你的伤……"贺离表情慌张,又不敢碰他,"算了,你淘汰我吧。我刚只是下意识地叫你,没想让你管我。"

听到"下意识"三个字,林曜表情变得柔和:"救都救了。"他伸手把纱布重新绑紧,"后面就各凭本事。"

贺离"嗯"了一声,从地上爬起来,原本朝着反方向走了两步,又顿住:"你刚刚为什么不直接狙杀了谢狗?"

林曜闻言一愣，看向刚才狙击的方向，那棵树上的人已经不见踪影。他收回视线，冷冷地说："留着残血羞辱他。"

"不愧是你！"贺离倒退着朝他挥手，"曜哥加油，咱们终点见。"

林曜轻轻地点了点头，说话间，抬手狙掉了想要偷袭的身影。

三分钟后，再次传来播报："学号019号贺离，段铮击杀。"

林曜"啧"了一声，带不动。他朝着山顶的方向快速挪动，敏捷地躲开机甲扫射的同时，又淘汰了三个人。根据广播播报的消息，场上剩余人数不超过五人。

快到山顶时，他听到身后有细碎的声响，动静很轻，不像是扫射的机甲或是野兽，更像是人。对方没开枪，是怕打草惊蛇吗？毕竟狙击后背只会减少血量，不会直接淘汰。

林曜眯了眯眼，毫不犹豫地单手抓住悬挂的藤蔓，纵身一跃，再借力转身，双腿准确地架在了对方的肩膀上，再一个反绞，就把人牢牢压制住。他单手掐上对方的脖颈，从头到脚完全掌控。

看清来人，他皱着眉问："谢星忱？真想死是吧？刚才没被打爽？"

谢星忱却屈起长腿，从战斗服的口袋里摸出一支试剂："打补充剂，你的精神力有些不稳，要是不控制，你知道后果的。"

林曜掐着他的手顿住，思绪有些混乱："你随身带着补充剂？"

现在流行关爱死对头，以此来攒人品了吗？

谢星忱"嗯"了一声，仿佛早已预料到此时的局面，抬手关掉彼此身上的摄像头："你放心打，不会被看到。"

观战台上的众人看着突然的黑屏，都觉得十分奇怪——

"看得正精彩呢，居然断网了？好想问候你全家！"

"直播员，祝你以后下雨没伞、喝水塞牙、买方便面没有调料包！"

"真缺德啊，有什么是我尊贵的 VIP 会员不能看的？"

"林曜对谢星忱哎，你把画面给我切回来，我要看他们俩决斗！"

大家闹成一片，两个当事人之间却是一片祥和。

林曜翻身下来，因为身上穿着战斗服，不太好扎胳膊，便低下头，利落地掀开衣服下摆，露出一截腰。

谢星忱问："需要帮忙吗？"

"不用。"林曜接过两支药剂，利落地咬开针头，眉心都没皱一下，就熟练推了进去。

谢星忱很少见到这么不怕疼的人。一般人即便身体足够强壮，对注射都会有生理上的抗拒，林曜却没露出半点儿难以忍受的表情。是曾经吃过多少的苦，才能这么坦然接受？谢星忱在心里叹息着。

"谢谢。"林曜一贯恩怨分明，边道谢边低头处理用完的针头。

谢星忱"嗯"了一声，不以为意："顺手的事。"

刚把针头收进口袋，两个人就听到了不远处传来的脚步声，四目相对，林曜下意识地抓回放到旁边的狙击枪上膛。

谢星忱抬眼看向他，还有心情开玩笑："过河拆桥？你再给我一枪，我就真被淘汰了。"

"滚！"林曜干不出这种缺德事。他翻身而起，利落地躲开来人的狙击，伸手抓住藤蔓，往回一荡，一脚踹上那个人的胸口。对方显然也是格斗高手，迅速卸下林曜手里的枪，狙击变成近身肉搏。

谢星忱没走远，挑了个地儿观战，却没出手。他很了解林曜，过于自尊也过于骄傲，在这种时候出手帮他，只会被他当作羞辱。只是这位偷袭的竞争者，近身格斗也不输于人，招式奇快，动作狠准，这一场怕是胜负难分。

来回二十招之后，林曜手臂用力，将对方的双手交叉紧扣，将人掀翻在地。

对方丝毫没有要被淘汰的慌张，反而说："比赛该结束了。"

林曜面无表情地看着他，手掌用力收紧。突然，一股铺天盖地的精神力朝他迎面砸来，如一万把锋利的刀尖同时刺入皮肉，钻心地疼，他开始止不住地浑身颤抖。只一瞬间的松懈，林曜就被对方翻身压倒，单手压制。他想要伸手去够刚才在打斗过程中被丢到一旁的狙击枪，可惜距离有点儿远。

"你……"林曜哑声。

运用精神力压制是常规操作，而此刻，因为二次转化，精神力极其不稳的林曜没有半点儿优势，五脏六腑像是被一只无形的大手握紧、撕扯，难以呼吸。如果没有刚才谢星忱送来的药剂，他根本撑不过三秒。

"不打算反击吗？"对方用手指抵着林曜滚动的喉结处，很不爽地说，"是看不起我，还是太弱了，不敢？"

"没必要。"林曜承受着精神力压制所带来的痛苦，咬牙开口，"不用精神力，我也能赢你，刚才一路扫人头过来的段铮同学是吗？"

"死鸭子嘴硬。"段铮手指抵着他的下颚。更多的精神力如箭雨般落下，无情又锋利地摧残着林曜。

观战台上的人恨不得自己上场——

"林曜看上去不对劲啊,用精神力就打不过吗?"

"亏我还以为他十项全能,狙击格斗都拿得出手,没想到精神力居然这么拉胯。"

"不用看了,段铮刚才一路收割完了所有人头,铁定赢了。"

在密集的攻击里,林曜只感觉自己的体力在一点点流逝,要撑不住了。段铮却没有动的意思,打算用这一招耗死对方。

"投降吗?"段铮胜券在握。

林曜轻嗤了一声,没回答,掌心朝下,尝试着弯曲手指蓄力,却只是抓到一把乱糟糟的泥土,像极了他被二次转化突然打乱的人生。他微仰着头,和半坐在树上的谢星忧对上了视线,后者已经端起了狙击枪,对准了来人的后背。

"不要。"他眼神冷冷,无声地说,"不要帮忙。"

如果谢星忧开了这一枪,自己就真的成为毫无战斗力的废物了,他无法接受。

林曜已经将下唇咬出鲜血:"我们,速战速决。"

对方看他已经虚弱得没有了挣扎的余力,便稍微放松了钳制的手,侧身去拿旁边的狙击枪。就在这一刻,林曜一跃而起,抬起脚猛地踹向他的后背。

段铮咒骂出声,想要反击时,林曜已经侧翻三周完美避开。下一秒,他捡起脚边的狙击枪,以单膝跪地的姿势,朝着段铮扣动扳机:"砰砰砰——"

"学号003段铮,林曜击杀。"

极限反杀!林曜握枪的手都在微微颤抖。精神力压制的后遗症袭来,眩晕、反胃,身体克制不住地颤抖着,他却仍然靠意志力强撑着。

段铮四肢张开,缓缓倒地,看着瞄准自己的林曜,满脸不服:"算你走运。"他长长呼出一口气,"下次约个一对一?"

能不用精神力反击,硬生生地扛过精神力的攻击再完美反杀,简直是天生的战将。

"随时奉陪。"林曜收了枪,言简意赅。他抬手抹了一下唇边,满嘴的铁锈味。

段铮将精神力收了回去:"你为什么不用精神力?就剩下你和谢星忱了,他可是S级,稍微一动手,你就输了。"

林曜"嗯"了一声,他本来也不觉得自己能赢。

刚才,密集的精神力攻击已经让他进入应激状态,此刻,在镜头下能强撑着站立已经用尽了他全部的力气。如果远程狙击的话,尚有一丝胜算,近身格斗则必输无疑。

"谢星忱,出来。"林曜艰难地站起身,强忍着头晕目眩带来的不适,"速战速决。"

段铮还保持着原来的姿势,微微挑眉:"刚才他也在?"

"一直都在。"

谢星忱从树上一跃而下,伸手扶了林曜一把,让他借力站稳。

林曜也不矫情:"来,动手吧。"

谢星忱看着他唇边的血迹,有点儿于心不忍,提议道:"格斗的话,一招定胜负。"

"我不需要你放水。"林曜皱眉。尽管他此时的状态可能连一招都撑不住,但愿赌服输,下次再赢回来就是了,没什么大不了的。

谢星忱确定他能站稳后,便后退三步,拉开距离,战斗服把他的身段勾勒得挺拔俊朗，整个人看上去意气风发。他说："我残血，你受伤，速战速决是最好的解决办法。你不会觉得我会傻不拉几地站在这儿当木桩子，等着你来打吧？"

合理，这才是他熟悉的谢星忧，不留情面，独善其身。林曜深吸一口气，点了点头："当然不会，来！"

观战台上的人齐刷刷地仰着头，看向大屏幕，期待这一招到底有多惊天地泣鬼神。然后，他们看到谢星忧张开了双臂，朝着林曜走了过去。

"不是，哥们儿，你在宇宙中心呼唤爱呢？"

"从来不按套路出牌的忧子哥，你赢了，我宣布你赢了！"

下一秒，林曜条件反射地钳住对方即将伸过来的手臂，翻身将人重重地摔在了地上，谢星忧却没有半点儿要回击的意思。战斗服上的心脏感应器遭受重创，随即便有通报传来——

"学号002谢星忧，林曜击杀。"

林曜微微喘息着，垂眼看着躺在地上的人："你……"

刚才的反击是出于骨子里的战斗意识，此刻他才反应过来，谢星忧大概是怕自己再受伤，所以故意放了水。

"你赢了。"谢星忧出声。

林曜伸手，把对方从地上拽起来，低声说："算是平手，奖金分你一半。"

谢星忧唇角勾起。能让财迷分账，怎么不算一种进步呢？

"恭喜林曜同学获得新生赛的第一名。"霍尔院长的声音从话筒里传出，"同时，此次新生赛前十名同学将加入崇清护卫队，这支小队直接隶属于联盟军队，作为储备军人随时接受前线的召唤。最后，感谢大家今日的到来，开学愉快！"

"很不舒服？"谢星忱看着林曜低声问。

林曜"嗯"了一声，真的很疼，他觉得五脏六腑疼得要炸开了，但说不出更多示弱的话，只道："没事。"

段铮从旁边经过后又晃了回来，不想让人觉得自己输了还不大气，便说："聚餐，一起吗？"

"不了。"林曜想起赛前的约定，"我约了人，说好了，拿到奖金要请对方吃饭。"

段铮点了点头："好，那下次。"

谢星忱：状态都这么糟糕了，还惦记着跟人家的约定呢？

林曜把狙击枪和战斗服还回集合处后，看到谢星忱还站在原地，问："不走吗？"

谢星忱站着没动："等你呢，跟我走。"

林曜晃了晃手上的公交卡，脸色仍然有些发白，看上去走两步都困难："我得去琅庄找江学长。"

谢星忱耐着性子说："我开车送你去。"

林曜的确不太舒服，只得顺从地上了车，见谢星忱一直沉着脸，不知道谁又惹他了，于是揣测着问："你没得第一，心情不好？"

谢星忱心平气和地道："没有。"

"那你一脸有人欠了你八百万的不爽表情是什么意思？"

"八百万还不至于……"谢星忱顿了顿，"不是因为奖金。"

林曜不想猜，他抬手压着因为应激而狂跳的胸口："你直接说吧，我猜不到。"

"你就非要去跟江祈然吃饭？"谢星忱问。

林曜茫然地眨了眨眼，所以问题出在这儿？他转过头看着谢星忱问:"你想一起吗?"

谢星忱被气笑了:"我去干什么?"

林曜:"那……我自己去。"

谢星忱沉默了几秒钟,还是选择直接挑明:"你现在状态很差,能不能先考虑自己?"

林曜干巴巴地回道:"我是去谢谢他在赛前帮我包扎,况且,既然已经答应了,说到就要做到。"

谢星忱轻轻地"啧"了一声。某个人表面上很酷,装作对什么都不屑一顾的样子,实则是最会考虑别人感受的讨好型人格,最后只能是自己默默承受痛苦。他希望林曜能学会把自己放在首位。

"比赛后半段你就一直在难受,段铮的精神力攻击加重了你的症状。"谢星忱缓声开口,"所以,你现在最需要的是接受治疗!"

林曜转头看向他。此时正是红灯。夜幕已经低垂,远方是缱绻的云,近处是谢星忱漆黑的眸子。突然,他莫名感受到一股精神力正在靠近。

"精神疏导?不需要。"林曜嘴很硬,"我撑得住,过了今晚就没事了。"

真倔。谢星忱平视着对方:"开口要我帮忙就这么难?"

林曜默不作声。精神疏导确实比一万支药剂都更有效,然而,一旦开了这道口子,总觉得像是向对方低了头,这让他难以启齿。

林曜动了动唇:"我……"

"去医院,或者精神疏导。"谢星忱偏过头,"你选。"

时间宛如静止。林曜被蛊惑一般,看着他的眼睛,最终哑声开口:"精神疏导。"他又看了一眼时间,"你能不能先跟江学长说一声，我稍微晚点过去……我没他联系方式。"

谢星忱点开中控的通信器，说："那你打算什么时候把我加回来？"

林曜直白地说："我们之间有这么熟吗？加完还得屏蔽你，很麻烦。"

谢星忱终于找到提要求的好时机："你把我从黑名单里拉出来，我就帮你打电话，不然就让江祈然等着吧。"

林曜服了。他滑开手机操作着，当着谢星忱的面，毫无心理负担地骂道："睚眦必报，斤斤计较，狗东西。"

谢星忱"嗯"了一声，好脾气地照单全收："对，我是。"

认识三年，他终于要被从林曜的黑名单里放出来了！

两个人在初次见面时就闹得很不愉快，但那时谢星忱的确是无意的，当时他甚至都没见过林曜，只是在统考成绩单上见过他的名字，是第一。所以，在和兄弟聊天的时候，他随口吐槽了一句："这个姓林的已经压过我两次了，家里老头儿看我不顺眼，把我好一通骂。"

联盟长对儿子要求严格是众所周知的事，谢星忱也就随口一说，却被那不长脑子的哥们儿记下了。于是，在那场很重要的比赛当天，那哥们儿找人把林曜堵在后门，跟人打了一架。林曜因为缺考半小时，最终没拿到奖金，那对他来说是一大笔钱。谢星忱过了三个月才知道这件事，也才明白为什么林曜每次见到自己都是一副剑拔弩张的样子。

林曜的确受了委屈，谢星忱的道歉也迟了很久。他拐弯抹角地加上林曜的好友，刚把奖金转过去，解释了没两句，就被林曜拉黑了。从头到尾，林曜只回了他一个"滚"字。

至此，两个人的梁子算是彻底结下了。自此之后，无论谢星忱如何对他示好，想要缓和关系，都被林曜当作在挑衅，再加上两个人的成绩不相上下，所以彻底成了王不见王的死对头。

此刻，谢星忱再次提起陈年旧事："三年前的事儿，怪我。"

"你再提？"林曜回想起自己被一群人狂揍就莫名烦躁，那是他第一次打架挂彩，简直是黑历史。

"行，你不想听，我就不说了。"谢星忱在等红灯的间隙，低头给江祈然发了信息。

XXC：七点半，我送林曜过去，现在有事。

7：你把林曜拐哪儿去了？

林曜偏过头，看着他发信息的动作："你跟江学长说了吗？语气好点。"

"说了。"谢星忱随手把手机扔到一边，继续开车。

路上，谢星忱越想越气，一个甩尾，又一次把车停在了路边。

"又怎么了？"林曜不悦。

"当初的事是我不对，我道歉过很多次了。"谢星忱滚了滚喉结，斟酌着说，"你能不能对我友好点？也不用多好，跟普通同学一样就行。"

"做不到。"林曜始终学不会口不对心，"我很讨厌你，像讨厌一切高高在上的少爷一样，这一点儿你知道吧。"

谢星忱"嗯"了一声，并不意外。

看着对方漆黑的眼睛好像莫名暗了下去，林曜到底还是心软了，又说："现在还是觉得挺讨厌的，但没那么讨厌了。你这个人，还是有可取之处的……道歉，我收下了。"

谢星忱绷紧的嘴唇松了些。

林曜垂眸:"换作以前,你早就被我揍趴在地上了,四肢分家的那种。"

谢星忧笑道:"那就多谢大侠不杀之恩。"

"你今天真的很怪。"林曜伸手推他,"赶紧疏导完,别让人家等。"

"那就在这儿速战速决吧。"谢星忧低低出声,"不耽误你去约饭。"

林曜后背绷紧,商量着说:"我之前没有做过精神疏导,你下手轻点。"

谢星忧点点头,说:"我也是头一回帮人进行疏导,尽力吧。"

"嚄,你还有这么谦虚的时候?真新鲜。"

"准备好了?"

"嗯。"林曜命令道,"来吧。"

谢星忧听从了他的命令。

不过,精神力之间本就彼此排斥,因此在感受到对方精神力的那一刻,林曜瞬间条件反射般想要反击,但手一动,就被谢星忧反钳在身后:"别动。"

疏导的过程比想象中更难挨,精神力的交互并没有那么简单,何况还要小心别被反噬。林曜用力地咬着自己的下唇忍耐着,车窗外是亮起的霓虹灯和逐渐拥挤的车流,他拧眉,后知后觉地想到,向谢星忧求助简直是下下策……

疏导结束后,之前的不适被彻底消除,林曜觉得自己现在能打倒三个壮汉。不过以前学相关课程的时候,他大都睡过去了,以至于他也不太清楚对方为自己做精神疏导,于对方而言到底有没有帮助。

谢星忱眨了下眼，问道："你是不是不高兴，觉得我刚才的语气太凶了？"

林曜不明白为什么话题突然又跳到了这里："嗯，所以？"

"那你报复回来。"

这算什么，挑衅吗？林曜刚准备发作，车窗就被敲响了。他偏过头看向窗外，谢星忱按下开关，肆无忌惮地把车窗摇了下来。

"两位，我刚刚在旁边看你们半天了。"站在外面的是一位穿着制服的交通警官，他大声警告道，"这边虽然是停车道，但属于公共场合，禁止斗殴！鉴于情节不严重，这次口头警告，如果有下次，就要罚款了。"

警官滑开电子屏，做着记录："姓名？"

林曜一言不发地装哑巴。

谢星忱淡定地抬头看向警官："谢允淮，允许的允，淮水的淮。"

林曜：你就这么无情把亲哥抬出来挡枪了？

警官在系统输入信息，看着弹出的身份信息上的照片，表情严肃，五官硬朗，和眼前这位的确相似，但又好像没那么像。于是他说："出示一下证件。"

"没带。"谢星忱淡定地回道，"车也是挂的这名。"

警官输入车牌号，车主的名字的确也是"谢允淮"，找不出什么破绽。他点了点头，看向另一位当事人："这位呢？"

林曜熟练地装哑巴。

谢星忱："不关他的事，是我惹的事儿，教育我就行。"

"你……你人还挺不错。"警官轻咳了一声，"那好，谢允淮先生，这次念在你是初犯，只是警告，下次不要再这样了。"

"好的，我一定管住自己，不会再有下次了。"谢星忱敬了个标准的军礼，"麻烦警官了。"

林曜看着那位警官离去的背影，叹为观止："你哥要是知道了怎么办？"他不太放心，"需要我去跟他解释吗？"

"解释什么？"谢星忱瞥了他一眼。

林曜见他觉得没必要，便开口说："送我去琅庄吧，很晚了。"

谢星忱利落地掉了个头，驶向目的地。

抵达之后，林曜开门下车，转过头，犹豫了一下，问："你要不要一起进去和江学长打个招呼？"

谢星忱唇角微勾，倒是真不客气："好啊。"

两个人一前一后走进琅庄，林曜很快就看到了坐在窗边位置的江祈然，以及……谢允淮。

"你哥怎么也在？"刚冒用了对方的名字，林曜难免有点儿心虚。

他们走过去坐下，江祈然先开了口："我和他是偶然碰上的。林曜请我吃饭，你们兄弟俩跟着凑什么热闹？"

林曜客气地说："没关系，我刚拿了奖金，本来也该请大家。再说了，谢星忱也帮了我很多忙，应该请。"说着，他在电子屏上点了些菜，又让大家别客气，选自己爱吃的。

小林同学第一次这么大方，只是看着菜单上的价格，心在滴血。什么空心菜要一百三十元一份啊，抢钱吗？！

谢允淮探究地看着对面的两人，问："你们俩也是偶然碰上的？"

谢星忱"嗯"了一声，没说实话："我去和睦医院复查，刚好碰到他在，就顺路带过来了。"

"这样啊……"谢允淮缓缓开口,"那这是怎么回事?"他把手机扔到桌面上,多少带着点火气。

屏幕上显示着一条来自交警大队的提醒——

谢允淮先生,您在9月13日18时22分,于京西大道19号和同伴疑似在车内斗殴,就此发出书面警告,希望您能约束自身,严于律己,做一位遵纪守法的好市民!

谢星忱毫无悔改之意:"还发信息警告……不好意思啊,借用了一下你的名字。"

"我收到这条消息的时候正在投屏开会,你知道我当时有多尴尬吗?"谢允淮气得脑门突突的。

林曜掐着虎口忍着笑,另外两位则毫不客气地笑出了声。

江祈然轻哼道:"活该,谁让你平时坏事做尽?这是报应。"

"对不住。"谢星忱的语气却不带丝毫歉意。

谢允淮靠在椅背上,若有所思:"开的是我那辆跑车吧,我会自行调取行车记录,查看实情。"

林曜不善言辞,只能硬着头皮说:"这是不是不太好?毕竟是你弟弟的隐私……"

谢星忱立刻顺着话说:"就是,不就是借用了一下你的名字,让你背个锅吗?问这么多干什么?"

"都背锅了,还不能让我知道自己背的到底是什么锅?"谢允淮慢条斯理地拿起筷子。

谢星忱难得没出声,林曜也熟练地装哑巴。

正在此时，旁边上菜的服务员手一滑，"哐当"一声，餐盘落地，小半盆汤顿时洒在了坐在最边上的林曜身上。谢星忱反应已经很快了，伸手就把人往旁边拽，但林曜的衣服还是被弄湿了一点儿。

"抱歉，先生，真的很抱歉，是我没拿稳。"对方惊慌失措地拿起毛巾擦拭，"您脱下来，我去帮您洗干净。"

"不用不用。"林曜利落地脱掉外套，扔到一边，"没关系，不值钱的。"说完，他垂着头，自己拿餐巾纸擦拭着衣服。

谢允淮看他没有要追究的意思，便让服务生先撤了。

江祈然眨着一双亮晶晶的桃花眼，突然八卦道："林曜，现在有女孩子追你吗？怎么追的？什么时候表白的？进展到什么程度了？"

林曜的脸一秒变得通红。

谢星忱半靠在座椅里，开口道："你别为难他了，我可以跟你讲讲我哥被交警告诫背后的故事。"

他原本只是想把话题岔开，谢允淮却一脸淡然地应道："你讲，我正好想听。"

林曜：皇历大概写了今日不宜出门，这一年丢脸的次数在今天都用完了……

谢星忱挑挑拣拣，半真半假地说："就我那病发作了，刚好在车上，所以有些躁，不得已做了基础疏导，被误会了，就这样。"

"你能找到一个可以帮你进行疏导的人，挺好。"谢允淮没追问是谁，只是说，"不过，你的自控力倒是越来越厉害了。"

谢星忱懒洋洋地说："难得听你说句人话。"

谢允淮慢悠悠地喝完面前的汤，才低声说："好歹我是你哥，见过你病发作的样子，挺心疼的。"

林曜缓慢地眨了下眼。能让这位冷面大哥说出"心疼"二字，那应该是真的惨烈。可是这几天，谢星忱哪怕嘴上说病要发了，处理起各种事情来仍旧是游刃有余的。

林曜难得开口问了一句："他那个病，听上去只要找人进行精神疏导就能控制，那为什么以前不帮他找适配的人呢？"

谢允淮先是不着边际地问了一句："能说吗？"

谢星忱微微耸肩："说呗，自己人。"

"试过，精神力等级低的人会被他逼到精神力暴动，根本扛不住。"谢允淮解释道，"即便等级相近，一旦疏导过程中出现了排斥反应，不仅达不到效果，还会加重病症，无法缓解的话，只能靠自虐来控制。"

自虐，这一点儿他倒是从来没提过，谢星忱这个骗子。所以，刚才的疏导对自己确实有效，但可能并不能帮到他，甚至会让他病情加重？还是说，他已经病态到开始享受这种生理上的自虐了？果然有点儿可怜……等等，他竟然对谢星忱起了怜悯之心。

对面还有人在，他低着头，给刚从黑名单放出来的人发送信息。

01：即便我们等级相近，单方面的基础疏导，并不能让你好受，甚至存在诱导发病的风险，对吗？

桌面上，谢星忱的手机振动了下。他看着弹出来的信息，又看了眼坐在旁边的人，拉黑了自己三年的人主动发信息，还是坐在一起的时候，真新鲜。他手指滑开屏幕，没有否认。

XXC：有用，但不多，我帮你疏导，只是单纯想帮你。

XXC：这会让你好受一些，不是吗？

林曜心里刚刚浮起的那点愧疚感变得更重了。原本说好是互惠互利，他心里还能坦荡地接受，现在却变成了自己单方面受益……欠了一大堆人情还不自知，自己可真像个狼心狗肺的白眼狼！还是以前两个人针锋相对的时候好，想揍就揍，想骂就骂，毫无心理负担。

林曜看着他的回复，有点儿烦。

01：那我怎样才能帮到你？

01：我不喜欢欠人情，让我找个机会还了吧。

林曜按灭屏幕，看见坐在对面的两位再次用探究的视线看着他。

江祈然撑着下巴："你是不是有女朋友了？怎么吃饭的时候还要发信息啊？"

"不是，没有。"林曜握着手机胡乱解释。

谢星忱笑得不行。

林曜用余光扫向坐在旁边的谢星忱，只见他宽阔的手掌就那么随意地把玩着手机。明明已读却不回复，是什么意思？想让人愧疚到睡不着觉，午夜梦回时坐起来扇自己巴掌吗？

01：别装没看见，我知道你看了，回话！

林曜刚发完，就见谢星忱手指翻飞，利落地在键盘上敲字。这次居然秒回了。

手机连续振动了好几下，回复一条一条地弹出。但看到内容，林曜就开始后悔。居然又中招了，做人果然不能太善良。

"你们俩是不是藏着什么事呢？不对劲啊。"江祈然眯着眼，探究道。

林曜坐直，正色道："没有，你看错了。"

"那你们俩怎么不吃了？"江祈然给他们每人夹了一块排骨，"打了一天的比赛，不累吗？"

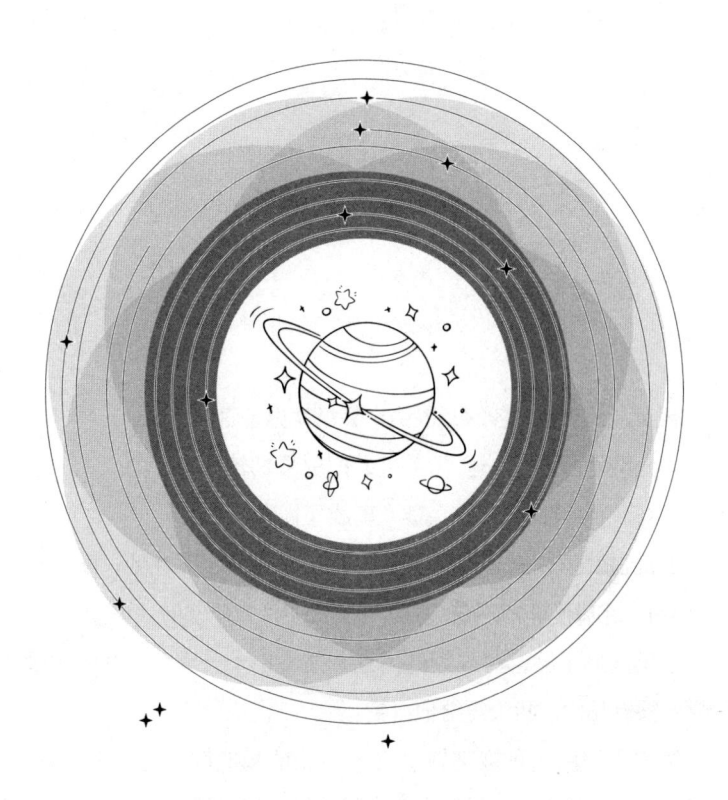

04 他的秘密

席间，大家各吃各的，很快，餐盘就见了底。

谢允准垂眼看了一会儿手机，把屏幕翻转过来，向众人分享道："你们俩今天的比赛镜头被人剪成了视频。"

手机画面里，谢星忱张开双手，被林曜反手摔在地，配上一首BGM，完成度非常不错。

谢星忱品了品，对视频的后期和文案都十分满意："UP主是谁啊？很有品位，我决定给他打赏。"

林曜不明白这种被剪辑拼凑过的剧情和他们俩有什么关系，只觉得现在的学生还是暑假作业布置少了，闲得慌。

"播放量很高哎，'星辰曜曜'，这组合名和我远古时期玩过的一个游戏名字是一个风格。"江祈然说。

听到这儿，谢星忱更加满意了："名字也不错，还知道把我排在前面，再打赏两万吧。"

林曜觉得他脑子有病："你钱多烧得慌？"

"我这是尊重原创者的成果。"谢星忱念着剪辑者的名字，"小甜梨，是我们学校的吧？"

江祈然随手往上翻："林曜踹段铮的那个视频更火，已经排到鬼畜区第一了,林曜身手挺利落啊!"

谢星忱的胜负欲上来了:"凭什么'星辰曜曜'不是第一?"

林曜磨牙:"我可以现在就把你踹上鬼畜区头条。"

谢星忱抬手,手指在领口处随意拽了一下:"哎,今晚不该来,现在好了,气得要犯病了。"

谢允淮抬眼看着他,也不顾上别的了:"那你赶紧走吧,不是找到能给你行精神疏导的人了吗?这么扛着也不是事儿。"

"他跟我闹矛盾呢。"谢星忱当面告状。阴阳怪气,意有所指。

林曜轻嗤,吐露心声:"那也是因为你太'狗'了,人家才不肯理你。"

"那我要怎么做,才能让别人对我的态度好一点儿呢?"谢星忱转过头,缓缓地看向他,表情十分认真,"曜曜,你教教我。"

林曜猛然咳了一声,伸手抓过杯子就喝起来,杯子见底了才察觉出不对劲。浓郁的酒气在嘴里蔓延开来,好苦。

"叫个小名而已,这么激动?都喝上酒了?"谢星忱看出他不擅饮酒,忙倒了杯茶递过去,"喝那么急干什么?"

林曜仰头猛灌,用茶水把嘴里那股酒味给压了下去,才开口威胁道:"你再叫那两个字试试!"

谢星忱这个人吧,最大的美德就是遵从本心,绝不屈服。他面不改色地继续叫:"曜曜。"

林曜瞪着他,但酒精麻痹了舌头,想骂人都骂不出。

谢星忱唇角微勾,还蹬鼻子上脸:"我听话吧?"

真欠啊!坐对面的看戏二人组没忍住,笑了出来。

谢允淮看着还是一本正经的模样,却像是批项目似的,对林曜批准道:"你踹吧,踹伤了记在我头上,不找你麻烦。"

得,连亲哥都看不下去了。

"大家吃完了吗?"林曜擦拭着面前的刀叉,"吃完了我去结账,回去的路上,我找个没监控的地方把他了结了。"

江祈然撑着下巴:"行,明天把殡仪馆的地址发给我,葬礼还是要参加一下的,以示尊重。"

林曜面露凶光:"好的。"

谢星忱闷着头直笑,心想:逗林曜真好玩,他看似冷静,其实早就已经麥毛了。

林曜的酒量是真的很差。刚才那杯酒灌下去之后,过来没几分钟,就已经开始上头。他感到头晕目眩,估计再待十分钟就会进入不可控的醉酒模式。林曜要脸,怕丢人,担心自己万一发起疯来,留下什么黑历史,以后就不好在琅庄找工作了。

一生要强的打工人强打着精神,招手叫来侍者,拿起账单准备结账。在看到数字的瞬间,林曜的酒立刻醒了一半:"一顿饭花了一万三?"

比他一年的饭钱还多!明明可以直接抢,居然还善良地给他们上了几盘菜,真是有良心。

林曜反复看了五遍,仍然心痛得无法呼吸。奖金才只有一万,他还要往里倒贴三千!

江祈然看了明细,脸上露出歉疚的神色:"对不起呀,我没看酒的价格,要不这顿我请,下次,我们就在学校门口吃吧。"

富家公子哥的确没有看价格的习惯,也不能怪他。林曜没见过世面,也是第一次见到这么贵的酒。他看着面前的空杯,一边心疼一边安慰:"我也喝了,没事,说好了我请客的,谢谢你帮我包扎。"

不过,这场新生赛算是白打了。林曜在心里计算着钱包余额,抢他的钱比要他的命还要让他难受。

谢星忱给他哥递了个眼神:"我怎么记得我有张抵消券来着?哥,你帮我去看看,会员编号0120。"

明明压根没来消费过,还编得煞有介事。谢允准点了下头。兄弟俩已经不是头一次打配合了,从小到大两人一起骗了老头儿无数回,早已轻车熟路。

谢允准付完账回来,说:"星忱的券兑换了一万一,你把剩下的付掉就行。"

林曜心里舒坦多了,把卡递了过去。

"走吧,快闭寝了。"谢星忱起身,替林曜拎着弄脏的外套。林曜跟在他身后,起身离席。

几人在餐厅门口告别,林曜要回宿舍,只能蹭顺风车,但他表情冷淡,坐在副驾驶座上看着滴酒未沾的谢同学,仿佛只是叫了个代驾。

"头晕吗?"谢星忱趁倒车的工夫转过头问他。

林曜喝酒不怎么上脸,酒品也好,只是嗓音变得比平时软了很多:"一点点。"

"一点点是多少?"

林曜没说话,伸出左手,将食指和大拇指弯曲着并在一起又分开:"这么一点点。"

顶着一张清冷的脸,做着幼稚的动作,也没人说酷哥喝醉了是这样的啊……

"你为什么这么看着我?"林曜皱眉,转过头,拿手掌挡住自己的脸。他的手掌很宽，脸又窄，一只手就能遮住。

"干什么？"谢星忱不解。

"不准看我！"他说着，把手掌烦躁地朝下移，只露出一双凶巴巴的眼睛。

谢星忱看着他那些小动作，又忍不住逗他："曜曜？"

"说好多遍了！不许叫我'曜曜'！"林曜龇牙咧嘴的，像参了毛的猫。奈何他脑子太晕，嘴巴也不利索，骂不动，于是伸出手在谢星忱脸上拍了一下。没有平时狠戾的力道，软绵绵的。

谢星忱侧过头看着他，威胁道："再打我一下试试。"

林曜被吓住了，麻溜地坐了回去，两只手抓着安全带，直视正前方。他再也不喝酒了，打又打不过，骂也骂不赢，好烦！

学校停车场离宿舍还有一段距离，两个人下车的时候，林曜的脚步都已经开始发飘了。好在他在车上眯了一会儿，意识还算清醒，只是思绪断断续续的，有些跳脱。他后知后觉地转过头跟谢星忱算账："你之前……骗子……骗我！"

谢星忱感觉他比上车时更晕了，于是伸手拽着他，防止他跌倒，无奈地道："你还真是一杯就倒啊？"

那种酒的度数的确不低，很少有人会直接干掉一大杯，但醉成这样也是有些超乎他的意料。

"没倒，我能走直线。"林曜表情高傲，"看，正步标兵！"

谢星忱垂下眼，看他两条腿快绞成麻花了，只能伸手将人摆正。

"现在只剩咱俩了，我要跟你算账。"林曜一字一顿。

谢星忱"嗯"了一声："都喝醉了，还能记得要跟我算账呢？"

林曜冷冷地看着他，如果不是走路歪歪扭扭的，还挺有质问的架势："你骗了我好多事事，我再也不相信你了。"喝醉了的他难得话多，脸颊泛着红，脑子还算清晰，但口齿不清。

"没骗你。"谢星忱看着他，"真的。"

"你骗我了！"林曜有点儿恍惚了，眼前的光影明明暗暗，他自言自语，"所有人都骗我，爸爸妈妈没有来接我，我一直等……等到了十八岁，他们也没有来。"

前言不搭后语，却听得谢星忱的心仿佛被扎了一下。

"好好好，我错了。"谢星忱把人固定在原地，自己稍微蹲下一点儿，把林曜往自己的后背送，"那我背你回宿舍，行吗？"

林曜喝醉了也一样倔，站在那儿怎么都不肯动。可距离宿舍还有很长一段路。无奈之下，谢星忱只好转换策略，说："你上来，我带你去玩。"

林曜终于顺从地趴到他的后背上，双手绕上对方的脖颈，后背挺得笔直，大喊一声："驾！"

谢星忱唇角弯了下。过去的三年里，他从未想过自己和林曜还有和谐相处的一天。正想着，他感觉林曜俯身下来，因为看不见林曜的表情，只能问："怎么，不舒服？"

林曜侧过头，小声说："告诉你一个秘密。"

谢星忱"嗯"了一声，脚步停了下来："你说。"

夜晚寂静，轻柔的风吹过树林，沙沙作响，林曜的脑子里闪过他第一次见到谢星忱的场景。不是被他的跟班打得鼻青脸肿赶去考试的那天，而是更早——

那天，他打临时工，偶然路过了谢星忱十五岁的生日宴。大概是家宴吧，所以很热闹，宴会厅里时不时地传来笑声。林曜不羡慕主角拥有华丽的蛋糕，他羡慕的是主角在许愿时，周围无数真诚的带着祝福的目光。

这位万众瞩目的少爷，甚至连欺负人都不需要亲自动手，只是随口抱怨了几句，就有人替他把自己揍得头破血流。

因为没拿到奖金，林曜没钱去医院，只能自己忍着。那天晚上，他痛得睡不着，一个人躺在地下室，冷得发颤。如果不是谢星忱，他大抵还不知道自己的人生居然能烂成那样。当时他就在想，真讨厌那个人啊。

"我最讨厌谢星忱的原因是……"林曜顿了顿，觉得眼皮发酸，于是闭上眼，把那点酸涩硬生生地压回去，"讨厌有那么多人爱他。真的，特别讨厌。"

可是我啊，我什么都没有。

他说得含蓄，谢星忱却一下就听懂了。

谢星忱喉结滚动，无数次斟酌言辞后才郑重开口："会有人爱你的，林曜，会有人爱你胜过一切。"

林曜摇摇头："不会的，你又骗我。"

怎么可能有人肯爱他呢？如果有，在他无数次饿肚子的时候，在他生了重病没钱买药的时候，在他被高年级学生欺负的时候，在他被诬陷偷钱却百口莫辩的时候，在他孤身度过每一个寓意着阖家团圆的节日的时候……都该有那样一个人出现呀。

被欺负了靠拳头反击，没钱了打黑工也能挣，不靠任何人，独自挣扎着长大，就连"林曜"这个名字都是自己起的——他不知道自己的姓氏，只因为在那个地方，他的代号是"EUCG-01"，他们称他为"零么"，所以逃出来之后，在社区的工作人员登记姓名时，十岁的他支吾了半天，用谐音为自己取了名。他不需要爱也是可以活下来的，那并不是必需品，只是偶尔会羡慕那些被爱包围的人。

谢星忱收紧手臂，难得没了平时吊儿郎当的模样："我可能骗过你很多次，但这次不会骗你。"

他的语气认真，能听出其中的真诚。但那句话在林曜听来，不过是一句随口的安慰罢了，类似于下雨没伞时会说"一会儿天就晴了"，看到残花枯柳时会说"等春天到了就好了"，不过是特定情景之下的礼貌客套。

林曜低着头，像个没教养的小孩般威胁道："小心我吐你身上。"

谢星忱知道他不想继续那个话题，林曜不爱煽情，即便喝醉了都能如此克制。眼看着快到宿舍楼，谢星忱把人靠墙放下来："你待在这儿不要乱动。"

"怎么，你要去给我买橘子？"林曜顶着一头乱糟糟的头发，瞪大了双眼，"你想当我爸？"

这脑回路……崎岖得令人佩服。谢星忱哑然，抬手轻轻地拍了拍对方的脸，笑道："当你爸爸也不是不行，但不是现在，你等着。"

林曜一巴掌扇了回去，完全没留情面："你打我干什么？"

好在谢星忱反应快，躲开了。之后，他走进旁边的小超市，拿了一瓶醒酒药和一瓶矿泉水。林曜这种时候倒是挺乖，让他不动，就真的没动，贴着墙根站得像个标兵。谢星忱让他拎着袋子，自己则拿出醒酒药，又拧开矿泉水瓶递给他："吃两颗，回去好睡觉。"

林曜接过来,仰头吃下,又咕咚咕咚喝完了整整一瓶水,还是觉得一阵阵地头晕目眩:"回去吧。"

谢星忱:"好。"

回宿舍的时候,程博言已经睡了,贺离还醒着。看着两个人一前一后地回来,他猛地从床上坐起来,跳下了床,伸手去扶刚进门的林曜。刚一靠近,他就闻到了酒味:"你出去拈花惹草了?"

林曜头晕目眩:"没,喝了酒而已。喝多了,想吐。"

贺离整张脸都皱在一起:"那我陪你去洗澡吧,我站在旁边看着,以防你晕里面了没人知道。"

林曜喝了酒,有些迟钝,没反应过来,点了点头。

谢星忱出声道:"让他自己洗。"

"为什么?"贺离不畏强权,"以前我们俩也一起去过澡堂啊!我们俩是铁哥们,你怎么管得那么宽?"

谢星忱绷着唇,面无表情地看着他,视线沉甸甸地落下来,极具压迫感,吓得贺离后背一抖,心里暗想:天哪,小贺,你真是吃了豹子胆,竟然敢跟阎罗王呛声,下周准备过头七吧!

"快熄灯了,你先睡。"林曜难得温和,把贺离推到床边,"我没事,很清醒。"

"你真的清醒吗?"贺离嘟囔着,"你啥时候语气这么温柔过啊……"

林曜敷衍地回了一句"没什么",便从衣柜里抓了件换洗的睡衣,进了淋浴间,留下贺离跟谢大少爷站在原地大眼瞪小眼。原本房间里就没开灯,影子显得人越发高大。

贺离心虚人怂,面对身高一米九的谢星忱,气势一下就弱了下来:"我刚是担……担心曜哥……"

谢星忱"嗯"了一声,没说什么。他担心浴室里的林曜真晕了,也拿了件换洗衣物朝着淋浴间走。

念着兄弟酒醉,贺离咬了咬牙,还是伸手拽住他,颤颤巍巍地说:"不是,哥,你要看他不爽,也挑个他清醒的时候再揍行吗?积点德吧……"

这口无遮拦的嘴巴,又说错话了……

"我不是说你没德……"贺离越说越错,胡言乱语,"我只是觉得,趁着人家喝多了修理,特别不体面。"

哎,还是不对……

"我不是说你不体面……"贺离恨不得扇自己一巴掌,他用力把人往回拽,"总之,除非你从我的尸体上踏过去,否则,你不能去。"

谢星忱"啧"了一声,转过身把人扛在肩上,直接扔回了上铺,随后,拿着睡衣就朝着浴室走去,边走边解释:"不是要揍他。你不是怕他晕在里面吗?我去看着。"

贺离眼睁睁地看着他推开了浴室门,又缓缓关上,百思不得其解:天天干架的死对头能有这么好心?实在担心出什么意外,贺离又小心翼翼地从上铺爬下来,蹑手蹑脚地走到浴室门外。

"我知道偷听不对,我只是怕曜哥出事,菩萨不要怪罪我!要怪就怪那个谢星忱,他身份证号不知道,学号是002,崇清军大综战院的,住在606的1号床,菩萨你要惩罚可千万别找错人。"他双手合十默念完后,才伸长了脖子小心翼翼地靠过去,隔着模糊的玻璃偷听。

水落在地面上,淅淅沥沥的,还夹杂着他们的对话。

"你怎么进来了？"林曜声音很平淡。

"站不稳吗？"是谢星忱的声音，然后是窸窸窣窣脱外套的动静，"我拽着你。"

"我自己能行。"林曜抱怨道，"你好烦。"

"快点，早点收拾完早点睡。"谢星忱低声道，"很晚了。"

"别动。"林曜再次出声，"谢星忱，滚出去！"

"别动，马上就洗好了。"

"再动我揍你！"

然后是什么东西乒乒乓乓落在地面上的声音。

不对劲，要打起来了！曜哥喝了酒，肯定打不过。贺离犹豫再三，滚了滚喉结，闭上眼睛，猛然推开门吼道："不许对曜哥动手！"

半夜一点，声音在安静的房间里飘荡。床上的程博言翻了个身："打死你，动手动脚的家伙，我是英雄……"

浴室里弥漫着一股尴尬的气息，林曜头一回有些慌乱："你怎么进来了？"

谢星忱转过头看着贺离，也挺意外："不是让你先睡了吗？"

"我睁眼了啊，我睁眼了！谢狗你要再打人我叫就宿管过来了！"贺离一边说着，一边挡着脸，小心翼翼地把眼睛睁开了一半，然后，愣住了。

此刻，林曜裹着浴巾站在洗手台边，身上带着水，头发湿漉漉的，还顶着一头的泡沫。谢星忱则脱了外套，里面的T恤也湿了，沾在身上，但还好好穿着。

贺离眨了眨眼，结结巴巴道："是不是我来得太快了？"

谢星忱轻嗤："按你这五分钟就冲进来的速度，确实挺快。"

林曜低着头,水流进了眼睛,很不舒服,于是伸手拍了拍谢星忱,声音有点儿闷:"帮我一下,水弄眼睛里了。"

贺离觉得自己很多余,于是慢慢往后撤:"打扰了,你们继续。"

林曜吹完头发再出来的时候,强撑的最后一点儿精神也耗尽了,倒头就睡。宿舍很安静,只听得到远处时不时传来的蝉鸣声。大约是喝了酒的缘故,睡梦里也觉得头疼,他久违地梦到了许久都没梦到过的地狱。

"CG-01,血液正常,脉搏正常,身体各项机能正常,可继续进行注射试验。"

"不要……求求你……放了我……我要妈妈……"

"01,听话,再乱动,我们会给你加量镇定。"

"不要……疼……好疼……我脑袋好痛呀,叔叔……"

"01,不许说话,不许乱动,保持呼吸平稳。"

"呜呜……放开我……放开……"

头痛欲裂,五脏六腑都像是被一只手抓紧,蚀骨地疼。林曜浸出了一身冷汗,恍惚间,又回到了昨日赛场上被段铮攻击的时刻,好痛,像过去所经历的每一个试验,撕裂着他的心脏和骨骼。

"不要!"林曜猛然惊醒。他睁开眼,恍惚了片刻,才意识到自己是在宿舍的床上,周遭一片安静。"安全了,你是安全的。"林曜蜷缩成一团,抱着膝盖,自言自语,"都过去了。"

缓了许久,他去了一趟卫生间,回来的时候,不知道是因为喝了酒、做了噩梦,抑或是因为比赛筋疲力尽,脑子一时糊涂,竟然走错了方向,到了对面谢星忱的床位。

谢星忱站在走廊里抽完了烟,回房间准备上床躺下时,却发现被子鼓鼓的。猛然掀开,露出一张安静又苍白的睡颜,睫毛微垂,眉头紧皱,像一只无家可归的小猫。

"林曜,走错床了。"谢星忱低下头,轻轻拍了拍他的后背,声音放到了最轻。

"谢星忱……水……"林曜低声叫他的名字。

谢星忱有些无奈,转身倒了水喂给他,直到看他皱起的眉心舒展开来:"好点了吗?"林曜半梦半醒,迷迷糊糊地"嗯"了一声,随后被送回了自己的床上。

天还没亮,谢星忱就睡不着了,他索性起床冲了个澡,出门打包四个人的早餐,拎着吃的回去的时候,碰上刚醒的林曜。

四目相对,林曜一阵恍惚:"你昨晚没回来?"

谢星忱没打算跟他多说:"出去了一趟。"

林曜"哦"了一声,从床上爬下来,走进洗手间。

早上第一节课在训练场,贺离拽着林曜先走了,一路上还喋喋不休:"最近看你跟谢星忱关系还行,你是不是忘了他以前怎么对你的了?叫人把你揍得鼻青脸肿,抢了你的奖金,拿了你的名次,还特高傲!"

林曜的语气很平淡:"没忘。"

"所以我决定今晚再剪几个你们俩双双 BE 的视频,让你清醒清醒。"贺离愤愤不平地滑开手机,看到后台,不确定地检查了好几遍,才惊叫出声,"我的天,有个 ID 叫谢星忱的傻子给我打赏了四万!"

林曜没想到那视频居然是贺离剪的,更没想到的是,谢星忱随口夸奖后还真给打赏了，有着这么强的行动力，干点什么不好？他凑过去看到 UP 主的名字，难以置信："你一个大男人给自己起名叫'小甜梨'？"

"不行吗？谁规定男人就不能甜了？况且，装萌妹比较容易吸粉。"贺离看着打赏金额，来回数了好几遍，"你看这个人，一个破视频打赏了四万，还起了这么个名，他是不是谢星忧的脑残粉啊？"他可不觉得有人会用本名"冲浪"。

林曜心想：这个傻子还真就是谢星忧本人。四万啊，怎么不打我的账上？！

他想到昨晚那顿饭的饭钱，哪怕减免后只给了三千，仍然心痛不已。

贺离点开后台的私信，皱眉道："让我下次剪点 HE 向视频？这要求太冒犯了，臣妾做不到啊。"

林曜："那你把钱退回去。"

"四万啊四万……贫贱不能移，威武不能屈！"贺离很难背叛自己的阵营，又被金钱诱惑，"不退还继续剪 BE 视频是不是显得我很没素质啊？"

林曜一本正经地说："你可以把'小甜梨'改成'果子狸'，畜生都没人性，他会理解的。"

贺离幽幽地看向他，语气真诚："哥，你骂人好脏。"

林曜弯了下唇，目光落在前方的背影上。谢星忧宽肩窄腰，大步流星，学院里人手一件的墨蓝色统一战斗服，愣是被他穿出了意气风发。这么帅，应该是战斗服加成，林曜漫无边际地想。

下一秒，旁边经过的一人脚步突然顿住，伸手抓住贺离的衣服后颈，猛然一拽："你就是那个剪我铮爷鬼畜视频的 UP 主？"

贺离：这么快就被发现了的吗？

"呜呜呜，放开！"贺离的脖颈被勒住，他惊恐地喊，"曜哥，救我！"

"我都跟了你们一路了，没错，就是你这个王八蛋！"对方恶狠狠地骂，连偷听都说得理直气壮。

林曜看过去，对方好几个人站在一块儿，正中央的人就是在之前的比赛中同他交过手的段铮，出头的应该是他小弟。

"李茂，礼貌一点儿。"段铮提醒道。

"铮爷，他那个视频的评论区里有那么多人都在嘲笑你，这不给他一个教训？"李茂愤愤不平，"不揍他三顿都不解气！"

段铮的表情看着还算平静，但明显阴郁了下来。

他昨晚气得饭都没吃。原本用精神力压制是稳赢的，却在最后关头以那么狼狈的姿势被林曜踹了出去。当场丢人也就算了，原本想着过了新生赛，这事儿就翻篇了，结果被做成了鬼畜视频，还顶上了热门，他优秀学生的英名就此尽毁。

原本无仇无怨的两人，此刻都成了对方看着不爽的眼中钉。

"大庭广众之下，显得像是我们在欺负人。"段铮尽量装得云淡风轻，似笑非笑，"放了。"

林曜眼皮一跳。他对于这种情绪一向敏感，态度难得温和："小贺不是故意的，我们现在就删。贺离，道歉。"

"对不起，我是剪着玩的，没想到会上热门……"

贺离心想：我就上网整个花活，居然被正主逮了个正着，也太背了吧，最近运气不佳，得去拜个佛。

他战战兢兢，立刻弯腰鞠躬九十度："希望您大人大量，不要介意，我会补偿您一个英姿飒爽的剪辑，哦不，十个！保证刷屏星网，您看如何？"

段铮：感觉像是买了水军，更丢脸！

看着他脑袋垂地的动作，李茂更是气不打一处来："你这是给铮爷奔丧呢？那视频都被二创了那么多次了，现在删有什么用？"

"总比继续发酵好。"林曜直接拿过贺离的手机，迅速点了删除，而后抬起头说，"好了。"

没想到他动作这么快，李茂瞪大了眼，糟糕，忘了录频。这下没了证据，再挑衅就显得仗势欺人，他骂骂咧咧地道："等着，一会儿再来收拾你。"

贺离以为对方只是放狠话，没想到，报复来得这么快。

到了训练场，教授给每个人分配了一台机甲，让学生们先熟悉一下简单的操作。

贺离刚启动，还没走两步，正前方一辆绿色的机甲就朝着自己冲撞过来，速度极快。

"退后！退后！哪个是退后……"他想要避开，却因为操作不熟练而无比慌乱，抬眼就瞧见了控制舱内的人，是刚才那个气势汹汹的家伙。而林曜距离自己太远，远水救不了近火。

来不及了！贺离手忙脚乱，退后变成了前进，径直朝着对方迎接过去。

"轰隆——"巨大的声响后，贺离的机甲和冲过来的机甲猛然撞在了一起。

"好疼！"贺离连同机甲人仰马翻，身上还被人压着。

李茂嘲笑道："废物！"

"让开！"贺离被压得喘不上气，对方却半点儿没有要动的意思。

　　林曜听到动静，转身三步就跨步到了跟前，稍微操作，就将压在上方的李茂抓起丢在一旁。他压着情绪，帮对方找了台阶："李同学，如果操作不熟练，可以在人少的地方多练练，免得误伤别人。"

　　动静太大，训练场上的视线齐刷刷聚集了过来。

　　"你们俩是一伙的，是不是你指示他做的视频？"连人带机甲像被丢垃圾一样扔了出去，李茂的脸上有些挂不住，"偶然赢了铮爷，就恨不得拿大喇叭告诉全世界，是吧？"

　　林曜神色冷静："污蔑人请拿出证据。"

　　李茂站立起身，朝前走了两步，故意撞他："抱歉啊，操作不熟练，有点儿失控。"

　　林曜退后，紧绷着唇，压抑着出手还击的冲动。

　　李茂又朝着前面走了两步，继续撞上去："实在是抱歉，我是新手。"

　　机械碰撞的声音尖锐刺耳，全场都陷入了诡异的安静之中，一时间，气氛剑拔弩张。林曜来回呼吸，心中默念，这次是贺离有错在先，忍，再忍，不能动手。

　　李茂见他没有反击的意思，越发得意起来，接连朝着他撞了好几次，几乎要把人逼到墙角，一撞再撞，周而复始。

　　"林同学也挺菜的，连反击都不会，跟我一样，好像要控制不住自己的手臂了，哎呀。"

　　林曜察觉到他想要攻击，瞳孔一缩，而自己已被逼在墙角，无法躲闪。李茂后退了两步，甩出银鞭的瞬间，只听见背后"轰"的一声，紧接着，是滚烫的灼烧感袭来，然后被猛地踹开。

"啊——是谁偷袭？"李茂骂着，连人带机甲滚出了十米远，金属零落，整个人被迫从侧方滚出，蜷曲在地，痛苦哀号。

谢星忱抬起机械臂，把人抓在半空，在对方的惊恐尖叫声中开口道："菜就多练，爷来教你。"

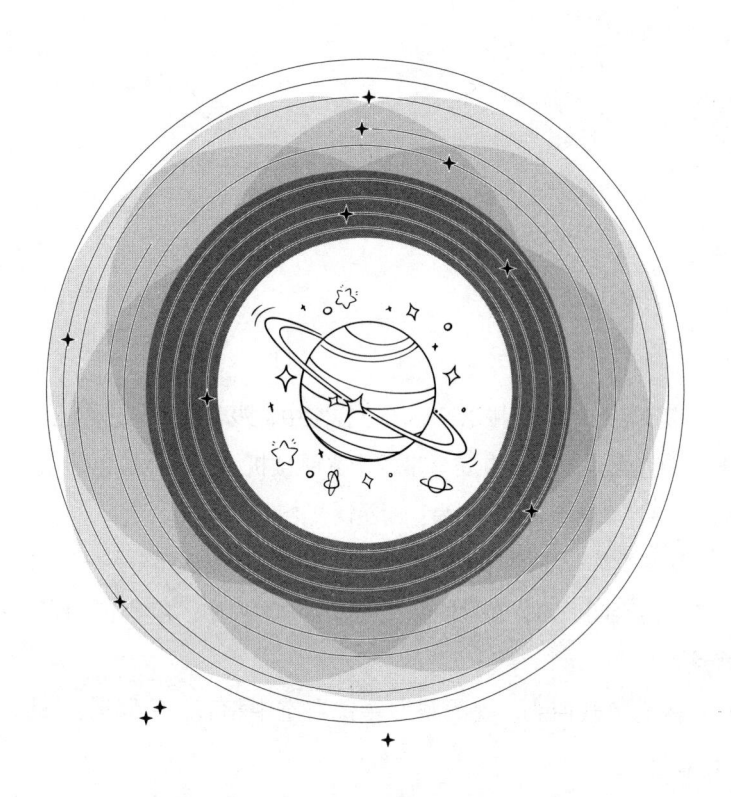

05　蓄意报复

李茂被巨大的机械爪控制着悬在空中，跟着机甲一起忽上忽下，简直像坐上了没有安全带的十米跳楼机，吓得他脸色惨白，仰头大喊："放我下去！救命！谢星忱要杀我！"

谢星忱坏起来的时候，真没什么底线。李茂被吓得晃一下喊一声，每大叫一声，谢星忱就让他体会一次失重，弄得还挺有节奏感。

林曜微微抬头，视线跟谢星忱在空中相碰，笑骂道："幼稚鬼。"

"切，幼稚鬼帮你报仇呢。"谢星忱在通信器里回他。

好友被这么折腾，段铮狂奔而来，试图把人抢回去。没想到，谢星忱的躲避实在灵敏，他抓着人摇摇晃晃地往旁边一跃，末了还不忘拍了拍对方的头顶，以示嘲讽。

"李同学说他技术不好，走个路而已，居然连连撞人，我现在帮他练习。同学之间要互帮互助，段同学怎么还来阻止呢？"谢星忱慢悠悠地说，"难道……你不想看到好友进步，超过自己？真是恶毒。"

段铮被气得说不出话来。

"不说话，就是默认了吗？"谢星忱晃了晃悬空的李茂，叹气道，"你们俩这友情也实在是太塑料了。"

被嘲讽到气血攻心，段铮抬手直接发动激光攻击。

"轰隆——"谢星忱敏捷地闪开，激光打中了后方看热闹的机甲，路人来不及躲闪，半条机械臂当场被打穿。

谢星忱再次嘲讽："看来段同学也需要多练习，第三名的狙击水准……啧啧啧，被误伤的同学真可怜。"

"你……"段铮气结，再度抬手，朝着他的方向连续攻击。

谢星忱带着人也躲闪得很快，飞檐走壁一般在场内乱窜。不还手，不回击，逗猫似的，看着对方气急败坏却无法命中。

场内因为这次突然的袭击而乱成一团。这里大部分都是新生，哪儿见过这种阵仗？只能乱窜逃跑，彼此撞得歪歪斜斜，四仰八叉，也有不小心被打中而疼得面部扭曲的。林曜无奈地跟在后面，一一解救善后。看他大闹天宫似的，林曜终于打开通信器，制止了某人："差不多就行了。"

谢星忱按下对讲，收了戾气："遵命。"

闹剧结束。原本还在场内炫技的银色机甲突然停止了移动，弹跳上高，利落转身，一跃而下，将李茂随手扔在场边后，又以闪电的速度直接闪现到段铮的面前，在对方还没反应过来之际，直接锁住其咽喉，将其抬举至半空，再重重按回到地面上。"轰隆"的一声，钢铁机甲竟然被按着头顶击倒在地。

谢星忱居高临下地看着手下败将，淡淡地说："教学结束了，下次努力，段同学。"

"这连招，太炫了！"

"他怎么像是比我们多上了四年学，然后来虐菜的？"

"之前看新赛的时候,还以为他这个第二是绣花枕头,原来比第三名强这么多。"

"不敢想象第一名的林曜出手会多彪悍……"

周遭吵闹成一片,训练场的大门被推开,一个威严的声音传来:"吵什么?我就刚走了十分钟,你们打成这样?"

李茂躺在地上,捂着小腿,嗷嗷大叫:"霍院长,你要替我做主啊,院长!谢星忱他恃强凌弱!他霸凌弱小!我的小腿都骨折了!"

"他是真有脸说啊!"贺离瞪大了眼,也学他躺在地上,叫得更大声,"霍院长!你要替我做主啊,院长!李茂他恃强凌弱!他霸凌弱小!我的脑袋都被撞傻了!"

谢星忱叹为观止:"厉害啊。"

李茂爬过去抱住霍尔校长的大腿,一把鼻涕一把泪地控诉:"他刚才还把我悬在空中晃来晃去,我胆儿小,真的要被吓死了,说不定我自此之后就有了心理阴影,军人的生涯被彻底断送了……这后果真的太严重了,万一联盟未来损失了一名优秀的将领,可该怎么办?"

林曜从机甲里出来,冷声说:"你心理素质如果差成这样,还是早点退学吧,这就是对联盟最大的贡献了。"

"你……"李茂把骂人的话憋了回去,又转头对着校长,"院长,他们不仅欺负我,还欺负段铮,他们宿舍是一伙的,干尽坏事……你要替我做主啊!"

霍尔被吵得不行,目光只是长久地停顿在一处,看着地上碎了一地的残骸,两眼一黑。那可是刚刚捐赠的最新一代 A 级试验品,就这么被干碎了,心好痛!他大声质问:"谁弄坏的?!"

"谢星忱。"段铮从残碎品里艰难爬出，恶狠狠地抹了一把脸，"不信，可以查看记录仪。"

谢星忱摘掉面具："我也有苦衷啊，院长，我那手不知道怎么了，没法控制，就朝着李同学和段同学去了，可能是在下学艺不精，还不能很好地控制攻击方向，太菜了。"

这话说得，阴阳怪气到了极点。

"你明明是蓄意攻击，把我往死里打！"段铮在短短两天之内丢了两次人，脸色比锅底还黑。

谢星忱一脸微笑："一定是你误会了，没有呢。"

几个人各执一言，霍尔视线沉沉地在几个人身上来回移动，大手一挥："都给我去办公室。"

林曜不放心，跟着一块儿过去了，心想：这可真是一个视频引发的血案。

"帮你出气，不开心吗？"谢星忱跟在后面，靠过去用胳膊撞了他一下。

"我怕这事儿没完没了。"林曜低声说，"毕竟这怨结下了，万一……"

谢星忱转过头看他，很是新鲜："你以前每次联赛都把我往死里揍，就不怕咱们俩结仇没完没了？"

办公室里，几人勉强说清了来龙去脉，但各执一词，都觉得对方的过错更大、更不可原谅，吵得不可开交。

霍尔捋了捋，拼凑出了事情真相。他喝了口茶，叹了口气："这样吧，各论各的。你们都有错，都要自我反省，给觉得自己应该道歉的人道歉。我开个全院广播，也给刚才被误伤的同学们一个交代。"说完，顿了顿，"如果觉得自己没错，等事情闹到审判庭上就不好了。"

言外之意,小矛盾就院内解决,闹大了谁都难堪。

说着,霍尔打开了广播按钮,简单地叙述了一下来龙去脉。

这种事,先说者占有先机,贺离立马鞠躬道歉:"段铮同学,对不起,我不该把你被踹飞的剪辑视频发到网上,下次一定多考虑您弱小的自尊和不能接受自己失败的脆弱,我错了。"

"你……"段铮感觉又被扎了一刀。

霍尔点了点头,评价道:"很中肯,情真意切。下一位。"

李茂挺直后背,满脸不服气却又不得不低头:"对不起,我不该挑衅贺离和林曜同学,我因为过于仗义,为朋友两肋插刀而冲昏了头脑,下次,一定三思而后行。"

贺离翻了个白眼,嘟囔道:"你这道歉也不诚恳啊。"

段铮也开了口:"我也不该贸然对谢星忱同学动手,因为冲动把训练场的规矩忘到脑后,我甘心受罚。"随即,转过头,在校长看不见的盲区,十分不屑地朝谢星忱做了无声的口型:蠢货。

谢星忱表情冷漠,没有说话。林曜看见了,很淡地眯了下眼,看来得帮小谢少爷出口气了,不然某人又该不高兴了。

"大家态度都不错。"霍尔看向破坏机器的罪魁祸首,冷笑道,"你呢,什么说法?"

谢星忱两手插兜,慢悠悠道:"解救林曜同学于危难,我没错。"

"强词夺理!"霍尔怒目而视。

"被段铮攻击而躲闪还击,我也没错。"

"冥顽不灵!"霍尔拍案而起。

"帮忙测试学校新进的机甲,是它质量不好,一拳就碎,我还是没错。"

贺离：厉害！

李茂：真装！

段铮没忍住骂出了声："蠢货。"

霍尔差点儿被气得背过气去："你是真想让我打电话给谢联盟长啊……"

李茂摇头晃脑，阴阳怪气："这么不尊重院长，你完了，要被请家长了。"

"告诉他什么？"谢星忱把一张黑卡放在桌面上，语气懒散，"告诉他，基于检测结果，我决定赞助一小笔费用再买几台更加优质的机甲捐赠给学校？"

全场陷入一片死寂。

霍尔一边迅速将卡揣进口袋里，一边抬手拍了拍他的肩膀，露出笑容："告诉他，他生的儿子实在是太顾全大局、太优秀了，真棒！"

贺离看着那张黑金卡，连连咂舌："砸钱的手段真是眼熟啊，这个世界上有钱人这么多，就不能多我一个吗？"

林曜评价："挥金如土的公子哥都这样。"

"你怎么知道砸了四万的人是男的？"贺离抬头，后知后觉，"不会那个人真的就是谢星忱本人吧？"

林曜轻咳了一声，道："不会吧，谁上网用本名啊？"

霍尔对于这个结果十分满意，拍了拍各位的肩膀："好了，事情这不就愉快地解决了吗？你们都回去上课，我还有事。"

林曜看着段铮，突然出声："我也要道歉。"

谢星忱都帮自己到这个程度了，还莫名其妙被骂，回怼是他的分内之事。"

霍尔回过头，疑惑地看着他："我不觉得在整件事中林同学做了什么错误的事。你很好，不需要过度自责。"

"有的。"林曜看向段铮，凑向话筒缓缓出声，"段同学，对不起。"

段铮一脸茫然，顿住脚步，"嗯"了一下。

林曜清冷的脸上露出淡淡的微笑，缓缓出声："我没有以最优雅的姿势踹飞你，抱歉了，下次注意。"他的脸上少有鲜活的表情，但在此时，他瞳孔微亮，嘴唇勾着，定定地看向某个人的时候，有一种将对方玩弄于股掌之中的嘲弄。

段铮一愣，几秒后才低低骂了句脏话。

听到广播的众人已经乐疯了，在训练场里叽叽喳喳个没完。

"哈哈哈，这么毒舌，嘴借我用用。"

"这么一比，前面违心道歉的段铮和李茂好像小丑啊。"

"刚开学就这么刺激，这学期可有瓜吃了。"

"笑死，霍院今天的心情大落大起，心脏还好吗？要被他们气死了吧……"

"气啥啊？这不新的赞助又轻轻松松地拿到了吗？怪不得能当院长，你在一层，他在大气层。"

办公室外，一行人互相道完歉，依然谁也不待见谁，沉默地重新返回训练场。

贺离悄悄地朝着林曜竖起大拇指，压低声音："最后的嘲讽好帅，我喜欢。放心，我回去就再切一个小号多剪几个他的鬼畜视频。"

"行了，适可而止吧。"林曜低头整理战斗服。一开始确实是他们的错，只是李茂和段铮在训练场出手，真的过了。

贺离明显不乐意："你要真想息事宁人，刚刚为什么出口嘲讽啊？我这不是跟着你的中心思想走吗？"

"我那是……"林曜下意识回嘴，"他骂谢星忱。"

贺离没理清其中的必然联系："所以呢？"

林曜也觉得难以置信，自己竟然会为死对头出头，他皱了皱眉："没，没有所以，想干就干了。"

谢星忱从后面跟上来，手臂随意搭在他的肩膀上："因为他骂我，所以你帮我出头找回场子，你对我真好，曜曜。"

贺离做了个呕吐的表情，心里疯狂吐槽：曜曜？他怎么敢这么叫？怎么叫得出口的？我要吐了！

"少在那儿恶心人了！"林曜懒得纠正，把他的手从肩膀上扔下去，淡淡地解释说，"只是还你今天帮我的人情。"

谢星忱观察着他的表情："真的是这样吗？"

林曜后知后觉地感到有些不自在，扭头朝着洗手间大步走去，语气十分冷淡："当然，难不成是因为我想跟你修复破碎的关系而向你示好吗？别做梦了……"

林曜这么别扭的人，话反着听就是最精确的翻译方式。谢星忱脸上的笑意越来越大，心情愉悦极了："原来你想和我修复关系啊，好的，我知道了，我会跟你一起努力的。"

贺离双手抱头，一副痛苦且无语的表情。

林曜打开洗手间的门，回过头看他："别抽风了。"

谢星忱懒散地整理着战斗服，偏了下头："那修复关系的第一步，要不要和我一起上个厕所啊？"

"你是小学生吗？"林曜忍无可忍地抬脚踹他，"我本来就要去的好不好？滚。"

谢星忱跟在他后面："怎么了，你没和同学一起去过厕所吗？"

贺离一边摇头一边朝着训练场的方向撤离："走了，受不了，真是看不得一点儿。"

身后，从洗手间出来的李茂面色沉沉，偏过头跟段铮说着什么。后者先是愣了一瞬，犹豫了几秒后才微微点了下头："就这么办。"

李茂幽幽地说："不说让他们身败名裂，至少比你那个鬼畜视频更丢脸。"

段铮双手插兜，经过洗手间的门时往里随意一瞥："里面没别人吧？别留下痕迹，不然咱们就彻底玩完了。"

"没，我刚从里面出来，除了他们没别人。"李茂嗤笑道，"哼，反正今天这事儿，真不是三言两语就能翻篇的。"

洗手间内，尴尬的气氛正在蔓延。林曜是真没有跟别人一起上厕所的经验，他就不该多那句嘴，碰上这家伙，铁定又会引出一堆麻烦事儿。

"我的照片删了吗？"谢星忱语气轻松。

听完这话，林曜手一抖，差点儿尿在裤子上，他愤愤不平地说："这种时候，你能不能闭嘴？"

"聊会儿天也不行啊？上次我说了，我要时常检查的，要是删了，现在正好重拍。"谢星忱说。

林曜要疯了，转过头瞪他："能不能别脱了一半裤子说这个？！"

"你很介意吗？男生不都会互相比较的吗？"谢星忱姿态从

容,笑了笑,"不要自卑。"

林曜脸颊飞速涨红,把头别到另一侧,不再看他:"你再说一个字,我就把你扔马桶里。"

听他放完狠话,谢星忱真的没再出声,然而越安静就越尴尬。林曜慢吞吞地解决完,低头过去洗完手,准备出去的时候,却发现谢星忱站在门口,一言不发。

"愣着干什么,出去啊?"

谢星忱比画了个闭麦的动作,指了指他,又指了指自己,摇了摇头,满脸无奈。

林曜看懂了——再说话就扔马桶里。平时没见他这么听话,就是欠的。林曜也懒得问,伸手去开洗手间的门。"咔嗒"一声,开不了,门锁了。他尝试转动了好几次门把手,除了传来机械的声响,压根打不开门。

林曜抬脚轻踹了他一下:"怎么回事?说话。"

"有人干了坏事。"谢星忱三言两语地解释清状况,"训练时不让带手机,叫不来救援。"

林曜也聪明,瞬间就反应过来,背靠着门松了力,道:"是段铮他们?"

如果是人为的,那一时半会儿是出不去了。有点儿闷,他抬手烦躁地扯开战斗服的领口,解开了三颗纽扣。

谢星忱"嗯"了一声,手臂撑着门,低下头,委屈地弓着身。

"又抽什么风?"

"刚打架太猛了,头突然有点儿晕。"谢星忱低声道,"锁坏了,看来我们俩要在这儿被关上一整天了,好刺激啊。"

林曜偏着头,不耐烦道:"这有什么好刺激的?"

谢星忱说:"我帮你出气,还给学校提供了赞助,又费体力又费钱的,你还对我这么凶……"

林曜咬了咬牙,在心里默念:好,你站在道德制高点,你赢了,我忍!

谢星忱把姿态放到了最低:"为什么不夸我?"

林曜只能绞尽脑汁:"操作很棒,精神正常,还很有钱,三好少年。"

谢星忱被他贫瘠的词汇量给逗笑了:"你可真会夸。"

他是不是在捧杀?林曜往后撤,找了个理由:"你去洗手台边待着吧。"

"你呢?"

"踹门。"林曜把他推到一边,抬手握住门把手,一边朝外拽的同时,一边猛地抬脚踹过去。

"砰"一声,光滑的门顿时出现了一个大坑。谢星忱"啧"了一声,力气这么大,看来之前扇自己巴掌的时候还是手下留情了。

林曜压根没注意旁边的人在想什么,面无表情地"哐当"又是一脚,大坑凹陷出一个更大的弧度,但门纹丝不动。

谢星忱靠在洗手台边,理智地分析道:"别做无用功了,这门是特制的。仔细想想,现在的确是他们报复的最好机会。"

林曜抬眼:"怎么说?"

"训练的时候不让带手机,找不了救援,校长办公室又处于职工区,地方偏,来的人少。更何况,刚全院广播完,大家都会觉得他们不可能胆子大成这样,反其道而行之,刚刚好。他们可能是临时起意,但碰上了绝佳的机会。"

"那如果没人来,我们就一直被这么关着?"林曜才不是坐以待毙的人,他绕着洗手间侦察了一圈,因为用的新风系统,这里只有一扇很小的窗户。而且这边背靠后山,安静且空旷,确实很少会有人到这里来。

谢星忱靠着洗手台,姿态从容:"没事儿,晚上肯定会有清洁工过来打扫,也就关上八个小时吧,咱们就能出去了。"

林曜:就八个小时?说得可真轻巧。他很难想象自己居然要跟以前最讨厌的家伙在这儿大眼瞪小眼地瞪八个小时。

这里也没地儿坐,站一会儿,林曜就觉得腿酸了,也不讲究,两手一撑,直接坐上了洗手台,百无聊赖。

林曜从小独自长大,习惯了孤单,倒没觉得度秒如年。很多个日夜,他都是这么安静无声地过来的,承受孤独是他幼年学会的第一课。他两只手撑在水池边上,微垂着眼,正好把期中要考的军事政治理论从第一页开始默背。

谢星忱安静地看了他一会儿,突然想到了什么,开始解战斗服的纽扣。

林曜察觉到他的动作,拧起眉心:"你干什么?"

谢星忱无奈地说:"咱们也不能完全坐以待毙啊。我兜里有打火机,把衣服烧了扔出去,万一有人路过注意到,说不定会有救援。"

"好,你别把自己烧了就行。"林曜道。

"啪嗒"一声,修长的手指点燃打火机,一簇幽蓝的火苗蹿起,谢星忱点燃了扔在洗手池里带着他名字的战斗服,烧了一小半后,就拿水浇灭,将衣服从窗口扔了下去。只是过了没多久,再去检查的时候,衣服已经消失不见。

"看来是铁了心不打算让我们出去了。"谢星忱轻嗤,"这梁子是真的结下了。"

"贺离也真是的，咱们俩都消失这么久了，也不来找找。"林曜警惕地说，"我觉得……不会只是关起来这么简单。这么大费周章，只是恶作剧地把我们关上几个小时，完全没有必要呀……"

谢星忱"嗯"了一声，不再多言，把衬衫的纽扣也松了两颗。

林曜："你还要烧衣服？"

谢星忱低声道："不是，我觉得闷。"

林曜这才注意到他整个人看上去的确很不对劲。鼻翼翕动，他喃喃出声："你有没有闻到什么味道？"

谢星忱沉默了几秒钟，视线落在那扇门的下方，低声道："你说得对，把我们关起来只是第一步。"

"什么意思？"林曜看到了他眼底的躁郁，已经猜到了，但还是想要确认，"你怎么了？"

谢星忱垂着眼，扯开衬衫，稍微动作就露出麦色的皮肤和紧实的腹肌。他觉得很烦，直接把衬衫脱了，扔在一边。一向从容平淡的脸上，头一回露出失控的表情："病要发作了。"他往旁边退后了好几步，靠在墙角，尽力将彼此之间的距离拉到最大，低声解释："他们可能用了诱导剂，对别人来说顶多出现轻度的应激症状，但这东西对我来说非常要命。"

林曜说不出话了。谢星忱的病被提起过无数次，他当然知道有多可怕，只是平时谢星忱克制得很好，常常让人忘记他还有着非常折磨人的病症。失去理智之后的他会如何，林曜不敢想。

谢星忱靠着墙蹲下去，精壮的手臂上浮起明显的青筋。他微微抬眼，看着一脸紧张的林曜，好心地出声宽慰道："庆幸你是个能干翻全场的，如果我做了什么事……"谢星忱勾起唇角，眉目坦然,"你就把我揍死在这里,我绝不还手。"

林曜怔怔地看着对方,莫名地担心起来。很少看到他有这么正经的时候。谢星忱这个人,平时拽得要死,总是吊儿郎当的,也没个正形儿。但此时,他靠在墙角,强忍到连脸部肌肉都在抽动,却还在宽慰自己。

林曜感觉心里闷闷的,他朝前走了两步,想要观察对方的状态,还没靠近,就被对方出声喝止:"别动,别过来。"

"很难受吗?"林曜感同身受道,"我们现在出不去,我要怎么帮你?"

谢星忱不再说话,只是视线沉沉地看着他:"我觉得你最好离我远一点儿。"他抬起手,拇指按压在自己的后颈,靠着身体上的痛苦让意识还能保持清醒,"林曜,我没有吓唬你,我不知道他们为什么会随身携带这种东西,但剂量很猛,我真的不确定能否控制住自己……"

林曜不再说话,只是站在不远处一眨不眨地看着他,眉头拧紧。

时间在一分一秒地过去,谢星忱猛然起身,整个人一次又一次埋进洗手池,靠着冷水保持清醒。他的黑发被水弄得全湿,水珠零零散散地落在身上,晕开大片大片的水迹。

一小时、两小时、三小时……窗外的光明明暗暗,已经分不清时间,但仍然没人前来把那扇门打开。

林曜见他下唇已经咬得泛起血丝,手背上全是自虐的抓痕,只觉得触目惊心。几个小时前还意气风发地捶爆了机甲的谢星忱,此刻变得颓丧不堪。

被痛苦裹挟的,又何尝只有自己?某种程度上来讲,他们同病相怜。

林曜试探道:"要不我帮你进行精神疏导吧。"

谢星忱笑了笑,鲜血在唇边溢开,整个人背着光坐在阴影里,后脑勺靠在墙边,半阖着眼,缓缓出声:"如果一直出不去,我的精神力会彻底暴走。你才二次转化,承受不住的。"

林曜瞳光闪动。狗东西,该自私的时候就不能自私一点儿吗?他深吸一口气,利落做了决定:"我帮你!"

谢星忱定定地看着他。嘴硬心软,心怀怜悯,即便是面对曾经最讨厌的人,也还是伸出了救援的手。林曜越是这样,他越是不想糟蹋这份真诚。

"算了,我不需要。"谢星忱舔掉唇边的血。

林曜真是气不打一处来。在剑拔弩张的气氛中,他一步一步,缓慢地走近对方,在他面前蹲下,四目相对。

"我让你躲开。"谢星忱微抬着下巴,语气越发冷淡,"你听不懂是吗?"

林曜却倔得不行:"有来有回,互惠互利,你说的。"不管是作为军人,还是普通人,他都没法见死不救。

"真是……"更恶劣的话到了嘴边又咽了回去,谢星忱一字一顿地说,"愚蠢。"他用尽全身的力气才控制着自己,猛然站立起身,把林曜推着往隔间里塞,"进去,在我们能出去之前,不许再出来。"

林曜占了上风,轻松挣脱。谢星忱二度出手,想要把人锁进隔间,偏偏对方更倔,动手就会还手,几招下来,毫不意外,根本打不过。他沉沉出声:"林曜,你听话。"

林曜冲他露出一个很淡的微笑:"看在你之前帮过我很多次的

份儿上，我也帮你一次。"

谢星忱却不发一言。

"你不说话，我就当你同意了。"林曜迫使他低下头，跟自己对视，然后，缓缓地释放出精神力。

谢星忱瞳孔紧缩，想要后撤，对方却像是预判了一般，手掌猛然用力，不让他躲。

"林曜。"谢星忱低声叫他的名字。

林曜置之不理，只是牢牢抓着他。谢星忱难以抗拒，终究还是跟随了本能："对不起。"

洗手间外，李茂和另一个跟班正在那蹲点。李茂烦躁地抓着短发，盯着大门出神："谢星忱这攻击性也太强了，好难受。"

"我都快站不起来了，呼吸都觉得困难。"跟班拿着摄像机的手都在抖，"我们要等到什么时候啊？腿麻得不行，等不了了。"

李茂抬头看着被踹出大坑的门，摸着下巴估算："在里面五个小时了，怎么没动静啊？"

跟班也特别紧张，不断用手摸着后脑勺，眼神都在飘："联盟长的儿子和同学打架斗殴，这罪名，在军校会被剔除军籍吧。"

一开始他们只是想要吓唬吓唬人以示惩戒，诱导剂也可以推托为不小心掉地上碎了，没想到对谢星忱这么有效。但开弓没有回头箭。

李茂盯着段铮发来的询问信息，也有点儿慌："又不是我逼着他动手的，不过林曜那么能打，怎么一点儿动静也没有？"他边说着边低头发送信息。

李茂：一切正常，再过十分钟我就把门弄开，你把同学引过来了吗？

段铮：嗯，跟教授说了，要参观后院，马上过去。

跟班贴着门板，压着气声复述："林曜好像说了句什么，听不清。"

李茂瞬间来了劲，把手机扔进裤兜里，也过去偷听，念叨着："这都不打一架，不科学啊！林曜那家伙，冷着一张脸都能一脚踹飞十个。"说着，他把耳朵贴上门板。

突然，"哐当"一声，吓了李茂一跳，他低声骂了一句，而后心急如焚地给段铮重新发送了一条信息。

李茂：三分钟，速度来！

李茂：我怕赶不上趟，还得拍呢。

段铮：OK，马上到，你们注意隐蔽。

李茂抓着跟班的衣服后领，压低声音："走走走，找个地方蹲着录像。"

两人骂骂咧咧地走远，而洗手间内，林曜低声道："走了，装得像吗？"

"挺像的，应该骗到他们了。"谢星忱夸赞道。

林曜靠着门板，盘算着之后的计划："一会儿我们要怎么办？"

"你想要让他们觉得我们在干什么，我配合你。"谢星忱伸手拽他的手腕，把人推到洗手池前，"但在这之前，洗把脸。"

要把这事儿闹大，得从谢星忱身上下手，还不能暴露自己二次转化的事情。林曜低下头，打开水龙头朝脸上泼着水，想了几秒钟，他从冷水里抬起头，从镜子里跟谢星忱对视，逐渐恢复理智："两个人同时被诱导，精神力发生冲撞，会怎么样，大打出手是吗？"

谢星忱点了点头:"敌对的关系,当然会打得你死我活。"

那和被注入了兴奋剂在本质上没有区别,林曜想到了之前琅庄的那头失控的野兽,再看看谢星忱还在微微出血的下唇,的确有点儿战损的意味。于是,他低下头,脱下身上的战斗服,又拽开衬衫的领口,露出还未痊愈的伤口。之前被那只巨兽攻击留下的伤还未痊愈,现在正好派上用场。

谢星忱瞳孔紧锁,伸手拽他的手腕:"不用做戏到这种地步吧……"

林曜微微挑眉,语气桀骜:"不狠一点儿,怎么能把对方置于死地?"

今天如果不是自己,换作其他人和谢星忱关在一起,后果无法想象。他们太下作了,想让谢星忱前途尽毁,那就不必留情。

谢星忱双唇紧闭,沉默不语。

林曜撕开肩膀上的纱布,卷起来丢进马桶冲走,拇指按压上未结痂的伤口,而后狠心撕开,鲜血瞬间溢出。

谢星忱无法阻止,整张脸阴郁不堪。

林曜朝着他露出一个轻松的微笑:"来,现在轮到你演戏了,撂倒我。"

洗手间的门被打开的时候,综战院的学生被眼前的场景震惊。

谢星忱俯下身,伸手压着林曜的脖颈,衬衫上四处沾染着新鲜的血迹,看上去像是刚刚死里逃生,衣衫破碎,血迹蔓延,一片惨烈。而仰躺在地上的林曜,微微仰着头。此情此景,如同之前体检时候的装腔作势,只是此刻两个人有了莫名的默契。

"掐我啊,用力。"林曜无声开口。

谢星忱看着他鲜血淋漓的伤口,只感觉手掌都在颤抖。

"这是怎么回事？"乌教授勃然大怒，"谢星忱、林曜，你们俩是什么情况？"

谢星忱抬起眼，呼吸粗重地看向众人，缓缓出声："有人在学校用了Z7032兴奋剂，然后把我们关在了里面，五六个小时了，就想看我们互相残杀。"

Z7032，是赫赫有名的违禁品。不管是谁，用了这东西，不仅要开除军籍，还要上军事法庭接受审判。段铮瞪大了眼，赶紧低头给李茂发送信息。

段铮：你不是说就是普通的诱导药剂吗？Z7032你也敢碰？

李茂站在远处录像，看着他们的状态本就一头雾水，此时更是摸不着头脑，焦急打字。

李茂：没有啊，什么兴奋剂？他们这是在污蔑！

李茂：我真没有，我怎么可能有那玩意儿？私下使用可是要被审判的。

李茂：我知道兴奋剂和诱导剂的成分有部分重合，我可以把药剂瓶子给你，你去查！

李茂：铮爷，你信我，我真的没有！

这个编号一说出口，所有人看向林曜和谢星忱目光都从探究变成了敬佩。乌教授震惊出声："你们在这种特效诱导剂的引诱下，只受了这点皮外伤吗？"

谢星忱翻身而下，仰头喘息了好几次，才平复情绪："是的，我们竭尽全力克制了本能。"

乌教授怔住。这得是多么强大的意志力，才能战胜生理操纵的控制！过了好几秒，他才反应过来，立刻出声："他们的状态不稳定，赶紧叫救护车！"

林曜和谢星忱被分别抬上了担架，送往医院。

路上，林曜脑子里一直是谢星忱之前的那句话："是的，我们竭尽全力克制了本能。"

这是那些谎言里唯一的真实言辞。哪怕在那样极端的情境下，谢星忱也没做出会伤害到自己的事。

医护人员坐在前座，他们则在救护车厢的后座无声对视。林曜心弦微动，正准备出声，却发现谢星忱撑着身子坐了过来。

"干什么？"因为怕被医护人员发现，他无声地用口型道：别乱动啊。

谢星忱低下头，指了指他撕裂的伤口问："疼吗？"

林曜张了张嘴，不知道说什么，只是轻轻地摇头："算不上什么，不疼。"他曾经承受过比这疼痛千百倍的酷刑，相比之下，这只是微不足道的小伤。林曜别过头，低声道："你别乱动了，躺好吧，快到医院了。"

谢星忱"嗯"了一声，这才规规矩矩地重新躺回了隔壁的担架。

他们直接被送去了和睦，程主任作为他们的主治医师和唯一知情者简直要疯了，光是看着抬过来的两个人，就太阳穴直跳。他来回摸着发顶，低头贴着林曜的耳边问："不是，怎么这么多血？"

林曜冷淡抬手，帮他把碰乱的假发片重新放了回去："不用谢。"

"刚才乌教授通过电话给我简单描述了情况，说你俩被兴奋剂诱导了？"

林曜："只是打了一架。"

谢星忱四仰八叉地躺在病床上,"哎"了一声:"不是,您能不能先来看看我啊?他除了胳膊上有伤,一点儿事没有。"

"你看着也没什么……"程主任转过身,目光和他漆黑的瞳孔对上,顿了顿,"你……居然控制住了?"

谢星忱此刻才敢放松紧绷的神经,哑声道:"麻烦把我送去隔离室,最多再过两小时,我就真的控制不住自己了。"

程主任头一回听到谢星忱主动要求隔离,也严肃起来:"护士,带林曜先去检查,止血包扎。星忱这边,我亲自来。"

林曜不知道隔离意味着什么,但也敏锐地察觉到了不对劲。被关在洗手间里的几个小时,让他以为谢星忱足够强大,可以克制,但现在看来,这个人已经濒临失控。

刚包扎结束,林曜面前就出现了一双皮鞋,还未见到人,他已经察觉到了满满的压迫感。林曜视线上移,从昂贵的鞋面,到笔挺的西装,再到薄薄的嘴唇,最终定格在那双淡漠的眼睛上。好眼熟,像是在哪里见过。

"你好,我是谢星忱的爸爸,谢恒之。"对方微垂着眼,开门见山,"你和星忱算是老对手了,我对你有些印象。不过,你以前是东君,刚刚二次转化成星渚,对吗?"

极力隐瞒的秘密就这么轻飘飘地被说了出来,林曜越过他宽阔的肩膀,不知该看向何处,求助于谁。他太天真,以为自己撒撒小谎就能瞒过众人,可和睦私立医院是谢家私产,就算谢星忱及时抹除了检查结果,又怎么可能瞒得过他的父亲?

否认吗?根本就没有挣扎的余地。他不明白对方想要做什么,是想趁机要挟自己做些什么,还是想趁机直接让他从崇清滚出去?

"求您……求您不要赶我出学校……我……"林曜第一次露出卑微的表情,他伸手想要去抓那熨帖整齐的袖口,又怕惊扰了对方,于是讪讪地收回手,"您有什么吩咐?"

"聪明的孩子,我喜欢跟聪明人打交道。"谢恒之微笑道,"我调查过你,无父无母,没有背景,没有身份,你在哪里出生?"

林曜眼神恍惚了一下,摇头说:"我不记得,都忘记了。"

"那我就直说了,星忱现在的状况很糟,他生了病,但至今无法接受深度疏导,从转化后就一直靠药物和意志力死扛,作为父亲,我不愿意看到儿子这么痛苦。"谢恒之看着眼前这张清冷漂亮的脸,缓声道,"这次,即便进入了非常失控的状况,他也极力控制着避免伤害到你,没有出现精神力冲撞的情况,这是个奇迹。于是我擅自做了测试,如我所料,你们俩精神力的互斥度是零。"

话到了这里,林曜已经隐隐有了猜测:"所以,您希望我……"他的手撑在病床边上,指尖泛起了一层浅白,如同此刻煞白的脸,他斟酌着言辞,却无法说出后面的话。

谢恒之替他开了口:"我希望你能够为他进行深度精神疏导。你的身体素质不错,想来即使出现排斥反应,应该也承受得住,可以最大限度地帮到他。"

林曜感觉自己的心脏被蹂碎在地上,踩了又踩。什么自尊,什么脸面,在对方面前一文不值。因为他是无父无母无人在意的孤儿,所以,就可以被随意对待吗?好讨厌这样高高在上的人啊,只是动动手指,就能摧毁别人的人生。

他想要破口大骂,冷眼回绝,可是上位者已经拿捏了他的软肋,如果不答应,他会被踢出崇清,好不容易重新开始的人生又会回到原点。况且,他还有更重要的事要做,不可以出任何意外。

"考虑的时间不多,一小时。"谢恒之抬手看表。

林曜闭了下眼,再睁开的时候,已经恢复了以往的冷静:"不用考虑了,我去。"

"很好,我说过了,我喜欢聪明的孩子。"谢恒之抬手,如同长辈一般抚摸过他的发顶,"你做好分内之事,只要过程顺利,我保你以后人生畅通无阻。不过,还有一件事需要提醒你。"

林曜抬头,睫毛颤抖着看向他:"什么?"

"深度疏导要求双方必须全心信任对方,稍有动摇就会引发排斥反应,到时,即便你们等级相同,作为引导者的你也会不可避免地受到攻击,甚至因此失去精神力,彻底变成一个废人。"谢恒之残忍出声,"这样的风险,你能接受吗?"

林曜嘴唇颤动了下,在一分钟之内决定了自己的人生:"可以接受。"

谢恒之欣赏地看着他。果断冷静,能权衡利弊,可惜呀,人各有命。他只在心里惋惜了一下,就恢复了冷漠:"别人都说我专横,但我并不喜欢做强迫别人的事,我觉得自己还挺有人性,你觉得呢?"

"您……很爱自己的儿子。"林曜感觉心里异常苦涩,"我很羡慕。"

正如同好几年前,他无意间撞见的谢星忱的生日宴上,谢恒之看向儿子的时候,脸上都带着骄傲和祝福。那会儿他是嫉妒的,而现在,这把亲情的刀却反手刺向自己,刺得他心口麻木。

谢恒之点了点头,也觉得自己做得不错:"关于这次的事件,我会交给手下来处理,你们不需要太操心,专心做好你该做的事。不过，我们之间的约定，我希望，无论结果如何，你都能对所有人保密，包括星忱。同样，我也会对你二次转化的事情绝对保密。"

林曜觉得可笑。多么伟大又体面的父亲啊，都说父爱如山，他体会到了。他露出一丝嘲讽的笑容："如何保密？他那么聪明，会猜不到吗？"

谢恒之安静地看了他一瞬，没有直接告诉他如何去做，只是说："你也很聪明，所以一定能想到合理的理由。"

四两拨千斤，这谈判的本事实在是高明。他是在考验，考验这枚长线棋子的服从性和忠诚度。

"您就不怕……"林曜咬了咬牙，像是还击似的威胁，"您就不怕他日后知道真相，和您心生嫌隙？"

"没关系，无所谓的。"谢恒之轻描淡写地说，"星忱早熟，到那时，他肯定会知道怎么做才是有利的。"

林曜轻扯了一下唇角："也对，您说的是。"

谢恒之转身之前，又说了一句："给我你的账号，我会给你汇款，当作补偿。"

林曜愣住，再一次感受到了自尊被踩碎在地的滋味。

"不用了，您只要不给我下绊子，我已经万分感激了。"林曜会答应这么无理的要求，不是因为偌大的综战院容不下一个二次转化的他，他照样可以去争，可以去拼，可以成为那个特殊的、强势的、无可匹敌的存在。但谢恒之可以用无数种手段来让自己屈服。如果绕了一大圈还是这样的结局，那无论自己怎么做都不过是无用功，还不如早点接受。

林曜微微颔首，侧身先对方一步出去，在门口看到了匆匆赶来的谢允淮和江祈然,还有霍尔院长和乌教授。不愧是谢家二少,真有排面。

"你怎么样?"江祈然抓住他的手腕,将他拽到走廊的另一边,"老东西跟你说什么了?"

林曜不敢看对方关切的眼睛。

"他是不是威胁你了?"江祈然拧起眉心,"还是要跟你算账?听说你和谢星忱在洗手间里打得很厉害。"

林曜摇头:"没有,我们都很克制,小伤。叔叔他……只是关心儿子在里面的状况,多问了几句。"

江祈然松了口气,低声骂道:"都怪李茂那个王八蛋,搞出这么一大堆破事儿,委屈你们俩了。"

头一回听见他骂脏话,林曜紧绷的唇松了些,微微勾起。

江祈然慢悠悠地叹了口气,表情困扰:"不过,谢星忱到底失控到什么地步啊?"

"医生说了,他已经镇定下来,你不用担心这个。"林曜站在一边,脑子乱糟糟的,说完便安静下来。

"你呢?手上的伤还疼不疼啊?"江祈然伸手检查了下他重新包扎的纱布,吐槽道,"包得真丑,技术真差,谢允淮,你们家的医院真垃圾。"

林曜没忍住笑出了声,低声道:"我也觉得。"

谢恒之处理事情的确滴水不漏,连谢允淮都瞒住了。过了不到半个小时,所有人都被支开,林曜被他带去了特制的隔离病房。那里位于医院背后,位置非常隐秘,肃穆安静的走廊上空无一人,但四处都亮着监控。

"去吧,注意安全,他可能会伤人。"临进去前,谢恒之还特别友善地提醒道。

林曜抬头,看着顶端闪烁的红点,低声道:"能把监控关掉吗?我不会反抗伤害他。"

谢恒之点了点头,表示应允。林曜来回呼吸了两次,缓步过去,输入密码,经过两扇机械门,才走进了所谓的隔离房间。

明明之前在洗手间的时候,他也想过,如果谢星忱因为痛苦而快要死掉,自己愿意冒着风险救他。军人的职责,本身就包含了帮助每一个有需要的公民。可是现在,他在做的,是委屈自己、践踏自己,是未来无数次地丢掉自尊,出发点完全不同。还未走近,他的双腿已经开始止不住地发颤,是靠着顽强的意志力才能勉强站稳。

病床上的谢星忱已经看见了他。

"我来了。"林曜和他四目相对,"看来之前帮你疏导,并没有让你好转太多。"

此刻的谢星忱和下午的时候已经完全不同,眼神冷漠,面无表情,大约是怕伤到之前过来的护士,脸上戴着特制的止咬器,整个人看上去冰冷锋利,充满了破坏欲。

"你来干什么?"谢星忱声音很淡,说话的声音却异常嘶哑,"林曜,出去。"

然而,对方却一点儿都不听话,朝着自己越走越近,最后无比大胆地坐到了床边。

"你看起来很糟糕。"

谢星忱抬眼:"你听不懂话吗?谁放你进来的?出去!"

林曜摇头,看着他:"当然是做好人好事,我来帮你。"他俯下身,手指触碰到止咬器的开关,冰凉的触感从指尖蔓延到心脏,他也会为未知的事情而紧张。

谢星忱伸手按住他的手,艰难地把他的手指一根一根掰开,一字一顿地说:"我说,麻烦你出去,滚出去!"他头一回说这样的重话,生怕下一秒自己就抑制不住野兽般爆发。

林曜却只是淡淡地笑了笑,吐出两个字:"不滚。"

真是倔!就喜欢和自己对着干。谢星忱翻身而起,拽着他的手腕把人从床边拖起,往门口拽过去,力道大得可怕。

林曜反手挣脱,伸手按下了金属的开关。"啪嗒"一声,铁质面器落在地上,在寂静的夜晚发出声响。谢星忱定定地看着他,眸色深沉。刚伸手想要把人推开,双手却被林曜以更快的动作反剪在身后。

谢星忱瞳孔紧缩。他挣扎不得,骂道:"你是不是疯了?你不用帮我疏导。"

林曜垂眼,强行镇定:"也不完全是帮你,我们之间本就是互利互惠。"

房间没开灯,彼此的表情都被模糊在昏暗里,隐藏得很好,只有深深浅浅的呼吸,暴露了两个人此刻都不太平静。谢星忱死死地盯着他的眼睛,抬手把面罩上的锁扣调到了最紧。

估计连林曜自己都不知道,他在说一些口不对心的话时,有一个下意识的小动作——他的嘴唇会不自觉抿起一瞬,松开后才会开口。所以,他在说谎。谢星忱现在没有多余的理智去想对方为什么会这么做,但一定是有什么不能说的理由,让他不得不踏入这里。

"真是疯子。"谢星忱的动作带着隐忍的怒气,林曜被摔到有些硬的病号床时,下巴被掐着被迫抬高,因为脖颈紧绷无法顺利呼吸，眼底蓄起了一点儿生理性眼泪。谢星忱没有说话，缓慢收紧五指，将他的空气一点点剥夺。

"还要继续吗？"谢星忱居高临下，微垂着眼，大半的表情都被面罩遮挡，看不真切。

"继续。"林曜伸手，试图把人拽下来。

谢星忱却只是保持着这样的手势一动不动。终于，手掌从被掐住的脖颈处松开，林曜屈起腰身，大口呼吸过后，猛然咳嗽。

谢星忱实在不知道要怎么做才能逼走他，叹了口气，问："到底受了什么委屈？跟我讲。"

"怎么不说话？"谢星忱把声音放得很轻，"刚才吓到你了是吗？不给你留点印象，你不长记性。"

林曜怔怔地看着他，紧闭着唇，难以启齿。是受了委屈，但没有把委屈跟别人诉说的习惯。他和谢恒之交换的第一个条件就是对谢星忱保密，这要怎么讲呢？更何况，两个人以前互相不爽了三年，绊子使过，拳头挨过，背后骂过，真的可以因为最近突然的熟络，就交付信任吗？人家是血浓于水的父子，他们之间算什么？林曜摇头，不愿多说。

谢星忱低声道："好，不说，那我来猜，你点头或者摇头。"

林曜不知道为什么在这种时候他还能保持平和。如果不是程主任和谢恒之再三强调要注意安全，林曜甚至会觉得，此刻就像是过去无数次他开玩笑时那样轻松。

四目相对，时间一分一秒地度过，却没有更多的动静，只有死寂一般的僵持。

"如果我不配合，你的目的也无法完成，不是吗？"谢星忱看着他，"我知道我们关系很差，但现在，你只能信任我，或者说，试着信任我。"

林曜嘴唇绷紧,又松开,内心有所松动却依然不发一言。如果谢星忱不配合,交易作废,他就会成为被谢家废弃的棋子,仍然会被谢恒之针对。与其这样,不如冒险换一个队友。

"我再给你一次机会,点头,或者摇头。"谢星忱压着呼吸,揣测说,"是不是有人来过,跟你说了什么?"

点头。

"那人说的话让你改变了主意,所以你才会进入隔离区?"

点头。

谢星忱安静地看着他,这种作风他可太熟悉了,此刻冷静下来动动脑子,就说出了名字:"谢恒之。"

林曜没想到他猜得这么快,瞬间没了反应。可这份沉默,就已经让答案昭然若揭。

谢星忱太了解老东西的手段,心里也猜测了个七七八八:"还答应了别的吗?"

"当然没有!"林曜终于绷不住,愤愤不平地骂道,"果然父子俩没一个好东西。"

"嗯,看着比刚才慷慨赴死的样子好多了。"谢星忱淡淡地说,伸手捏了下他的脸颊。

谢星忱拿过床头的针注射抑制剂:"你既然答应了他,就不能露馅儿,待在这儿吧,我会陪你演戏,瞒过我爸。"

"那你……"林曜开始良心不安。

谢星忱把被子往他脑袋上一丢,盖得严严实实:"你最好是什么都别做,我的意志力有限。"

只是什么都不干的话,时间也很难挨。明明是想帮他,现在情况好像变得更糟了。林曜看着他一针一针地注射药剂,把胳膊上扎满了密密麻麻的针孔,然后仰着头,目光空洞,不知道在想着什么。林曜好几次想要帮他,都被拒绝。

这时,床头的呼叫器响了。

"星忱,医生该去检查你的状况了。"谢恒之的声音。

谢星忱闭眼,骂了句脏话,伸手把人重新从被子里拽出来,低声道:"老头估计是故意卡这个点派人来检查的,你得演一演。"

06　三个愿望

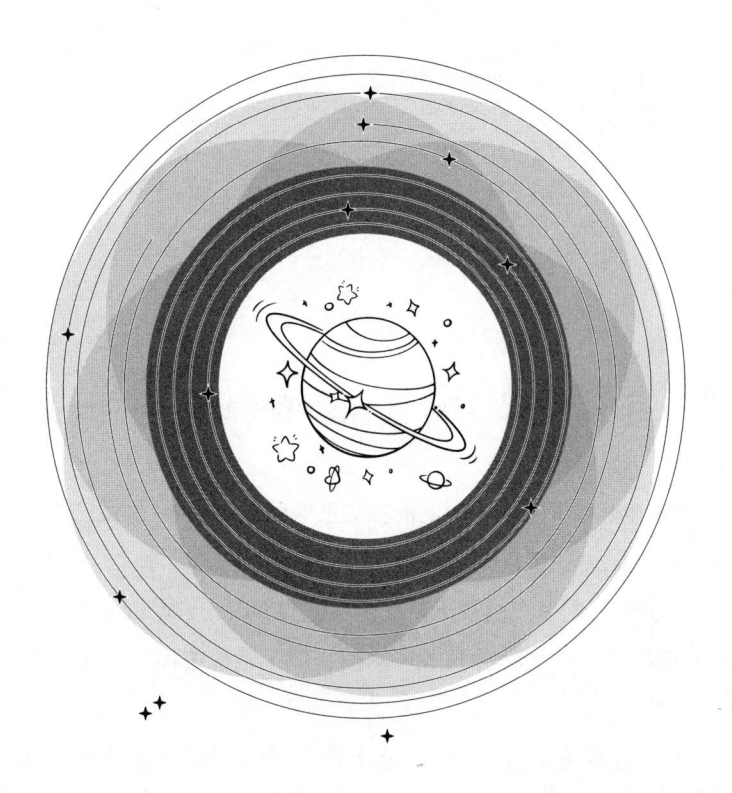

程主任拿着病历本出来，谢恒之双腿交叠，坐在他的对面，缓声道："如何？"

"还在继续，不太方便上前去测量他现在的状况。"程主任小心翼翼地说，"这事儿连允淮也要瞒着吗？"

"当然。"谢恒之抬眼，警告道，"这件事要是你敢传出去，你知道后果。你就把林曜当成一味药，加入星忱的治疗清单，明白吗？"

程主任脑子里闪过第一次见林曜的场景，有些于心不忍。当时，那个小孩说医院做错了检测时，模样是何其清冷倔强，可如今，他被拿捏了把柄，竟然亲自送上门去，成为一味药。但自己又何尝不是被人拿捏压迫呢？程主任只能微微点了点头："明白。"

谢恒之指尖点了点桌面："星忱的情况还需要几天的时间才能改善？"

"不清楚，少则三天，多则一周。因为比普通的发病更严重，需要随时观察检测。"程主任说。

谢恒之起身，大步走向办公室门外，告诉门口一直站着的助理："过一会儿把他们俩的手机和换洗衣物送过来，关这么久也挺无聊的。至于李茂,先缓几天,等星忱回了学校再处理。"他顿了顿,"不让他亲自看着,解决起来也没什么意思。"

"好的,联盟长。"

程主任一直值班到了晚上十二点,等谢星忱按下呼叫器时,才拿着助理送过来的行李箱和药品推门而入。他缓慢靠近,脚步放得很轻。而林曜整个人盖着薄被,只露出乱糟糟的头发。

"是睡了吗?"程主任把行李箱放到一边,拿出检测仪,把声音放到了最低,"量一下。"

谢星忱熟练地将检测仪绕在手腕上,低声道:"睡着了。"

"你现在的各项指标还是高得离谱,怎么一点儿都没降?"程主任觉得陷入了职业瓶颈。

谢星忱也十分无奈,有苦难言。他仰头靠在床边,诚心建议:"你还是加大药剂的剂量吧。"不然,就现在这种情况,他和林曜得在这间隔离室里关到天荒地老。

程主任作为一个中年男人被深深刺痛:"你这是在暗示我医术太差该转行了吗?"

谢星忱吐槽道:"您真脆弱……"

大半夜还要工作的程主任怨念极深,利落地替他扎上了一针,又伸手拍了拍林曜的后背:"你也起来补充点营养剂,不然明天都熬不过。"

"你别叫他。"谢星忱拧眉,语气不悦。

作为谢星忱主治医师的这几年,程主任心知这小孩讲话都是平静温和的,难得看他脸上流露出暴戾气息。明明才十八岁而已,却已经有了S级上位者的气场。程主任后背一抖,把营养液放在床头:"那你记得给他喝,我先走了。"

谢星忱抬手按了下眉心，低声道："抱歉，我不是故意凶您。"

"没事儿，可以理解，那我明天再来。"程主任紧绷的表情松懈了些，他从兜里摸出两个手机，"你爸让人送过来的，放在这儿了。"

谢星忱"嗯"了一声，看着机械门打开又关上。

床头的手机开始振动。他抬起眼，看到是林曜的电话在响，半夜十二点，怎么会有没备注的陌生号码打来？谢星忱滑动手机，直接帮他挂断。没过几秒钟，电话又重新打了过来，再挂，再打。这么来来回回折腾了好几次，林曜的睡意被打散。他迷迷糊糊的，眼睛都没睁："吵什么吵？"

"有人找你，打来五个电话了，大半夜的谁找你啊？"谢星忱睁着眼睛恶意告状，"我好不容易睡着，又被吵醒了。"

正说着，电话再度响起，仿佛这边不接就不打算停似的。谢星忱直接滑开手机，放到林曜耳边，冷声道："你接，说话。"

林曜本来就烦得不行，把被子往脑袋上一蒙，瓮声瓮气地说："烦死了，能不能别打扰我睡觉？"

谢星忱也不知道对面是谁，唇角微微弯起，道："听见了吗？能不能别打扰别人睡觉？挂了。"

电话那头的江祈然盯着手机，沉默了三秒。不知道听错了没，但声音实在是耳熟，像极了被关进隔离室的谢星忱。

谢允淮在旁边抽着烟，问道："接了？怎么样？"

江祈然表情怅然："看你怎么理解吧。"

"什么意思？"谢允淮站得不远，隐约听到回话的声音也很熟悉，"我怎么觉得刚才的声音是星忱……"

"没有，不是，绝无可能。"江祈然迅速掐灭他猜测的小火苗。

谢允淮皱眉，垂下眼，正准备拨打谢星忱的电话，却被江祈然伸手按住："怎么了？"

"被挂了电话，不高兴，陪我喝酒去。"江祈然径直拉开旁边的车门上车，想到谢恒之的作风，还没忘记给林曜发去了提醒短信：我是江祈然，看你没回学校，怕你出事本来想打电话问问你，就查了你的号码。你昨晚去见谢星忱了？注意别被发现。

次日，林曜看到这条信息的时候，已经日上三竿。他撑着头，半点儿也想不起昨天晚上到底发生了什么。怎么连江祈然也知道了？他和谢恒之的交易里，最关键的一点，就是要找到合理理由瞒过谢星忱和小江……很好，任务彻底失败了！

林曜烦躁地抓着自己的头发，用头去撞弯曲的膝盖，无比懊悔："完了！这可怎么办……"

他脑子乱糟糟地把电话号码保存，又回拨过去。电话接通后，他在安静的沉默中忐忑开口："江学长，昨晚我喝多了，是不是胡言乱语了？"

"原来是喝多了。"江祈然音调懒洋洋的，"喝多了跑进隔离区去了？你这酒疯发得很别致呀……"

林曜矢口否认："我没在隔离区。"

"那昨晚你旁边那个人是谁？听着怎么那么像谢星忱的声儿啊？"

"你听错了，不是他。"林曜原本就嘴笨，不会撒谎，此刻更是词穷，"我那么讨厌谢星忱，怎么可能喝多了去隔离区找他？绝对不可能。"刚说完，抬眼就看到头上滴着水的某人正站在跟前，眼神阴郁。

明明方才还在洗澡间，跟开了闪现似的……完了，他刚才是不是用了"讨厌"这两个字？林曜心口一紧，虽然他以前的确老是把这两个字挂在嘴边，因为是真的讨厌，根本不想看见谢星忱。但现在……好像……对他有点儿改观了。

电话那边江祈然还在反问："你真讨厌他？之前没听你说过啊，上回看你们俩一起吃饭关系还可以啊。"

"真的，没骗你。"林曜在对方阴沉沉的眼神下，头一回感觉到了什么叫头皮发麻，"我们以前就一直不合，见面就吵，最近的和平都是假象，毕竟在一个宿舍，多少要装一装。"

每多说一个字，就能感觉到某人的表情更阴沉一分。林曜冲他无声做口型："我骗他的。"

谢星忱才不管这些，把这些话当作他吐露的真心话，冷着脸把病号服重新穿回去。少爷一不高兴，脾气就上来了，肆无忌惮地释放着精神力，压得林曜手脚无力。

偏偏江祈然对这事儿特别感兴趣，还在问："真的？那下次我帮你欺负回来，你想怎么捉弄他？我帮你。"

"我……"要是换作以前，多了个盟友，他绝对满脑子都是恶毒的念头。但是过了昨晚，在自己备受委屈、孤立无援的时候，谢星忱选择和自己站在了一边，站在了他爸的对立面，那一瞬间，林曜不是铁石心肠，做不到无动于衷。

"算了，我大人有大量，暂时不跟他计较。"更多的谎言，林曜已经说不下去，只能仓皇找个理由，"我头还有点儿疼，谢谢学长关心，我想再躺一会儿。"

江祈然心情挺好，笑嘻嘻地说："好，那你好好休息，改天找你。"

林曜挂断电话，房间里落针可闻。谢星忱没说话，又变成了昨晚那个隐忍暴戾的样子，看着锋利又冷淡。

林曜把手机扔到一边，艰难解释："我……我不想他知道我来隔离区的事，所以讲话夸张一点儿，你应该能理解吧？"

"理解。"谢星忱轻轻地点了点头，按下床头的呼叫铃，"程主任，不太舒服，给我打抑制剂。"说完，他又看向林曜，目光淡淡，"我会找个理由跟我爸说现在暂时不需要你，所以让你先回去，你可以走了。"

林曜摇了摇头："我不走，我留在这儿。"

谢星忱很轻地扯了下唇，有点儿自嘲："你讨厌我还待在这儿，看着不烦吗？再说了，昨晚演过戏了，不会露馅儿，你很安全。"

再迟钝，林曜也能感觉到自己刚才那番话确实伤害了对方，脑子顿时乱成了一锅粥。他从床上下去，快步挪到对方面前，看向他的时候才发现他真的很高，自己还需要微微抬头。

"还有什么讨厌的话，一块儿说了吧。"谢星忱淡声道，"你真没良心。"

林曜睫毛颤抖了下，一字一顿地，认真地说："不是，我现在不讨厌你了，真的。"

谢星忱懒得理人，只是再次按下呼叫铃，表情冷漠地催促程主任过来，然后，他感觉到自己的衣角被拽住。

"对不起，是我乱讲话，我真的知道错了。"因为不擅长道歉，林曜一向清冷的声音带了点局促。

谢星忱回过头，看着一贯桀骜的少年低着头，像是个做错了事情局促不安的小孩。

"你不要生气。谢星忱，你要怎样才能原谅我？"

这话居然是从林曜嘴巴里说出来的？简直是天方夜谭！谢星忱弯下身，再度按下呼叫铃："程主任，你人呢？你的病人现在已经开始出现幻觉幻听幻想了，再不过来可能就要恶化成精神分裂了！"

"等会儿，我这儿还有个病人，看完就过去。"程主任回复道，"你出现什么症状了，怎么得出这个结论？"

谢星忱面无表情地说："我听到林曜在跟我道歉，求我原谅他。"

林曜：一次外向换来一生的自卑……

通信器那边的程主任无语了，直接喊人："小李，去给谢星忱做个脑部CT。"然后对看诊的病人说，"我们继续，你张开嘴巴，我看看舌苔。那小孩脑子有点儿问题，一时半会儿治不好。"

呼叫铃被挂断了。谢星忱转过身，调整着脑袋后方的止咬器，冷淡地看着林曜："你怎么还没走？"

林曜觉得，这是谢星忱生了大气的表现，无视，冷漠，四两拨千斤，顾左右而言他。都怪自己刚才的话实在是太伤人……他开始懊悔，如果能回到五分钟前，他至少会挑一个更合理的理由。

"我……你还在生气。"他嘴巴笨，擅长骂人，不擅道歉，于是语调也变得奇怪。

谢星忱垂眼，两只手抬起扣在他的太阳穴边，晃了晃他："你脑子是不是昨晚进水了？怎么尽说胡话？"

林曜被他晃得想吐。程主任诊断没错，这人脑子真是有点儿大病，好话听不得，非得骂上两句才觉得爽是吗？

谢星忱看着他表情一秒一变，觉得肯定是待在这儿让他生理不适了，叹了口气，伸手把手机放进他的口袋里，推着肩膀就把人朝着门外赶:"别装了,走。"

林曜被他推出了门,还没来得及说更多的话,机械门又被重新关上。他抬手抓了抓乱糟糟的头发,站在隔离区门口吹着风,也不知道该去哪儿。就在这时,一辆车牌为X00001的黑色轿车停在了门口,谢恒之从上面下来,跟他对视。

林曜莫名开始觉得紧张:"叔叔好。"

"怎么站在外面?"谢恒之上下打量着他,头发凌乱,眼睛浮肿,看起来的确是过了一个不怎么太平的晚上。

林曜身体绷得笔直:"他说,暂时不需要我了。"

之前程主任说最快也要三天,怎么可能这么快就不再需要了?谢恒之起了疑:"你暴露了?"

"没有,他没有怀疑。"

"用的什么理由?"

"说我的病也需要精神疏导,我们可以互相帮助,他没有拒绝。"这是他们俩昨晚对好的台词。可是刚才说错话把对方惹生气了,林曜不确定谢星忱还会不会帮自己,因此在说谎时,心里很是忐忑。

谢恒之点了点头:"你的确很聪明,既然星忱不需要你,你就先回去,随叫随到。"

对方的声音很平静,像是在说早点吃什么,但总是一次又一次地刺痛到林曜浅薄的自尊心。他很轻地"嗯"了一声:"当然,答应了您,我会履行约定。"

"小文,送他回去。"谢恒之叫来助理,"我去看看星忱。"

林曜回过头,看向二楼隔离室的方向,意外地看到了站在窗边的谢星忱。他解开了止咬器,咬着一根烟,淡淡的烟雾弥漫开来，模糊了他的表情，只能看见他眼睛向下垂着，看向了自己的方向，不知道在想些什么，带着一种与整个世界隔离开来的漠然。

林曜擅长和人作对、打架、冷嘲热讽，但不擅长缓和关系，没人教过他要怎么做，他也没和谁练习过。林曜动了动唇，到底什么也没说，低着头钻进车里。

回了宿舍，林曜刚打开宿舍的门，贺离就狠狠地扑上来抱住他，哭天抢地诉苦："呜呜呜，曜哥，你终于回来了！都怪李茂那个坏东西，居然把我弄晕绑了起来，不然我死都要冲进去救你，跟谢狗同归于尽！我听其他同学描述现场，还以为你快死了！"一把鼻涕一把泪，还十分贴心地扭头拿餐巾纸擦掉，又埋在他怀里哭。

林曜被吵得头疼："这回又传了什么版本？"

"说你和谢星忱在里面拿着刀互相捅对方，血流成河，十分可怕。你战斗力比较强，制服了他，谢狗比较可怜，内脏都被捅破了，现在还在急救室呢。"

林曜：幸好他们是军事学院不是传媒学院，就这些人这么个胡说八道的程度，联盟都得被他们造谣得灭亡了。

"跟你说多少遍了，根本不是这样。"程博言十分嫌弃，"你这个瓜不保真，明明是他们俩精神力出了问题，住进了隔离区。"

突然听到如此不做作的猜测，林曜缓缓转过头："你怎么知道？"

程博言轻描淡写地说："我爸是和睦私立的主任啊，他值完夜班回来说的。"

重磅的大瓜往往只需要最朴实的语言描述。林曜难以置信地看了他好几眼,没想到世界竟然这么小。这层关系曝光,他又想到程主任的头发,衷心祝愿:"希望你以后不会遗传他的秃顶。"

程博言被会心一击,十分破防,大骂道:"你才秃顶,你全家都秃顶!"

"你爸是那个大名鼎鼎的和睦私立的医生?听说可赚钱了。"贺离吸了吸鼻子,瞬间被新瓜吸引了注意,"你居然还是个富二代。"

"那你知道和睦是谢星忱家的吗?"程博言语气十分感激,"托他的福,我才能来这儿读书,我,纯纯的关系户。"

贺离也不哭了,一边擦泪一边夸奖:"牛,我第一次见到关系户还能这么骄傲。"

两人在旁边就这事聊得热火朝天。林曜盯着程博言好几秒钟,欲言又止。

"我们俩真是太吵了,曜哥刚从医院回来,肯定需要休息。"见状,贺离伸手压住对方叭叭的嘴,"好了,不要再说,让曜哥睡觉。"

林曜这会儿心里挂念着谢星忱,毫无睡意。躺在床上翻来翻去,中间起来吃了两顿饭,又重新躺回去,折腾了半天,脑子很乱,还是没想出解决办法。他点开两个人的对话框,却不知道该说什么。道歉也不听,面也不想见,那发信息吧。上一条消息还是自己把人拉黑的提示,实在尴尬……

01:你现在怎么样?

十分钟过去,信息石沉大海。他点开动态,发现谢星忱发了条文字配图——

> 一个人的晚餐也很丰盛。

图上是一大桌不知道从哪儿空运过去的山珍海味。

林曜：行，信息不回，状态照发，把你能的！他恶狠狠地点了个赞，提醒对方——我已经看到你在线了！

林曜面无表情地回到聊天界面，等了十分钟，谢星忱还是没有一句回复。还真不理啊！这也就算了，谢星忱甚至突然换了一个颜色非常鲜艳的头像，生怕人看不见似的，明目张胆地挑衅，就是要告诉他：没错，老子就是生气，已读不回！

狗东西！林曜痛苦地抓着头发，自言自语："道个歉怎么这么难啊？好烦！"

林曜跟他没什么共同好友，当然也就看不到他给别人的回复。他不得已，又给对方发送了第二条信息。

01：今天打了几针抑制剂？还难受吗？

又过了五分钟，他才看到顶端显出一行字："对方正在输入……"林曜从床上坐起，一本正经地等着看他的回复，表情严肃得宛如当初查询高考成绩。只是五分钟过去了，聊天界面还是没有弹出任何回复。

"不至于吧，难道还要发小作文声讨吗？"林曜开始在脑子里罗列以前谢星忱做过的坏事，"你也没有好到哪里去。"

只是，他认真想了三分钟，发现谢星忱竟然没有做过什么坏事！林曜开始陷入沉思了，除了第一次他的朋友带人把自己堵住揍了一顿之后，他好像没有再干过什么特别不道德的事。搏击本身就有赢有输，成绩的第一名和第二名之间的争夺本来就很激烈，但都是非常正当的竞争。好像除了最初的矛盾，自己是单方面地看他不爽。这……

　　手机振动，谢星忱的回复没有文字，只有一张很普通的"I'm fine"的表情包。林曜实在是受不了这种折磨了，垂着眼面无表情地按着键盘打字：你刚刚打了半天字写了什么？想骂我直接骂，没关系。

　　这回对方没再说话，只是发过来一条语音。

　　程博言和贺离正联机玩着枪战游戏，怕吵着人，戴着耳机打手语。林曜便把手机放到耳边，听到那人懒洋洋的声音从听筒传来："你监视我啊？不然怎么知道我在写小作文？"

　　林曜有一种被揭穿的尴尬，只能硬着头皮回复了一条语音："正好看到。"

　　谢星忱又发来一条语音："怎么？觉得自己太没良心，于心不忍是吗？"

　　"嗯，对不起。"林曜诚心诚意道歉，"我真的错了，你不要生气。"

　　贺离隐约听到林曜在说话，抓起一边的耳机时，刚好听到最后一句，又默默把耳机戴了回去，顺便给旁边的人打手语示意：我觉得我熬夜熬多了，出现幻听了。

　　程博言歪头，"啊"了一声，表示不解。

　　贺离一脸痛惜，双手合十：他，曜哥，居然在跟人道歉！

　　他比画这个动作的时候，整个人扭曲成一团，往对方身上蹭来蹭去，把程博言搞得起了一身鸡皮疙瘩，压低声音说："怎么可能？"

　　而另一边，林曜看到谢星忱只回复了一条文字信息：打了四针抑制剂，头有点儿晕，先睡了。

他把这句话来来回回看了几遍，看向坐在下方的程博言，试探着开口："博言，能不能拜托你一件事？"

天哪，从来都是冷脸相对的大魔王居然用这么亲和的语气叫自己的名字！程博言火速起身："你说！"

"你能每天问问你爸谢星忱的状态吗？我……我有点儿担心。"林曜咬了咬牙，还是艰难说出了口，"怕把他揍得太狠，要负责任。"毕竟谢星忱那个家伙肯定报喜不报忧。

程博言心说：看，这就是大佬风范，揍了人还管事后安抚！他拍了拍胸脯，非常有义气地道："对嘛，分到同一个宿舍就是缘分，天天吵架打架干什么？你有这个心，说明你成熟了懂事了。这事包在我身上，一定让你们化干戈为玉帛。"

林曜：只是……暂时休战……

后面几天，程博言每天都会拐弯抹角地打听完谢星忱的状况，然后偷偷摸摸地转告林曜。

"谢星忱今天打了三次抑制剂，偷摸抽了三支烟。"

"谢星忱今天睡到了中午，午饭没吃，晚上也吃得很少。"

"谢星忱今天跟我爸甩了一下午脸色，嫌弃他治疗没进展。"

林曜想再去看看他，但单枪匹马过去搞不好又不招人待见，便旁敲侧击地和他们商量道："我们是不是应该关爱一下同学？"

"对啊，我怎么没想到呢？"程博言点了点头，"你们应该当面讲清楚，都是年轻人，没什么矛盾翻不了篇。"

贺离在旁边冷哼："曜哥，你变了。"

林曜莫名有点儿心虚："我怎么了？我这不是怕下手太狠，把他真的打成残废嘛……"

"你第一回被打时，还诅咒他出门爆胎、下雨没伞、吃泡面没调料包来着。"贺离还是很不爽,"你可没这么好心。"

林曜在心里叹气:那不是把人惹毛了,自己理亏吗?

程博言这人风风火火的,转头就买了三大束花,叫了车,带着他们直接去了隔离室。林曜抱着那束玫瑰,脸臭得离谱,问:"谁探病买玫瑰啊?"

"别那么在意细节,花店里只剩下玫瑰了,再说了,我们俩的也是啊。"程博言晃了晃手上的花,"没关系,心意到了就行。"

作为谢星忱的黑粉,贺离也是满脸不情愿,低头拔着玫瑰上的刺,反复强调:"我是因为曜哥才去的啊,这绝不是我的本意!"

一路上,林曜都在组织语言。然而,当程主任带着他们进去之后,门一开,四目相对的瞬间,他完全忘词了。

将近一周的时间不见,谢星忱好像消瘦了不少。状态比之前好了不少,没戴止咬器,只是病号服的袖子被卷起,露出了小臂上密密麻麻的针眼,彰显着他最近过得并不轻松。

程博言是个话痨,在旁边小嘴叭叭地说个不停。谢星忱偶尔回话,偶尔抬眼看着角落里抱着玫瑰一言不发的林曜。

"我想上个洗手间,需要人陪一下。"谢星忱意有所指道,"最近吃得少,怕晕倒。"

林曜赶紧把花放到一边:"我来。"说着,他赶紧上前搀扶着对方从床上起来,手指抓着对方小臂的时候,越加清晰地感觉到这人瘦了不少。两个人沉默着,在两道目光的注视下,一步一步朝着洗手间挪。

"奇怪,曜哥怎么知道厕所在那边?"贺离站在硕大的单人病房里,匪夷所思地挠挠头,表示不解。

林曜低着头,一言不发地当拐杖,等到好不容易进去,门一关,谢星忱垂眼看着他,发自内心地笑了笑,心情极好:"你居然还会主动来看我。"

林曜压低声音:"我说了,我道歉是很有诚意的,说错了话,就要认错。"

"多有诚意?"

"你现在说什么我都答应,只要你不生气了就行。"

"什么都答应?"谢星忱表情玩味地看着他,意味深长地说,"又给自己挖坑。"

林曜张了张嘴,喃喃地说:"你应该……应该不会坑我。"

"现在我在你这里风评这么好了?真是意外。"谢星忱看着他局促的表情,唇角勾起,"答应我三个愿望,就原谅你。"

林曜都被他给气笑了。三个愿望?你以为在许愿池丢硬币呢?但碍于最近一周都太过尴尬,他硬生生地把吐槽咽了下去,说:"那你说说看。"

"你先答应。"谢星忱在心里骂自己逮住机会就知道欺负人,面儿上却纹丝不动,毕竟难得占一回上风,"不然,没得谈。"

林曜拳头捏紧了又松。没关系,忍一忍,等过段时间他病好了,跟他回家练格斗的时候把人揍一顿泄愤!他深吸一口气,露出平生最和善的微笑:"可以,只要不太过分。"

"曜哥!曜哥!你掉马桶里了吗?"贺离的声音从门外传来,似乎非常急迫,"你们俩别打了啊,出来吧!"

林曜伸手推了推谢星忱:"你快上完厕所出去,愿望一会儿再说。"

谢星忱直起身,手放在裤腰上,"哎"了一声:"你看着我,有点儿不好意思。"

林曜无语了,您还有不好意思的时候呢?

"曜哥!曜哥!你'吱'一声啊!别被打死了!"贺离的声音由远及近,人几乎要趴到门上。

林曜背过身,闷声开口:"赶紧的。"

谢星忱没忍住,笑出了声。

等两人开门出来的时候,看着门口的阵仗,一时无语。除了程博言和贺离之外,病房里还多了霍尔院长和综战院的一大群同学,包括站在最外层的段铮和李茂,以及以程主任为首的一众医护人员。至少得有二十来号人,将病房围得水泄不通。

"尿完了?"程主任乐呵呵地问,"你们同学真有礼貌,知道隔离区不能喧闹,都不出声。"

林曜闭了下眼,真的很想死。

谢星忱觉得有趣:"你们变魔术呢,从哪儿冒出来的?"

"怪我。"贺离主动道歉,"我来的路上发了条状态,本来是想发在小号上的,没想到切错了号,发在了学校的表白墙上。"

林曜:又一个号,你到底有多少冲浪的马甲?

"总之,大家知道你在隔离区,想感受被人探望的感觉,全都热情地来了。"贺离尴尬一笑。

"没事儿,也不是秘密。"谢星忱微微点头,"谢谢大家,还有点儿不舒服,那散了吧。"

贺离欲言又止,心想:你人这么好,我都不忍心黑你了。

听到人家开了口,众人一时也不知道是该走该留,只能站在原地。段铮抬脚踹了下旁边人的膝盖弯,李茂"扑通"一声就跪了下来。当着这么多人,已然没什么脸面了,他索性崩溃出声:

"对不起,我不该在训练场用机甲挑衅你们!对不起,我不该滥用诱导剂让你们二位陷入信息素混乱!是我错了,你们怎么惩罚我都好,但我真的没有用 Z7032!"

"这一周的时间里,我吃不下饭,睡不着觉,夜夜忏悔我的过错!"李茂从远处一路跪着快速移动到两个人面前,伸手就要去抓林曜的裤子,却被对方利落躲开。他只能低着头,垂丧着头,流着眼泪说:"我知道我伤害了你们,让你们身心都受到了伤害,罪不可赦。但我真的没有用 Z7032,那是违禁用品,如果上了军事法庭,我就一辈子都没办法成为军人了。我没有做的事情,要让我怎么承认呢?"

林曜没说话,只是垂眼看着他,很难说清此刻的内心感受。

初中的时候,林曜曾被诬蔑偷钱,因为穷,所以学校谁丢了东西都会下意识怀疑他。他当时不懂该怎么解决,只能在被人阴阳怪气的时候,用拳头去揍那些诬蔑他的人,但没有用,人家只会觉得他这是恼羞成怒。于是,事情越演越烈,他被全班男生孤立。有外班的女生向他示好,也会被告知:"他可是个小偷,长得帅有什么用?手脚不干净。"

这个标签陪伴了他三年。而那个时候,是贺离拿着早餐,笑嘻嘻地坐在了他身边:"我相信你。"

那是林曜第一次感受到温暖,所以后来,就算这家伙做了再多的蠢事,他都会出手维护他。因为在他最孤立无援的时候,是贺离朝向他伸出了手,让他不至于在黑暗里往下坠。

当初,自己拳头式的反击和如今李茂恼羞成怒的报复,本质上如出一辙。即便李茂有错,诬蔑也是最下作的报复方式。

"求你们告诉院里真相好吗?对不起,对不起,我真的知道错了。"李茂也顾不上这里还有众人围观，头一下一下砸在地上，磕出巨大的声响。

房间里安静极了，谢星忱不知道林曜在想什么，却看懂了他脸上的犹豫。谢星忱自认本质非常冷漠，在他看来，对于有恶劣行径的人，给予十倍的惩罚也并无不妥。就算这个处理方案不太恰当，也可以是别的。但林曜在挣扎，那他也愿意变得宽容。

谢星忱："林同学怎么想？"

林曜转过头，目光和他骤然撞上。明明是谢星忱受了更重大的创伤，为什么要问自己的意见？自己可以发表看法吗？说出了口，又真的有人在意吗？

"我……"林曜张了张嘴，欲言又止。

"主要是谢星忱同学伤得比较严重，你看怎么处理合适？"霍尔院长开口。

谢星忱温和地笑了笑，然后看向众人，非常平静地交出了决定权："我听林曜的，他说了算。"

追究起来，起因还是贺离剪了个十分鬼畜的视频，后面才像是滚雪球一般，无休无止。

"之前我们说他使用了Z7032，是误会，是我们判断错误。"林曜非常理智地开口，"这件事一开始是贺离不对，我们有错。但后面李茂和段铮同学的确用了更恶劣的方式回击，我不觉得段铮同学能把所有的问题都推给朋友。"

没想到这事儿把自己又重新扯了回来，段铮脸色瞬间沉了下去："你想怎么样？"

"上次的确是普通诱导剂，但也让谢星忱造成了不可恢复的损伤，所以，我认为……"他顿了顿，看到所有人都把目光看向自己,不是因为考了第一被大家下意识记住和仰视,而是单纯被重视,这是他第一次成为拥有决定权的焦点。是谢星忱给了他这样的尊重。

林曜滚了滚喉结,认真思考过后,才出声:"听说最近荒星那边战争频繁,需要后勤,如果一定要惩罚,那就让他们俩去荒星当志愿者,贺离作为记者同行。"

"荒星?"段铮拧起了眉心,"那鸟不拉屎的地方,我不想去,这跟流放有什么区别?"

李茂如临大赦,连连磕头:"可以,我愿意去,只要不被开除军籍,去半年都行!"

"你自己要去可别带着我。"段铮十分嫌弃,"猪脑子。"

霍尔院长倒是笑了笑,慢悠悠地说:"林同学倒是很有当领导的潜质啊,本来上次新生赛前三十名的同学就会自动组成崇清护卫队,这次学校打算挑选部分同学过去,你的想法倒是帮我提前选定了人选。"因为歪打正着,他实在没忍住,笑出了声:"你、谢星忱、段铮,作为前三名,本来就跑不掉。"

段铮扭过头,十分无语:"不是,我现在退出还来得及吗?"

"当然不行。"霍尔收起笑容,"军人的第一准则就是服从命令,你应该清楚。"

段铮别过头,低声骂了句脏话。

林曜微微点头,对这趟行程反而乐在其中:"我没问题,如果需要监督这两个家伙,我也非常乐意。"

听到这儿,谢星忱看热闹不嫌事大,也答应下来:"我当然也没问题,不过院长,我们监督者和惩罚者得有点儿区别吧,比如我和林曜同学就应该享受至尊豪华飞行器,独立大套房。"

好不容易不用上军事法庭接受审判，李茂这会儿特好说话，连连点头："可以，你们让我睡厕所都行。"

段铮是真的破防了，十分嫌弃地跟他保持距离："你有点儿骨气好吗？"

"对于惩罚者，必须用破旧淘汰款飞行器，住处就不用安排了，又不是度假。"谢星忱十分恶毒，"人家蹲局子的也就床板大小的活动范围，这已经算是非常人性化的惩罚了。"

段铮：自己之前到底是为什么想不开要招惹谢星忱？！

林曜没忍住，低着头笑了笑。

程博言后知后觉地反应过来，一拍脑袋："不是，我们宿舍三个人都要去，我也不能落单。"

"你有病？"程主任抬手摸头发，十分焦虑，"你别死外面了。"

"我要去！"程博言挺直胸脯，"作为宿舍长，我要跟室友共同进退。"

"那个，你既没有犯错，也没有比赛进入前三十名，你真去不了。"贺离小声提醒。

程博言习惯性看向他爹："爸，能不能托关系想想办法，走个后门？"

"脑袋拎不清的笨蛋玩意儿，给我滚出来！"程主任把一支签字笔扔过去，差点儿直接砸中他的脑袋，"好了，病人探望已经超过半小时，大家赶紧散了。"

医生开口赶人，其他人也不好多待，林曜跟着众人一起出去。刚走到楼下，就感觉到裤兜里的手机振动了下。他拿出手机滑开，看到谢星忱发来的信息。

XXC：这几天过得太惨了，没吃到一点儿好吃的，惨吧？

01：那天发的海鲜，山珍海味好惨，大少爷真是不知人间疾苦。

XXC：那是网上找的网图，毛坯的人生，精装的朋友圈。

01：……

林曜微微叹了口气，算了，不跟病号计较。

01：行吧，你想吃什么？我去买。

谢星忱唇角微勾，心想：什么时候还能有这种待遇啊？生病真好！

他随手发了几个旁边饭店就有的菜式，站在窗边上，看着林曜跟众人道别后，独自进了饭店的大门。

谢星忱的房间视野好，被关起来的这段时间，他时常站在这里眺望窗外。他站在窗边，看见林曜点单付钱，再拎着一大包吃的，穿过红绿灯折返，走进隔离区的小院。其实一开始，他跟林曜说想要三个愿望是随口说的，并没有具体想法，就是想逗逗他。但是现在，他有了。

林曜穿过隔离区的林荫道，距离大楼越来越近时，感觉手机振动，是谢星忱打来的电话。他滑开手机接起，无奈出声："你也不至于饿成这样吧，半小时都等不及吗？"

"我想好了，三个愿望，现在想跟你兑换。"谢星忱站在窗边，垂眸看着他慢慢走近，"抬头，看着我。"

林曜抬起下巴，看到了站在窗边的他："你说。"

谢星忱"嗯"了一声："第一个愿望，以后不开心的事情要说出来。"

林曜一怔，没想到竟然是这样以自己的感受为先的愿望。因为知道自己很难开口表达心迹，所以才用掉了第一个机会来兑换吗?这正经得有点儿不像谢星忧。

"嗯。"林曜缓慢地眨了眨眼,点头应允,"还有呢?"

谢星忧看着他站在柔和的阳光里,语气也变得温和起来:"第二个愿望,出院之前,你每天都要来看我。"

林曜手指握紧手机,又缓缓松开,开玩笑地说:"你这是在惩罚我吧?"

"每周一次也行,就像今天这样。"谢星忧退而求其次。

林曜"嗯"了一声:"我尽量,还有呢?"

谢星忧看着他,目光缓慢划过:"第三个愿望,挑个天气好的时候,再跟你讲。"

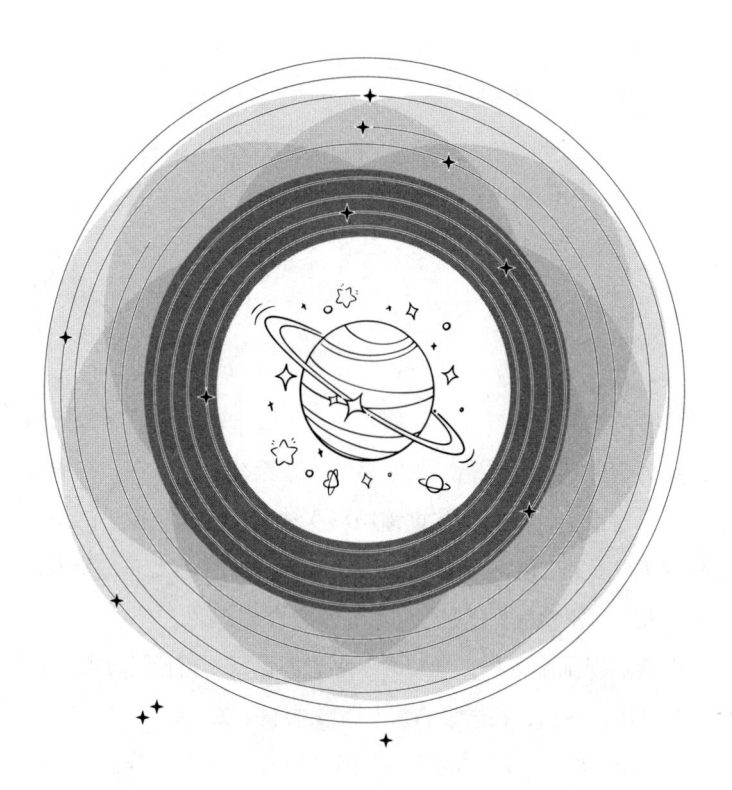

07　应激失语

前往荒星的旅程敲定在秋假。一来不会太耽误大家学校的课程，回去刚好期中考试；二来谢星忱这回真是元气大伤，在隔离区住了小半个月，文化课和训练场双双缺勤，被捅穿腰子的传闻听起来更像是真的。甚至还有不明真相的同学联名上书，要求崇清军大人性对待学生，还谢星忱一片养伤的安宁。

事情闹得沸沸扬扬，学校为了平息舆论，不得已让谢星忱录了个视频出面澄清，在学校的各大屏幕循环播放。

"感谢所有同学对我的关心，但谣言止于智者，辟谣还得本人，本人和林曜同学目前是相亲相爱的友好同学关系。"

林曜看到这段视频的时候，正在拿着狙击枪练习射击，顶上的投屏中骤然出现谢星忱的脸，搞得他差点儿把子弹射在贺离的脑门上。

"天啊，你变了，居然为了谢狗想要暗杀我！"贺离吓得弹跳三米远。

林曜还没来得及说话，就听见谢星忱又说："他会每天把上课的笔记发给我。"

贺离一脸不可置信："你还会做这么无用的好人好事？"

林曜解释："是他说如果挂科，作为我曾经的对手，会连带着让我丢脸。"

"他会在上学路上给我拍摄每天的朝阳。"

贺离眯起眼睛："这个又怎么解释？"

林曜："是他说打了抑制剂睡眠不好，又不想错过日出。"

"他还会每三天过来给我送一次饭。"

贺离一声冷嗤。

林曜沉默了。这绝对不是他的主观意愿。因为那该死的三个愿望之一——一周必须见上一次，总不能在第一周就失信吧。

贺离一把拿过对方手里的狙击枪，悲痛欲绝："林同学，让我自尽吧，也许毒唯（只喜欢自己的偶像，对其他艺人抱有敌意的狂热粉丝）就是没好下场。"

"以上种种，并不是他因为伤了我出于自责而做的补救，而是出于对我的关心。所以，请不要再传林曜同学把我打伤这样的谣言，本人身心健康，适合远征，还想跟林曜同学一起跟随崇清护卫队前往荒星，拯救同胞。请不要搞黄了我的行程，谢谢。"

最后这一句，听得众人虎躯一震。

"他们俩现在这么和谐友爱了吗？"

"可能同一个宿舍相处出感情了吧，毕竟也没多大的仇，能怎么着？"

"也可能是迫于霍院长的淫威，毕竟如果出了和同伴互相残杀的事情，那可不得了。"

周围的人一边窃窃私语，一边看向话题当事人。

林曜伸手把贺离抱着的枪拿回来，表情冷淡："这枪别有用处，等谢某回来，我就一枪把他崩了！"那家伙最近仗着生病，真是非常胡来。友善体验卡已过期!

"哎,你背后……"贺离刚说了一半,又迅速噤声。

林曜还抱着把某人刀了的念头,一转身,狙击枪的枪头就抵在了来人的肩膀处,他只怔了一秒,就非常利落地挪开了枪。眼前的人穿着私服,和穿着战斗服的大家完全不同,黑色外套显得人肩膀挺阔。

林曜心里胆战心惊,出声骂道:"你想死吗?往枪口上撞,要真走了火,我们俩都得埋了。"

几天不见,谢星忱真是十分怀念这张嘴,还是这个毒舌味儿。

"听上去挺不错的。"他微微挑眉,说完,抬头看着循环播放的视频,顺便解释,"那个视频主要是霍院长让我多说说你的好,我心想那可太多了,一不小心就说多了点,但都是实情,你不怪我吧?"

林曜压着呼吸:"嗯,不怪你。"

他盯着谢星忱的眼睛,手臂往旁边挪了一段距离,扣动扳机。"砰"的一声,盲狙一枪,正中红心:"下次再乱说话,那就是你的脑袋。"

贺离往那边一看,好家伙,靶子都给打碎了。曜哥的射击真牛,下次剪个单人向帅气卡点给他刷刷数据!

谢星忱点了点头,还在笑:"好的,那为了弥补我的错误,我送你回去收拾行李。"

"你连收拾行李这件事也要抢?这是我的活儿!"贺离仰着头气鼓鼓地说,"开学第一天就是我陪着他过来的。"

谢星忱往旁边瞥了一眼,语气温和:"那谢谢你照顾他。"

对方不理会你的嘲讽并给出真诚一击。

贺离：你算老几啊，凭什么这么客气地帮他说谢谢啊？气死！

"我没什么行李，就宿舍里那些，不用收。"林曜低着头收起枪，把枪交还到借枪处，抬手签字。

谢星忱跟过去，双手插在外套口袋里："那你帮我收？我要拿的东西挺多的，都在家里。"

"你适可而止，我为什么要帮你收……"

"之前答应的，两天两夜陪练还债，你一次都没去过。做人是不是该讲点诚信？"

林曜：你锱铢必较的样子真的十分可恶！也不知道为什么会被这家伙抓到这么多的把柄，他恶狠狠地在单子上签上自己的大名："走。"

直到出现在谢星忱家里，林曜还是没明白这家伙拽着自己过来干什么。他盯着客厅里悬挂的水晶吊灯，了然，懂了，炫富。目之所及，这里的每一处都展现着非常雄厚的实力，就连桌上的抽纸盒都是金镶玉的。

林曜直言不讳道："联盟长不是拿工资的吗，怎么这么有钱？该不会在见不得人的地方收钱了吧？"

如果能把他弄进局子里，自己是不是就不用被威胁了？林曜认真思考操作的可能。

谢星忱知道他在想什么，叹了口气，十分惋惜地开口："不是，我家有正当生意，且确实有钱。"

林曜：我跟你们这些有钱人拼了！要是能有这个抽纸盒，自己以前就不用睡地下室了。

谢星忱看着他的眼睛，笑着暗示道："如果你想要，我可以把这些东西分给你。"

林曜一愣。虽然贫穷，但士可杀不可辱。他挺直后背，桀骜不驯地开口："对不起，我不需要你仨瓜俩枣的施舍！"

谢星忱心想，他在林曜心中的形象可能好了一点儿，但也真的只是那么一点儿，大概也就是从以前一碰面就要暗杀他，到现在良心发现施舍他的程度。

谢星忱道歉："挺好，有骨气，是我不该拿钱羞辱人。"

"知道就好。"林曜表情冷淡，低头又看了一眼那个金镶玉的抽纸盒，用四个字概括：铺张浪费。

谢星忱打开一个巨大的行李箱，打开旁边的储物柜开始往里塞东西，边放边说："这次是霍院带队，既然你没什么要带的东西，我弄完一起回学校就准备出发。"

林曜低头发信息通知贺离："好，知道了。"

再抬起头时，就见着箱子里的东西包括睡衣四套、拖鞋两双、牙刷两支、杯子两个……跟搬家似的，还全是双数。

"又不是度假，拿一份不够，还要替换？"林曜受不了他这大少爷的作风，"这么娇气就别去了，正好在家养病。"

他刚准备继续输出，手里就被塞过来几个枕套，谢星忱说："挑一个，你喜欢哪一种？"

林曜："我？"

谢星忱看他一脸茫然，解释道："这次要去挺久的，又是偏僻的荒星，住得不一定会舒服，所以要把能让人睡得舒适点的东西尽量准备上。如果睡不好，更耽误事儿。"

"这是给我的？"林曜愣住。

"不然我让你来家里干什么？"谢星忱好笑道，"你不会以为我真的就是单纯想要炫富吧？"

林曜：对不起，三分钟之前他真的这么觉得。此时感觉自己多少有点儿以小人之心度君子之腹，一时间十分尴尬。

他低着头，看着有好几种颜色的枕套，随手摸了一个，很滑很软，不用知道品牌也能感受到材质的优秀："我不知道有什么区别，就……这个就行，我过得糙，不挑剔。"

这是实话，哪怕是公园的长凳，他也能睡到天亮。

"那就都带上，每天一换，总能找到自己喜欢的。"谢星忱满不在乎地说着，将枕套全部折叠平放入箱。

林曜哑然，过了几秒钟后才不确定地开口："那你带的洗漱用品，是也有我的一份吗？"话音说完，就见着对方抬头看着自己，没有出声。想到大概是猜错了，林曜别过头，冷着脸说："我在讲冷笑话。"

然后，他感觉有温热的掌心落在了发顶。

"嗯，给你准备的。"谢星忱笑着说，"我很高兴你会这么想。"

林曜受不了他这种撸猫似的动作，忍无可忍，抬脚踹他："上一个碰我头的人差点儿骨折。"

谢星忱笑得不行，把手收了回去，又拿出一大堆需要携带的东西让他挑选，从颜色到款式再到材质，林曜觉得自己像是在逛家居商店。折腾了快一个小时，两人终于推着两大箱满满当当的行李返回学校。

林曜的东西实在是少，一个小小的黑色手提包就涵盖了一切，不占地方，拎包就走。

程博言求了程主任足足一周，终于走后门进了这支队伍。除了他和谢星忱，林曜是本身没什么表情，另外因为做错事情被惩罚的三人组集体丧着个脸。

"真无语,一想到要去那个鸟不拉屎的地方就无语。"段铮皱着眉,一看同行的全是烦人的脸,浑身上下都写满了不悦。

"段同学,你要是一直是这种态度,那这趟行程会不太好过。"霍尔警告道,"我们参考了谢星忱之前的提议,这次都是小飞行器出行,所以两两一组,你们就用那一艘。"

李茂抬眼看过去,四架飞行器造型各异,但中间有一架又破又旧,还掉漆了,有种一启动就会分崩解体的感觉。他弱弱地出声:"旧,没问题,但不会飞到一半掉下来吧?"

霍尔思考了好几秒钟,非常严谨地说:"一般情况下不会,但这架飞行器年代有点儿久远,可能会有那么1%的概率。"

段铮:更无语了……

霍尔微微一笑:"好了,其他人自行分组,准备出发。"

贺离立刻就往林曜身边跑:"我跟你一起,我驾驶技术不好,你多担待。"

林曜还没来得及答应,就被谢星忱伸手拽了过去:"他跟我一组。"

"为什么?"贺离鼓起勇气说,"我跟他比较熟,程博言是通过你家走后门进来的,你们比较熟,这么分组有问题吗?"

谢星忱:没问题,很合理,无言以对。

林曜瞥了他一眼,不太确定他刚恢复的身体能不能支撑长时间的驾驶:"你能开吗?"

"能啊。"谢星忱道,"你不想开,可以全程我来。"

林曜担心程博言也技术欠佳,于是说:"那我跟贺离走了,你们注意安全。"

谢星忱见一招不行，又打起了贺离的主意："贺离，想不想这趟行程舒服一点儿？"

贺离把头点成了鸡啄米："当然想。"被发配去那么辛苦的地方，还要承担录像的工作，简直想死。

"我把带的上好的睡衣、枕巾、洗漱用品以及最好的那台飞行器让给你，交换条件是，我跟林曜一组。"谢星忱开口。

林曜回想他在家收拾东西的样子，一看平日里就很注重品质，现在全给出去，图什么？他提醒道："荒星上睡的地方可能都没被套，你确定？"

"可以将就。"谢星忱偏过头，继续诱惑贺离，"都是非常好的东西，又轻又滑，你一定喜欢。"

贺离实在是馋高级四件套，又觉得把兄弟抛开着实不地道，十分挣扎，面露难色，且始终觉得有坑，他警惕道："你为什么非得跟曜哥一组？在打什么鬼主意？给我一个合理的理由。"

众人都停下了脚步，想一听究竟。之前打得死去活来的两人，怎么突然就冰释前嫌了？林曜也转过头，思考着谢星忱非要跟自己一起，是因为怕路途中可能需要基础疏导吗？

谢星忱双手插着口袋，头发被风吹起，露出锋利的眉眼，语气也拽："没有理由，因为我想。"

林曜不知道他又在抽什么风。什么叫"没有理由，因为我想"？还能再拽点吗？你想全世界都要将就你，都围着你转？

谢星忱看着他的方向，瞬间又拐了个弯："那算了。"

林曜一怔。不是，你这欲语还休的表情是什么意思？犯病了你就直说，死要面子活受罪。他想了想，还是挑了个委婉的问法："是不是不舒服？"

谢星忱否认道:"没有,挺舒服的。"

林曜心想,他要是路上犯病,难保不会拖大家后腿,于是冷冰冰地说:"算了,我跟你一组。"

谢星忱表情愉悦起来:"那就听你的。"

这么轻描淡写的几句话,说着他们彼此才懂的暗语。

贺离微妙地感觉到了好像有一道屏障,把所有人隔绝在了他们之外,心态有点儿崩,表情皱巴成了苦瓜:"好好好,我算是看出来了。你们俩就想一组,不要我拉倒,反正我也是被流放,这就是对我的惩罚,我知道!"

林曜:"不是……"他总不能当着大家的面儿说谢星忱他有病,还随时会发作吧?

贺离看着他张了张嘴,又说不出个一二三,直接抬手打住:"好了,知道了,我退出。程博言,我们走。"

"不是,哥们儿,我也是新手。"程博言慌得一批,"我只是出来学习经验的,不想英年早逝啊。"

"没关系,大不了就坠机,死了拉倒,反正我现在的心比最北边的冰还要凉。"贺离轻哼,"走了。"

程博言无比沉重地给老爹发去信息。

程博言:儿子长大了才懂您的苦心。

程博言:对不起爸爸,是我任性,如果发生什么意外,我只能来生再来孝顺您了。

刚从手术室走出来的程主任收到消息,实在是摸不着头脑,一个电话打到了霍尔那里追问缘由,了解清楚来龙去脉后,他再度开启人脉冲击,要求让院长带着俩新兵蛋子飞行。霍尔知道他和谢恒之关系好,不敢说什么,只能答应。挂了电话,霍尔丧着一张脸:"你们俩跟我走,登机,起飞!"

程博言眉开眼笑,再次给程主任发去信息。

程博言:爸爸,回来再来孝顺您,我又活了!

贺离手搭着程博言的肩膀,雄赳赳、气昂昂地从林曜身边走过,还轻哼了一声,再次经过谢星忱的时候,他开口道:"东西记得给我。"

谢星忱唇角微弯:"没问题。"

林曜跟着他上飞行器的时候,还是没明白事情怎么会变成这样,因而十分懊恼:"我是不是把贺离惹生气了?"

谢星忱正在给驾驶舱座位垫上柔软的坐垫和靠枕,心情极好:"好像是吧,但他最好是早点习惯。"

"习惯什么?"

"习惯以后跟你并肩作战的队友是我。"

林曜怔住。队友吗?他从小到大孤身作战,哪怕是后来认识了谢星忱,也是把他放在了对立面,以当时那个情景,他们绝没有统一战线的可能。而现在,谢星忱说以后他们是队友。

林曜看了他好几秒钟,才笑道:"你是不是怕死,所以想找个打架厉害的跟着?"

谢星忱这回没有插科打诨,而是表情十分认真地说:"林曜,我们现在可是队友了,要互相保护,你自己好好想想。"

他垂着眼,面色平静地打开面前的仪表盘,熟练地推动操纵杆:"你要是没事干,可以试着用通信器哄一哄贺离。"

林曜按下上面的按钮,听着沙沙的响声,随即又关掉,表情木然地说:"不知道说什么。"

"按你原本的想法说啊。"谢星忱将飞行器抬高,以一个非常平稳舒适的角度撞入云层,"说你担心我,怕我不舒服,才会选择跟我一组,并不是排斥他。"

林曜:这家伙是不是在最近半个月修炼了读心术?好可怕!

他别过脸,耳根涨红了些:"我不是在担心你。"

谢星忱"嗯"了一声,已经预判了他的回答:"你是怕我犯病拖大家的后腿,所以舍己为人,被迫跟我待在一起。"

受不了,林曜想下去,一分钟都不能跟这个人多待!

他往旁边一看,飞行器已经上升至对流层,跳下去就是死。林曜两眼一闭,脑袋一歪:"困了,睡觉,一会儿换我。"

不知道为什么,明明是坐在空间并不宽敞的座椅里,双腿弯曲,姿势歪斜,但感受着脖颈后方柔软的靠枕,他睡得特别舒适,轻飘飘地,像是坠入了窗外的云。

不知道睡了多久,他是被通信器里的嘈杂声吵醒的。

"这也太美了吧,我反手就是狂拍!程博言,过来摆个造型,一生都要出片的男人给你拍个绝世帅照!"声音一听就是贺离。

段铮冷冷嘲讽:"土鳖!没星航远行过是吧?"

"那个……能不能隔着机舱帮我拍一个?"李茂被毒打后,变得特别礼貌,"我想回去发个动态。"

贺离这人脾气来得快也去得快,嚷嚷道:"那你让段铮那个浑蛋让开,挡你镜头了。"

然后,通信器里是一段诡异的沉默。

林曜闭着眼睛笑了笑,低声道:"他们真的好吵。"

再睁开眼,发现谢星忱已经开启了自动驾驶,整个人站在飞行器的机舱边上,透过玻璃看着远处,不知道在想什么。林曜张了张嘴,到底没出声,没打扰,盯着他的背影看了一会儿,才看到对方回过头问:"醒了?"

林曜点了下头,看了下仪表盘上的飞行时间,已经过去了十个小时:"对不起,我睡得有点儿久,说好交换开的。"

"我还是喜欢你以前怼我的样子,太客气了,让人浑身难受。"

"我发现你这人真是有点儿变态。"

谢星忱朝着他招手,缓声道:"过来,看窗外,很漂亮。"

林曜从未远行过,有记忆开始就被锁在实验室,再大点是黑暗便宜的地下室,他的人生往前看,几乎都被束缚在一个逼仄的空间里,无法喘息。然而现在身在依旧狭小的机舱,他看着眼前无垠的星空,感受到了前所未有的开阔。

"真的很漂亮。"

"看那边,太阳的旁边有一颗暗星。"谢星忱抬手给他指,"不太亮,你要全神贯注看上很长的时间,才能注意到。"

林曜跟着看过去,只看到一片漆黑,他低声说:"你还会注意这种不起眼的小行星?"

谢星忱实在没有想要炫富的意思,十分委婉地说:"因为那颗星我买下来了。"

林曜:就不该多嘴问这么一句,跟你们这群有钱人拼了!

谢星忱把他的脑袋掰回原位,低声道:"仔细看。"

林曜被他固定着,动弹不得,只能目不转睛地盯了好长时间,等到有些失去耐心之时,才终于看到那个位置轻轻地闪了一下。那一秒,分明是很微小的光,却因为自己的注视,发出了巨大的掩盖过太阳的光亮。

"我看到了!我看到了!它在闪!你看,它又闪了!"林曜高兴得像个第一次吃到糖果的小孩。

谢星忱"嗯"了一声，垂眸看着他："那颗星星上，藏了个秘密。"

林曜的视线仍然对着前方，人却有点儿好奇："什么秘密？"

"都说了是秘密，怎么可能轻易告诉别人？"谢星忱慢悠悠地说，"等我们俩关系再和谐一点儿的时候，我再告诉你。"

不说就不说，卖什么关子？林曜收了表情，冷冷地看了他一眼："就冲你这句十分欠揍的话，我估计这辈子也和谐不了一点儿。"

谢星忱"哎"了一声，微微叹气：得意忘形，又把人惹毛了。

林曜盯着那颗暗星看了一会儿，转过身，坐回驾驶室，垂眼看着仪表盘上的数字。

以前训练的时候，他开过无数次模拟飞行器，试飞成绩一向是满分，但其实没什么实操经验。霍院也是心挺大，把几个大一新生就这么弄出来了。

看着还有半个多小时抵达目的地，他切换回手动模式。谢星忱则坐回了他刚才的座位。

眼见霍尔的飞行器飞到与己方平行的地方，他一转头就看见贺离正趴在机舱窗户上，拿着通信器大叫："快看我曜哥！好帅！居然单手驾驶哎！他一个连行车驾照都没有的人居然会开飞行器！"

林曜咬牙切齿："闭嘴。"

程博言胡言乱语："连我都有行车驾照，上周刚拿的，从去年开始考，科目二挂了四次，最后低分过线。"

"废物。"段铮骂他，"老子高三就拿到了。"

"哇，你高三就拿到了，你好了不起啊。"贺离开始阴阳怪气地攻击,"我高二满十八岁就拿到了,你个蠢货。"

李茂出声:"你为什么可以那么早?"

贺离无所畏惧:"因为成绩不好留级过啊,还能为什么?你不知道我是特长生考上崇清的吗?"

谢星忱转头看着他,没忍住笑了笑:"林曜小朋友是因为刚成年所以还没空学吗?"

被说中实情,林曜咬牙切齿:"你也就比我大了几个月,有什么了不起的?"

谢星忱十分愉悦:"还记得我的生日,你对死对头可真是关心。"

林曜故意一个俯冲,差点儿把人从座位上甩下来,等到飞行重新恢复平稳,才说:"以前光荣墙上老是你这张死人脸,旁边就是个人信息,除非瞎了才看不到。"

程博言出声:"所以林曜是我们中年纪最小的吗?贺离,那你为什么还叫他曜哥啊?你四舍五入大人家两岁,这脸皮也太厚了。"

贺离叹了口气:"曜哥逼的。"

林曜:在今天结束之前,他不会跟任何人再说一句话!

直至抵达荒星上那个破旧的后援区,林曜仍然一言不发。贺离还在旁边问:"曜哥怎么了?是因为飞得太高有反应了吗?"

谢星忱把答应对方的东西递过去后,友善地提醒:"我建议你现在闭嘴,不然你今晚可能会被暗杀。"

贺离虽然不懂,但十分乖巧地抬手在嘴边做了个拉链封上的动作。

霍院开口:"今天很晚了,暂时没什么安排,大家两人一间,早点休息。这边环境恶劣,坚持坚持,对于你们来说,是不可多得的难忘体验。"

段铮抬手打掉一只巨大的吸血蚊子,冷嘲热讽道:"真难忘。"

李茂伸手拽了他一把:"你少说点话吧,要是把他们惹毛了,把你弄死埋在这里都没人知道。"

"小伙子,你真是成长了,我正式和你冰释前嫌。"贺离伸手拍了拍他的肩。

林曜懒得说话,主要是通信器上的对话太尴尬,还没缓过劲儿来,推着行李就进了房间。

之前的预防针没白打,房间的确是小且窄,转个身都能撞到人。两张十分简陋的单人军旅床,一个小小的淋浴间,就是全部。

谢星忱把箱子打开,拿出提前给他准备的床上用品:"你套一下自己的,我先去洗澡。"

林曜"嗯"了一声,慢吞吞地展开不知道是什么材质的被套,感觉这东西和此地的环境格格不入。只是,谢星忱把另外一套给了贺离,大少爷受得了那看上去就不太舒适的被单吗?

他动作利落地铺好床,坐在床边愣神儿。没一会儿,见谢星忱快速冲了个澡就出来了,他起身道:"换我去。"

房间狭窄,错身都能撞到肩膀。林曜闻到他身上有很淡的沐浴露的香味,猜想它绝不是这里提供的,肯定是自带的高级货。这么娇气的大少爷,连沐浴露都要自备!林曜又转头看了一眼那破旧的军旅床,再次怀疑谢星忱能不能熬过今晚。

见人把浴室的门带上了,谢星忱揪着那皱巴巴的床单,抬手抹了把脸:"真是比想象中还要恶劣。"

他起身想要尽力收拾一下床铺,没注意床上还放着没拧紧的矿泉水瓶。水瓶被带倒,水渍瞬间晕染开一大片痕迹,床立刻潮湿得没法再睡。谢星忱屈着一条腿踩在床沿上,看着自己的床铺一阵沉默。

林曜一出来,发现他姿态诡异,问:"你怎么了?"

谢星忱侧身,语气遗憾:"想收拾一下,结果水洒了。"

一大摊水渍在墨绿色的床单上晕开,看上去压根儿没法再躺人。

林曜皱眉:"那你晚上睡哪儿?"

"睡地上。"谢星忱观察着他的表情缓缓出声,"或者去飞行器上挤一晚,没关系,不用管我。"

林曜盯着他看了几秒钟,像是在辨别真假。

见状,谢星忱利落地起身,抓着一个小枕头就往外走:"你睡吧,我走了,晚安。"刚走到门口,他就感觉到自己的胳膊被人拽住了,他定住回头,"怎么了?"

林曜盯着那张狭窄的单人床,反复怀疑自己此刻是不是做了正确的决定。但那和这个房间格格不入的真丝被套又在反复提醒他善良一点儿。

"要不你跟我挤一挤吧。"林曜轻咳了声,"虽然有点儿挤,总比蜷缩在飞行器座位上好。"

要一个一米九的大高个睡在那个座位上,实在是太难为人了。

谢星忱盯着他看了好几秒钟:"可以吗?"而后下一秒就点了点头,"那好的。"

还没等对方反应过来,他整个人已经舒展着躺了上去,然后侧到一边,拍了拍床:"来,睡觉吧。"

林曜只觉得诡异,却又说不清哪里诡异,只能慢吞吞地躺下。

他侧着身，抬手关了床头灯，房间骤然陷入昏暗。两人本来就都身形高大，在这狭窄的小床上就更是委屈，林曜不小心撞到了对方好几次。

"别折腾了。"谢星忱觉得此刻的样子大抵会是常态，于是准备起身，"我还是去飞行器上睡吧。"

正在此时，顶端的警铃骤然大响，两人同时一愣。还是谢星忱先反应过来："估计得出勤了，应该是有战后状况需要帮忙。"

战争就是如此，军人亦是如此，集合铃声响起时，任何情况下都要服从命令。两人从床上爬起，利落地换回统一队服，将拉链拽到最顶，大步跑到集合点。

此刻是凌晨两点，原本正是人酣睡的时候，他们抵达的时候，个个哈欠连天。到场的除了他们，还有原本在荒星上的部分军队志愿者。

"我真服了，刚睡下去半小时。"段铮皱着眉心，"去哪儿？"

霍尔垂着眼，时刻关注着前线传回的信息，严肃道："原地等待，随时救援。"

"那这么早把我们叫出来干什么？"段铮双手插兜，站没站相，"无语。"

看在他家也有点儿背景的份儿上，霍尔把骂人的话忍了回去："吵什么？你是来领惩罚的，当度假呢？"

程博言对于战场充满敬畏，没忍住出声道："就是，等你死的时候都没人给你收尸。"

"你……"段铮气结，"行，都针对我，行！"

"蠢货。"贺离低声骂了句，拿着记录仪，严格担当起记录员的责任。

霍尔看着实时刷新的战后讯息,冷静出声:"所有人都有,自由组合分成两队,一队去南边支援救护人员,一队去北边记录战后现场。"

林曜从霍院手中接过另一台录像设备,一把拽过贺离就朝着军车上走:"我跟你去北边。"

谢星忧试探地出声:"曜曜。"

"你再叫我叠字试试!"林曜回过头,眼神如刀。

"你踩雷区了,他最讨厌人家这么叫他。"贺离炫耀完自己多了解他曜哥后,欢喜得意得像是宫斗赢了的贵妃。

谢星忧心情不爽,就开始虐待段铮和李茂:"你们俩,一会儿负责担架。"

"那你呢?"段铮不想干这种体力活儿。

"我?我会清理伤口和包扎,你会吗?"谢星忧语气平静。

段铮:还真是被你装到了……

几人兵分几路,前往战地地区。战争已经结束,只是范围太大,每个站点有将近十公里的距离,贺离不得已,只能跟林曜分工:"那你就负责记录这一片,我去前面的站点,稍后回来接你。"

"好,待会儿集合区见。"林曜低声道。

林曜独自下车,看着越野车消失在视野里,打开照亮的大灯。

只是在看到遍地尸体和鲜血的那一刻,他突然开始浑身战栗不止,所有的情绪都变成了虚无。他双手颤抖着,镜头摇晃,四周是那些支离破碎的身躯。八年前实验室那场大火的有关记忆猛然袭来,如同此刻,鲜血淋漓、面目狰狞、烧焦的躯体遍地都是。

"跑,01!快跑!不要回头!"有人在嘶吼。

他就是那会儿逃出来的,跌跌撞撞,九死一生。

已经忘却的记忆汹涌回潮，林曜站在原地，双脚像是灌了铅一般，看着贺离距离自己越来越远，人却动弹不得。不知过了多久，他反应过来时，才发现自己已泪流满面。

"霍院在问，你那边情况如何？"手里的通信器传来谢星忱的声音，"林曜，听得见吗？"

嘈杂的背景音模糊传来，伴随着医护人员急促的声音。

"林曜，谢星忱呼叫林曜。"

一分钟后，没有应答。

林曜颤抖着双手，嗓音嘶哑，却说不出一个字。

"林曜，程博言呼叫林曜，谢星忱找你。"

"林曜，李茂呼叫林曜，谢星忱找你。"

"林曜……段铮呼叫林曜，谢星忱……谢星忱找你。"

"曜哥？你怎么不说话，出什么事了？你等着，我马上回去！"

"林曜，给我定位，我马上过去找你！"谢星忱急促地开口。

林曜像是回到了那场大火后得了间歇性失语症的那半年，一个字都说不出，只能手指颤抖着，用尽全身力气发送了定位。

没关系，你要面对，以后你会无数次面对这样的场景，你一定要面对！林曜不停地在心里暗示，听着通信器里一声又一声的呼叫，却一个字也发不出。

"林曜，谢星忱找你，请应答！"

"林曜，谢星忱找你，请应答！"

"林曜，谢星忱找你，请应答！"

他无法应答，甚至头痛欲裂，双腿发软。手中的通信器滑落，林曜朝后倒去。原以为会触碰到冰冷的地面，和那些尸体堆叠，却坠入了一个温暖的怀抱。

谢星忱伸手挡住了他的双眼,一手潮湿:"林曜,别怕,我来了。"

林曜伸手抓着他的衣服,手指泛白。

"哪里不舒服?"谢星忱看着他发白的脸,焦急地问。

林曜伸手抓下他挡住眼睛的掌心,指了指嘴巴,摇头,示意自己出不了声。

谢星忱是独自开车过来的,他把林曜的通信器捡起放在口袋里,弯腰把人搡起:"没事,第一次面对战争场景,你有反应很正常,不是什么大事,不用觉得丢脸。"

林曜无声地看着他,眼睛泛红,很是感激他维护了自己的自尊。

的确丢脸,有谁能想到,以前军事训练各项都是满分的优等生,差点儿过不了心理体检?一个军人,看到遍地尸体却产生应激反应,这本身就非常讽刺。

"我……"林曜艰难地发出一个字,声音嘶哑。我会克服,我一定会克服。

"别说话了,你等我五分钟,我帮你把拍摄弄完就带你回去,好吗?"谢星忱揉了一把他被冷汗浸的短发,"闭上眼,什么都别想。"

林曜听话地缓慢闭上眼睛,明明该是一片漆黑,眼前却变成了通明的大火。

谢星忱看着他脸上的表情,一边拿起通信器指挥:"贺离,不用过来了,待在原位继续执行任务。我找到林曜了,只是信号不好,他没事。霍院,我们这里出了点小麻烦,我暂时回不去,麻烦您安排别人接替我的位置。段铮、李茂，你们俩继续护送担架，程博言负责监督，随时向我汇报进度，收到回复。"

"贺离收到。"

"李茂收到。"

"程博言收到。"

"段铮……收到。"

明明没有指定谁当队长，此刻他却有着天然能够让别人服从命令的本事。谢星忱有条不紊地安排好一切，然后跳下车，拿着录像仪把方才未完成的工作做完。

林曜听着他的指挥，又睁开眼，隔着玻璃看着他的背影，感觉他好像能够扛起一切。林曜羡慕他的从容淡定，好像不会惧怕任何事。不像自己，表面无坚不摧，实际上千疮百孔。

林曜将视线放在那些战士的尸体上，强迫自己去看，看那些为了自己的领土而英年早逝的容貌。和实验室的那些试验体一样，都是年轻强壮的生命，但都悄然消逝。

当初从那个地方逃出来之后，他无处可去，又怕独自待着会做噩梦，于是就睡在公园里，和那些野猫睡在一起。那会儿他得了失语症，说不了话，正好小猫也不需要他说话。他们就那样平静地相处了小半年，直到社区的人发现并救助了他，他才慢慢重新回归到正常生活中。

"在想什么？"谢星忱拿着摄像机回来，伸手摸他的额头，"怎么还是这么多冷汗？"

林曜心跳激烈到要猝死，拿出手机打字，第一次坦承自己：第一次直面那种场景，有点儿刺激到我了，暂时出不了声，很快会好的。

谢星忱轻声道:"没关系,那就不说话,我带你回去休息。"

在开车之前,他给程主任发去信息咨询。

XXC:在战区突然失声是什么情况?

程主任刚好夜班,于是秒回。

和睦程书:如果是身处场景失声,大概是PTSD(创伤后应激障碍),场景触发。

和睦程书:林曜?

XXC:嗯,是他,看起来状态不太好。

XXC:这边医疗资源匮乏,医生也紧缺,估计不好进行对口治疗。

和睦程书:治疗时间也难说,也有可能明天起来就好了,这就是生理触发,应激性反应障碍。

XXC:好,我知道了。

谢星忱转动方向盘,回程的路上也变得沉默。

有人晕血,有人怕高,但像林曜这样优秀的军人预备兵出现这样的反应,很难想象他到底经历过什么,才会留下这么严重的心理阴影。谢星忱头一回手足无措,不知道该怎么做才能让他减轻痛苦。

林曜露出一个牵强的笑,感觉冰凉的四肢在缓慢回温,明明还在漆黑的深夜,又好像等来了朝阳。

谢星忱:"我跟你说话,你听着就行。晚上没睡觉,开车有点儿困,你跟我说说话。"

林曜注意力被转移了一点儿,微微点头。

"今天过来的时候,我开飞行器很帅吧,但你不知道,我第一次开的时候特别狼狈。"

林曜转过头，诧异地看着他。

"平衡掌握得不好，刚起飞就差点儿栽下去，从很高的地方坠落，差点儿起火，吓得半死。那之后很长一段时间我都恐高，不敢碰一切跟飞行相关的东西。因为怕飞，所以志愿完全没考虑过军大。加上我爸的缘故，去政大好像也理所应当，后来我花了一年的时间，终于克服了恐高，才考了崇清。"谢星忱真真假假掺着宽慰他，"每个人都有害怕的东西，纵然是我也有，所以很正常，你不必觉得丢人或者羞耻。"

林曜眼底变得潮湿，只能别过头，强忍着情绪。

越野车缓缓驶下公路，又行驶一截后开向广阔的海滩。

"你不用无坚不摧，知道吗？"谢星忱把车停稳，轻声道，"哪怕你有一点点恐惧，在我看来，你仍然是那个时常考得比我好的、非常厉害的林曜。"

林曜一眼不眨地看着他。他还是觉得好冷，夜晚太黑了，太阳也还没升起，汲取不到半点儿温暖。

不知道他为什么把车停在这里，也不知道他在等什么。林曜没问，只是无声地看着他，看了好长时间，天空仍然漆黑。

"我们一起等日出。"谢星忱像是知道他想问什么，"我会一直陪你。"

海边风大，而且开了窗，林曜闻到了咸湿的风，他看着天边翻滚的云，意识飘远。

现在他确信，谢星忱的确是个很棒的人，是并肩作战时不会抛下同伴的战友，是在他人孤单时会拎上一罐啤酒陪在左右的朋友。当初阴差阳错，他们成了互相看不顺眼的死敌，错失了机会了解，只觉得对方高高在上的戏弄让人讨厌。而此刻，在这个陌生的荒星，感受到对方的存在，林曜从方才的噩梦中苏醒，感知到了活着的感觉，他不是僵硬的行尸走肉，而是活着，充满生命力地活着。

"好点了吗？"谢星忱问。

林曜点了点头。

谢星忱："反正没人催，再待会儿吧。这片海算是荒星唯一还残存的美景，别的地方都被污染得差不多了。"

林曜不懂他怎么可以毫不尴尬地自言自语。

通信器里陆陆续续传来各种播报的声音——

"李茂、段铮完成所有担架转移。"

"程博言完成监督任务。"

"贺离完成战后拍摄任务。"

"全体归队。"谢星忱按下对讲，低声道，"我和林曜将在半小时后到达集合区。"

回复又是一阵齐刷刷的"收到"，好像在这一刻，他们突然就从学生变成了真正训练有素的军人。

林曜松开手，坐直身体，用手机打字给他看：回去吧，但一会儿要怎么跟他们解释我说不了话的事？

谢星忱坐在驾驶座上，倒车启动，语气随意："就说不小心吞了只虫子，犯恶心，不想说话。"

林曜眼睛骤然放大，无声地瞪他：你要不要编得再离谱一点儿？

"不喜欢这个理由？"谢星忱慢悠悠地逗他，"那就说你碰到了鬼，大叫了一声把嗓子弄哑了。"

开不了口就干脆动手，林曜直接伸手掐上他的手臂。谢星忱没躲，任凭他动作。

林曜绷着脸，嘴里无声嘟囔：是不是练过？胳膊硬成这样。

"是不是在说我坏话？"谢星忱跟会读心似的，"谢星忱真讨厌，胳膊这么硬，想把他捏死，好气。"

林曜大声反驳："没有！"

还是没声音，只呼出了一团空气，毫无气势。他烦躁地抓了一把头发，头一回因为说不了话而烦躁。明明以前在学校的时候，如果贺离不在，他可以从早到晚不说一个字，现在总感觉不怼谢星忱两句就憋得慌。

谢星忱憋着笑，还在为自己辩解："就是想让你的注意力从那件事上转移一下，转移了吗？"

林曜轻哼一声。的确转移了，现在想把你按在地上揍一顿！

他们重新回到集合区的时候，其余的人已经到了，忙里忙外好几个小时，个个满头大汗，像是从汗蒸房里捞出来的。

"曜哥，你通信器坏了吗？刚刚听到大家呼叫你没？真酷。"贺离急于跟他分享，"我第一次听到这种战友之间的正式呼叫，有点儿感动。"

林曜脑子里断断续续闪过方才的声音，点了点头。

贺离盯着他看了好几秒钟，缓声道："你怎么不跟我说话，我惹你了？"

林曜摇头。

"那你理理我，你这样让我很慌。"贺离摸不着头脑，跟条军犬似的转来转去，"是因为我没回去找你吗？是谢星忱让我原地待命的。"

林曜着急得不行，又出不了声，只能求助地看向旁边的人。

谢星忱抓着贺离的后脖颈,拎狗似的将人提溜到一边:"他暂时说不了话,咳血,嗓子哑了。"

"这么严重?分开的时候不是还好好的吗?你该不会得了什么绝症吧,还咳血?"程博言划开手机,一脸严肃,"你等等,我让我爹飞过来。"

林曜没忍住笑了声,做口型道:"不用。"

谢星忱把程博言的手机锁了屏,有点儿无奈:"你是真想把你爹折腾得英年早逝啊。问过他了,没什么问题,好好休息就行。"

"你们先吃,我一会儿回来。"贺离担忧地看了他好几秒钟,转身就跑了出去。

"去哪儿啊?"程博言一头雾水,一边把林曜往统一食堂里推,一边絮絮叨叨地说,"等着,我给你打饭。"

林曜安静地坐在那儿,看着大家忙忙碌碌,去而复返。

贺离大汗淋漓地跑回来,把一瓶枇杷膏放在桌面上:"我去找医疗队要的,你吃完饭润润喉,不想说话就别说了,反正你本来就话少。"

程博言把餐盘推到他的面前,献宝似的压低声音:"这边吃得也不怎么样,这是最后一份豉汁凤爪,我从无数'饿死鬼'手里抢到的,给你。"

"谢谢。"林曜感觉心脏里塌陷了一块,且越来越大,露出缝隙,有阳光照耀了进来。

谢星忱看他呆坐了好久也没反应,不禁担心起来,用膝盖很轻地撞了他的膝盖:"怎么不动,手也抬不起来了?"

他怕林曜因为看过太过血腥的场景,会生理性反胃,吃不下饭。

这话落到贺离耳朵里简直可怕，于是他紧急出声："他说不了话肯定心情超差，这种时候你还嘲讽曜哥，你是不是想挨揍？"这跟看着一个腿部残疾的人嘲笑人家眼是不是也瞎了有什么区别？

话音刚落，却见林曜唇角扬起，轻轻地摇了摇头。

吃到一半，霍尔跟着一位穿着军装的男人走了过来，走到他们饭桌旁边时脚步停住。

"全体都有，起立！"

听到指令，所有人利落地放下碗筷，林曜赶紧把肉咽下去，站立起身。

"这位是荒星的星主，也是此次亲自带队击败外敌的裴一忠将军。"霍尔语气正式地相互介绍道，"这几位就是我们崇清这次过来的志愿者，忙活了一晚上。"

裴一忠剑眉星目，五官凌厉，是非常正派的长相。听完，他抬手朝着几人敬了个利落的军礼："感谢各位千里迢迢过来相助，裴某感激不尽。"

"不敢不敢，我要折寿了。"贺离哪受得住军衔这么高的人的礼，连连摆手，"将军辛苦。"

荒星和联盟的大部分星系城市不同，独立自治，却又有着非常重要的投票选举权，曾经是各政治中心的必争之地，如今却日渐荒芜。但裴一忠好歹也是一星之主，众人也没想到他会亲自上阵。再想到那横尸遍野的场景，林曜肃然起敬，此时开不了口，只能抬手回敬了一个军礼，以表敬意。

"这位队员叫什么名字？"裴一忠盯着林曜缓缓出声。

"林曜，是我们崇清新生赛的第一名，特别厉害。"霍尔说起得意门生,毫不吝啬地夸奖道:"他的射击、飞行、机甲全是满分。"

听到这儿,裴一忠笑了笑,凌厉的五官柔和起来:"这么厉害,要是有这么优秀的战士来我们的军队,肯定能够鼓舞士气。"

林曜张了张嘴,无法出声,又怕显得没礼貌,只能低头微笑。

"开玩笑的,应该没人想来这么偏僻的地方。"裴一忠盯着他又看了好几秒钟,才抬手拍了拍他的肩膀,"辛苦了,今日好好休息,明天还需要你们帮忙。"

林曜盯着他的眼睛,闻到了一股非常熟悉的气息。是碰见过吗?应该不可能,自己从未来过这里。

霍尔简单总结了救援状况,开口道:"我跟裴将军还要开个会,谢星忱,现在我正式任命你为此次出行的队长,负责安排所有成员的行动。"

谢星忱抬手敬礼,站姿挺拔:"收到。"

时间紧迫,裴一忠和霍尔没待多久就转身离开了。直到他们消失在视野里,林曜依然在愣神儿。

"怎么了?"谢星忱问。

林曜摇了摇头,仍然想不起那股熟悉的气息出自哪里,只是指着空碗,张口道:"我吃饱了。"

仍然没有声音,谢星忱却看懂了,起身道:"那就各自回房间休息,等待接下来的命令。"

"哎,终于可以舒舒服服地睡真丝四件套了。"贺离双手抱着头,经过谢星忱的旁边,毫不遮掩地炫耀道,"谢谢你哦,不愧是大少爷亲自挑选的被单,品位真不错。"

谢星忱礼貌一笑:"你喜欢就好。"

程博言跟着赞美："确实很舒服,又滑又软,跟统一发的那硬邦邦的被套比,简直天壤之别。"

谢星忱："你也睡了?"

程博言点了点头,回忆说："因为实在是受不了那个床,贺离就让我过去挤一挤。就是床有点儿小,差点儿掉下去。"

见他们还在门口聊天,林曜先转身进了房间。他洗完手,站在浴室那面狭窄的镜子前面,张大嘴巴,想看看自己的喉咙。谢星忱进来的时候,见他正仰着头,姿势拧巴地艰难检查。

"怎么了?"

林曜打字给他看:我还是想看看能不能尽快恢复,老这样也不行。

他很着急,也很怕一直这样下去再也好不了了,于是抬起手,用手指往嗓子里试探,想看看扁桃体发炎的状况,只是下手没轻没重的,看着十分粗暴。

谢星忱拽住他的手臂,制止道："别乱来,我稍微学过点医,我帮你看。"

林曜点头,张着嘴巴等他洗手。谢星忱拿毛巾擦干手后,让林曜正面对着自己,垂着眼,手指微微捏着他的下颌："张开。"

林曜照着指令去做。房间的光线不算太亮,谢星忱微微勾着脖颈,拇指用力将他的下巴抬高。他垂下眼,看了好几秒钟,不忘夸奖道："舌苔颜色倒是很健康。"

听到专业术语,林曜后背绷紧,有一种被医生检查的紧张。

"舌头别乱动,往下压。"谢星忱眯着眼,尝试找到一个光线最佳的角度,"太暗了,看不太清,再张大一点儿。"

当他的另一只手指碰到林曜的喉部时,林曜突然有了一点儿含糊不清的轻音。微乎其微,却被谢星忱敏锐捕捉到。刺激到喉咙能发出声音吗?谢星忱停顿一秒,而后稍微用力了一点儿往下压:"试着出声。"

"……谢……"因为对方的动作,林曜后背紧绷,只是直到眼尾泛红,仍然只能艰难发出一个音,"星……"

谢星忱把他的下巴抬高到了极致,命令道:"很好,再试试。"

这被捏住了命脉一般的动作,让林曜有一种失控的慌张。他抬起手,指尖掐入对方紧实的手臂,想要反抗,偏偏对方力气极大,自己又被钳制着,让人不敢轻举妄动。

"放……"发音依然是含糊不清,但从完全失语变成了勉强出声,也算是一种进步。

"叫我名字。"谢星忱不听他的,只是微微低着头,耐心地引导,"谢星,然后呢?"

林曜眼尾挑起,看着他,挣扎不得,喉结滚了又滚,过了好一会儿后,终于艰难地挤出最后一个字:"……忱……"

"嗯,听到了,很棒。"谢星忱唇角微弯,收回手,语气不容置疑,"看来这个办法有用,每天找时间陪你练习几次。"

林曜:冠冕堂皇!没关系,揍一顿就好了!

于是对方刚直起身,林曜抬手就抓他的手臂一个反剪,膝盖一顶,直接把人抵在了门上。格斗满分的选手,拥有着上好的锁定技,让人轻易无法动弹。

"生气了?"谢星忱转过头,从镜子里看他的表情,承认道,"好吧,我承认有一点儿点儿逗你的成分,但最多只占一成,主要还是想帮你。"

"滚。"这个字倒是干净利落。

"行,能顺利多挤出来一个字,真是医学奇迹。"谢星忱没反抗,只是说,"手疼。"

林曜不听,面无表情地用力钳制。这人就是欠的,恶劣得不行。

谢星忱不想跟他打架,但这么僵持着也不是个事儿,于是开始道歉:"下次我轻一点儿,是我太粗鲁了,是我不对。"

林曜轻嗤,不理他。

谢星忱动之以情:"一晚上没睡,困。"

林曜钳制的力道稍微松了一分。

谢星忱再接再厉:"这样,你报复回来,就松开我好吗?"

林曜偏了下头:"嗯?"

"我们一报还一报,你也可以嘲笑我。"谢星忱知道他是觉得丢人,提议道。

林曜思考了两秒钟,觉得合理。他换了左手制住对方的两只手腕,膝盖往上一顶,用力一击就算是打击报复结束,然后利落松手,往后退了几步。出去的时候,忍无可忍,又往对方小腿踹了一脚。

林曜平时话就少,现在基本上出不了声,房间里更显得安静。他顶着一张清冷的脸,没什么表情地躺在旁边那把简陋的座椅里看着军事政治教材。

太卷了,这种时候还不忘为期中考试复习。谢星忱很轻地"啧"了声,回忆起方才见到裴一忠时林曜的失神,低头给成叔发去信息:能帮我查一下裴一忠的来历吗?以及他最近十年出入首都的记录。

很快,对方发来了裴一忠的履历背景以及通行记录。记录显示,最近三年他只出现过一次,再往前,就要追溯到八年前了。

林曜见他在旁边眉头紧锁,在备忘录上打完字推过去给他看:*你怎么不睡觉?*

谢星忱把方才查到的资料直接递过去,解释说:"我刚看你脸色不对,稍微找人查了查,但没查出什么特别有用的东西。"

林曜看着那一大堆信息,视线瞬间定格在"八年前"这个字眼上,瞳孔紧缩。是实验室大火的那天,实在是太巧了!裴一忠为什么会在那里,又是为了什么而去?林曜的脸色骤然变得苍白,嘴唇微颤,却理不清思绪。他是实验室背后的操纵者吗?还是那场大火的纵火者?

"那个时候你见过他,但不记得了,是吗?"谢星忱缓声开口,"林曜,我猜,你的创伤应激也跟八年前有关。"

林曜轻轻地点了下头。但他没法跟对方解释,那漫长痛苦的过去,是他难以提及的耻辱。

谢星忱观察他的表情,宽慰说:"没关系,你不想说就不说,但如果你想彻底走出来,你需要告诉我,我才能帮你。"

林曜抬眼,定定地看了他几秒,像是在犹豫。谢星忱也没催,就耐心地等着。见对方唇色发白,他弯腰打开行李箱,从里面翻找出一袋水果糖。这原本是打算当志愿者的时候用来哄战后受到惊吓的小朋友的,没想到在这儿派上了用场。

"吃糖吗?吃了会开心点。"谢星忱剥开一颗递给他,缓和气氛道,"今天我们就拿着这袋糖去哄别的小朋友,不过,可以先哄面前这个不开心的。"

林曜低头,接过那颗糖放进嘴里,嘎嘣嘎嘣咬碎。一股酸甜的味道在口腔里炸开,的确带来了短暂的愉悦。在谢星忱的注视下，他深吸一口气，在手机上敲下了几个字，递到他面前。林曜确定他是不会伤害自己的人，于是主动暴露了自己的不堪和把柄。

"相……相……信……"林曜艰难出声，"你。"

谢星忱垂眸，终于看到林曜一直死守的秘密：IAAL，CG01。前者像是某个组织机构的缩写，后者像是实验编号。

林曜指了指那个编号，又指了指自己："我。"

谢星忱猛然反应过来，"CG"，children group，儿童组，"01"，零么，林曜。

以前只知道他无父无母，没想到连名字都是取自代号。不需要细讲，也能想象到一个孩子被打上编号，能被拿来做什么残忍的实验。

"你一直在这里长大吗？"谢星忱艰难开口。

看到对方点头之后，他的心脏像是被一只大手紧紧捏住又骤然松开。

"你……"此刻，谢星忱觉得自己才是那个失语的人，他之前几年一直试图找出林曜的父母，但都无疾而终，万万没想到，真相是最残忍的一种。

看到他的眼圈骤然变得通红，眼底起了一层血丝，整个人变得躁郁不安，林曜有些无措。他想象过各种谢星忱可能的反应，唯独没有这一种。他不想谢星忱也跟着不开心，于是抓过那袋糖果，挑选了一颗剥开，犹豫了一秒，抬手递给谢星忱。

"吃。"林曜抬手挡住他的眼睛，艰难出声，"不……哭。"

林曜感觉到手掌心里一片潮湿。这是他第一次看到谢星忱哭。在大学之前，他们俩交际尚浅，更多时候是相遇在光荣榜上、国旗下、格斗训练中，但这个人一直都是意气风发的模样。林曜就想,这样家境优渥、天资聪颖的人,看上去永远游刃有余、胜券在握,应该没什么烦恼吧。但现在……

林曜怔怔地看着他,看他即便被自己的手掌挡住却仍然悲伤的表情。

"我没想到你以前过得这么糟。"谢星忱低声道,"远比我想象的还要糟,很难挨吧。如果没逃出来,要怎么办?"

林曜焦急得不行,把掌心放下来,伸手打字给他看:都过去了,我只是……突然看到那么多烧焦的尸体,想到了以前,没事的,我很快就会好。

"我该怎么帮你?我能怎么帮你?"谢星忱头一回发现自己什么都做不了。他信誓旦旦,只要林曜坦白发生了什么,自己就能帮忙,可是事实摊开放在眼前的时候,却发现自己无能为力。他既不能穿越回过去把林曜救出来,也不能让对方解开心结。

林曜:你已经帮我很多了,谢谢。

谢星忱抬手抹了把脸,郑重开口:"我帮你查清真相,查出实验室的幕后黑手,无论需要多久的时间,我都要帮你报仇。"

林曜怔怔地看了他好几秒钟,笑着说:"好。"

谢星忱起身,低声道:"你继续看书,我去抽根烟。"

他拿着烟盒出去,站在走廊的边上低头点燃,来回深吸了几口,压下眼底的潮湿,才低下头输入了一个特殊的情报网址。只是没想到,在那个几乎什么消息都能流通的地方,竟然搜不到这个名为"IAAL"的实验室,像是有人把它骤然从世界上抹去了。

乱七八糟的线索缠绕在一起,像是乱了线的毛球,一时半会儿解不开。但这个秘密关系到林曜,他不敢把这件事交给任何人。得从裴一忠下手。

他给霍尔发去信息：院长，请问我们有机会和裴将军吃个饭吗？我和林曜都很敬佩他，想跟他多学习学习。

对方过了一会儿回复：现在战事刚结束，裴将军很忙，只能约明日的早餐。

早餐也行，谢星忱回了句"好"。

他掐灭烟准备回去，经过贺离房间时，对方刚好开门。两人四目相对，一阵尴尬。贺离正准备把门关上，谢星忱先开了口："你有什么办法让林曜开心一点儿吗？"

贺离盯着他看了几秒，欲言又止道："揍你。"见他一脸疑惑，贺离也是胆子肥了起来，挺起胸膛解释说，"揍你，他肯定开心。你不知道，高中那几年，他话说得最多的时候就是在骂你，每天的口头禅就是'真想把那个家伙揍一顿'。他最大的梦想就是把你打到残废，然后看你求饶。"

谢星忱："是吗……"

贺离一脸认真地道："对，说的就是你。"

"你真是不要命了。"程博言赶紧从房间里面冲出来捂住他的嘴，一个劲儿地打圆场，"他没脑子乱说的，熬了一晚上有点儿不清醒，你别当真。"

谢星忱思考了几秒钟，点头道："挺有道理。"

程博言愣了两秒钟："什么挺有道理？"

"让林曜揍我一顿。"谢星忱若有所思地开口，"发泄一下心中憋着的火气，说不定他就会好很多。"

程博言：完了，亲爹，您的病人脑子出现问题了，您要被扣奖金了！

贺离也大为震惊，心想：是不是自己刚刚说话太难听了，把人都刺激得胡言乱语了？那可真是罪过。毕竟他只是想嘲讽一下，没想把人刺激到大脑失常。他赶紧拨开程博言捂住他嘴巴的手，鞠躬道歉："对不起，是我口无遮拦，是我脑子抽筋，是我恶意中伤、胡编乱造，你不要当真。"

"帮我约个拳击场，我去叫林曜。"谢星忱轻描淡写，"一会儿你们俩来当观众，就当是今天休息的福利了。"

什么，还要邀请他们坐在观众席看着他挨揍？贺离看着他的背影，瑟瑟发抖："他是不是真被我刺激疯了？"

程博言表情严肃："我觉得是。"

但要求还得照办，这附近就有一个拳击馆，只是因为最近战乱频繁，已经关闭了好长时间。程博言转了一笔钱过去，老板喜滋滋地答应开业半天。

贺离看到林曜从房间里出来的时候，更是担忧，毕竟他一言不发，看上去情绪极其低落。不对，曜哥本来也说不了话，不会到时候真把人打死吧？

"曜哥，你……你一会儿下手轻点啊。"贺离委婉劝告，"毕竟人都会成长，我觉得谢狗现在已经没有以前那么讨厌了。"

程博言也打圆场："就是，那会儿都是小孩子，闹点不愉快很正常。别去了吧，我们去吃好东西。"

林曜笑了笑，没解释，只是径直朝着拳击馆的方向走去。他觉得，不仅是自己，谢星忱也需要发泄，对方不应该替自己承受那些，更不应该因为这些已经发生的事情而觉得有很大负担。这件事，两人是一拍即合。

程博言和贺离坐在拳击馆边上，一脸严肃地看着站在八角场中央换装备的两位。

两人分别穿着一黑一白的同款运动短裤，戴着拳套，半身赤裸地对面站着，肆意展露着流畅的肌肉线条和张扬的荷尔蒙，像是充满野性的狼豹在争夺领地。战斗还未开始，已经看得人肾上腺素飙升。

谢星忱做了个标准的防卫动作，微微颔首，眼皮上抬："来，开始。"

林曜轻轻地点了下头，随即用一个漂亮的侧踢发起攻击。谢星忱躲闪很快，他扑了空，于是再次转身，勾拳出击，动作干净利落，丝毫不留余地。

"不是，真往死里打啊？"贺离咬着手指，"完了，我觉得我闯祸了。"

"谢星忱不会单方面挨揍，他用了技巧的，不至于被揍得爬不起来。"程博言盯着这拳拳到肉的格斗现场，心脏揪紧，"不过，两个人都没留余地，挺狠的。"

整个场馆安静得过分，只有拳头划过空气后砸到皮肉上的声音和一声又一声的"再来"。

半个小时过去，两人仍然没有停战的意思，反而越发激烈。林曜浑身是汗，却觉得无比畅快，他和谢星忱曾经因为积分相近而对战过无数次，但那时想的都是要赢。而今天不同，他享受和这个人的每一次对招。

谢星忱看着他，从战场回来后就积攒的阴郁终于散开些许，近身钳制他的瞬间，低声问："觉得爽吗？"

很爽。什么都不用想，每一次出拳都是发泄。林曜利落地点头，抬手抓住对方的手臂，将人一个背摔撂倒在地，再拿双腿锁住，将其完全压制。

林曜抵着他的肩膀，带着喘息，居高临下地看着他："菜。"

谢星忱被他压在身下，抬眼看到那滴汗从潮湿的发尖坠落，胸腔起伏："林曜，你打拳的样子真不错，不过嘛，比起我还差一点儿。"

这话一出，林曜被气得气息全乱，力道全失。谢星忱趁机翻身把他压制住，将同样的招数悉数奉还："不到最后，怎么知道谁赢谁输？"

林曜胸腔起伏，胜负欲上头，盯着他的眼睛愤愤不平地出声："谢星忱，你太无耻了！不行，重来！"

谢星忱不可置信地看了他好几秒钟。

贺离坐在空旷的观众席上，捂着嘴巴，一连说了三个"Oh My God（哦，我的天）"。

程博言被他吵得耳朵疼："你又怎么了？"

"曜哥又能说话了！还说得这么顺溜！他被谢狗气得都能说话了！这放在整个医学上都很炸裂啊！"他难以置信，以为出现幻听，抬手疯狂掏耳朵。

"医学上这种受刺激发声的案例很多。"程博言偏过头，"吼那么凶干吗？"

贺离：哥们儿，你真是把我干沉默了，头一回发现有人能愣到连语气都这么计较。

视线回到擂台中央，他不由自主地吼了出来："谢狗真是胆大包天！居然还敢伸手，他完了，他要被揍了。"

果然，下一秒，林曜抓过谢星忱的手，稍微用力，然后翻身而起，把人再度压制了回去。力道不轻，落在擂台上，扬起细微的粉尘。

贺离一脸"我就知道"的得意："看吧，被制裁得死死的，曜哥厉害！"

程博言看着林曜那张过分好看的脸，脑子拐到了奇怪的地方："长这么帅，但性格太凶，会不会不太好找老婆？"

"要你管！"贺离不悦道，"难道就非要结婚吗？我曜哥不能独美吗？你这是什么陈旧思想？"

程博言被怼得说不出话来，举手投降："对不起，我错了，我就是那么随口一说。"

贺离轻哼了声，抬起手机，给他曜哥拍下胜利的MVP（表现最突出的选手）结算画面。真帅。

擂台上，两人还是保持着缠斗的姿势。近身格斗，无论如何暴力如何压制都很合理。

林曜："讨骂是吗？无耻、阴险、狡诈。满意了吗？你是不是欠的？"

谢星忱没想到歪打正着，见他的确能流畅地说话了，彻底放下心来："满意，骂得我通体舒畅。"

"神经病！"还是这个词最符合他。林曜呼吸不稳，反手用胳膊抵着他的下颌，倔强地要分个胜负："不过这场单挑，还是我赢。"

劲儿挺大，招数也猛，谢星忱是心甘情愿服输。他松了四肢的力道，四仰八叉地躺在擂台上，抬着眼皮看着他张张合合的嘴，感叹说："终于好了。"

"什么好了？我要压住你十秒钟才算结束比赛，免得你又耍赖。"林曜还没反应过来，生怕这人耍赖，俯身牢牢压制着对方。

"我说你能说话了。"谢星忱双手摊开，笑说，"你是不是笨？"

林曜愣了一秒,一整天没能出声,此刻有些恍惚:"我说话了吗?"听到自己的声音后,他才确信道,"说了。"

谢星忱屈起膝盖,很轻地撞了下他,提醒道:"还想压着我多久啊?"

林曜转过头,看到观众席上的贺离正握紧拳头给他加油鼓气:"你再压他半个小时,让他向你求饶。"

程博言叹了口气,真的很好奇他这么口无遮拦是怎么活下来的。也就是谢星忱脾气好,换成段铮那样睚眦必报的公子哥,贺离暗地里不知道要死多少回。

林曜唇角轻轻地勾了下,手臂用力往下:"听到了没?要听到你求饶。"

谢星忱突然回想起三年前,也是类似的场景。

那会儿他还不知道林曜为什么那么讨厌自己,两人因为积分相同而被老师选出来进行格斗表演,那时林曜也跟现在一样,不,更冷更傲,表情像是结了霜,攻击力强到了极点。他像是恨透了自己,又或者满脑子都是想要胜利,每一个招数都要把人逼到绝境。

谢星忱从小到大有过无数陪练,没有任何一位同龄人能跟自己旗鼓相当,对战到如此程度。欣赏和爽快撞击着心脏,刺激得全身血液都在沸腾。这一战,酣畅淋漓。

在缠斗了一个多小时后,林曜终于撂倒了自己,他俯下身,居高临下道:"废物。"

谢星忱一向将精神力控制得很好,但那一刻,看着那双眼睛微微垂下看着自己的样子,毫无预兆地,身上的 S 级精神力肆无忌惮地弥漫了整个训练场。在场围观的人被压制得痛苦不已,场面一度陷入混乱。

而林曜只是微垂着眼,语气不屑:"只有废物才会在格斗比赛里用精神力压制这种低劣的技巧,但是抱歉,对我没用。"随后起身离去,压根不愿意多看他一眼。

只有谢星忱自己知道,那不是自己不肯服输的最后反抗,而是自己的病突然发作了。而后他请假在医院住了整整一个星期。

从那个时候开始,谢星忱开始注意林曜,替他喂养公园的野猫,跟着他走过没有路灯的小道,把积分打到和他完相同,等待着下一次擂台上的相见。

过去的每一刻,如同此时此刻。

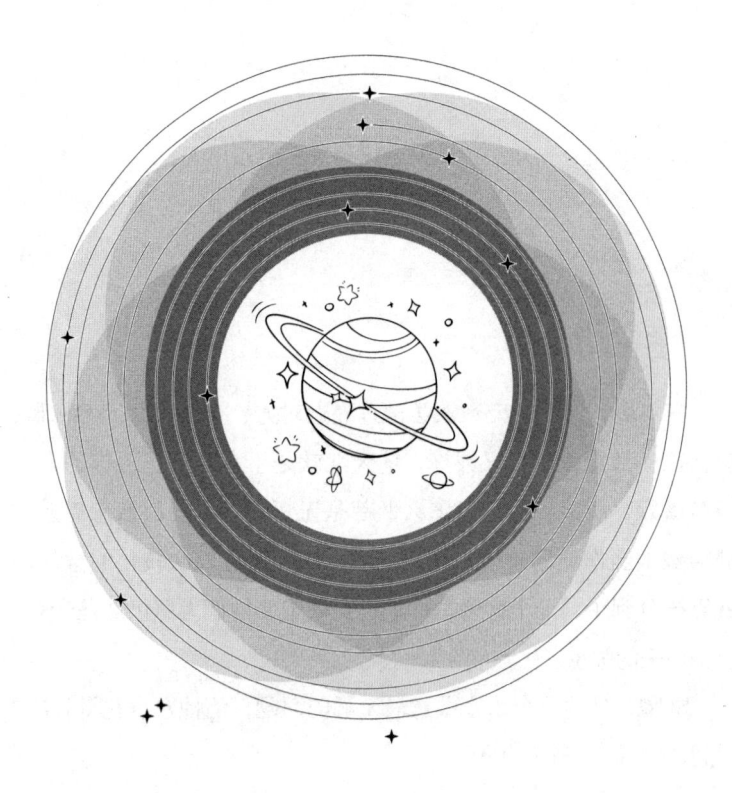

08 血疫患者

三年里，谢星忱无数次尝试过靠近对方，企图和解。但林曜对自己的敌意太深，又或许，他天性就是不喜欢自己这样的人，见着就躲，所以无论自己怎么做都是无用功。每一次蓄意靠近，都会被他当作新的挑衅，简直无解。如果没有二次转化的意外，就算被分到了同一个宿舍，林曜也会搬走，他们大概仍然是老死不相往来的关系。

　　林曜，是他至今为止做过最无解的习题，但他愿意花漫长的时间，去寻找一个最优解。

　　"发什么愣？"林曜看他有点儿走神，抬手轻拍了下他的脸颊唤回他的注意力，"你……能起来吗？"感觉他状态似乎不太对。

　　看着对方一脸担忧，谢星忱微微点头："行，你让我缓一缓。"

　　他看上去倒是坦然，忽然意识到什么的林曜此刻却是如坐针毡。

　　"曜哥，我已经帮你拍好照片和视频了，可以起来了。"贺离晃了晃手机屏幕，"打这么久，又出了汗，该感冒了。"

　　林曜胸口起伏，双腿半跪在地上，大腿抽动了下，实在不敢起来。谢星忱的病又不能说出去，得想办法把那两个家伙支开，给谢星忱一点儿时间调整。林曜不善言辞，大脑飞快旋转了好一会儿，勉强想出个借口："贺离，我渴了，你们俩去帮忙买两瓶水回来行吗？"

"我带了，就知道你们肯定会缺水。"程博言从书包里掏出两瓶，拿着就要朝着擂台走。

林曜有些慌张地看向谢星忱，干脆开口拒绝："算了，还是不喝了，嗓子还是疼。"

贺离眯了下眼，用胳膊碰程博言："你说曜哥是不是胜负欲强得有点儿过分了？都十分钟了还不放过人家。"

"可能吧，谢星忱脾气也是蛮好的，居然也没说什么。"程博言评价道，"要不你过去跟林曜说说，差不多就起来吧，人家也是要面子的。"

贺离看着两人剑拔弩张的样子，小声道："我不敢，我怕被揍。"

病症由来已久，谢星忱早已学会如何控制，只是很痛苦，如果没有抑制剂，每一次都要用身体上的自虐来压制。确认症状得到控制后，谢星忱闭了下眼，伸手点了点林曜，提醒道："好了，可以起来了。"

林曜这才起身，看向观众席，告知贺离和程博言："我们俩先换衣服，你们等一下。"

贺离还在美滋滋地修图，头也没抬："好哦，别在里面又打起来，今日份的战斗已经结束了，要打架明天再来。"

擂台上，林曜伸手拽了谢星忱一把，两人并肩朝着更衣室走去。

换好衣服出来后，他们信步朝着临时区方向走，一路上满目疮痍，四处一片破败萧瑟的场景，街角坐着一个衣衫褴褛的夫人和一个哭泣的小孩。

丈夫上了战场，家里只剩妇孺的情况很多。林曜感觉很是难过，从裤兜里抓出一把出来之前顺出来的糖，鼓起勇气走到小朋友面前蹲下。以前，他从未向陌生人主动表达过善意，更像是刺猬，谁靠近都恨不得竖起一身的刺，阻挡别人靠近半分。所以此刻，他有些紧张。

"请你吃，甜的。"他摊开掌心，露出几枚亮晶晶的水果糖。

贺离抬手捂着嘴，十分震惊："天啊，这还是曜哥吗，是不是刚才被揍傻了？"

谢星忱十分满意："我教的。"

贺离朝他竖起大拇指："厉害，简直是回炉重造。"

林曜努力露出和善的表情，轻声道："不吃吗？"

"妈妈说，不能吃陌生人的东西。"小孩瘪着嘴，一脸警惕。

林曜一愣，窘迫地呆住。怎么和预想中的不一样？被拒绝了，有点儿尴尬。

他正准备站立起身，肩膀便被谢星忱按住。后者俯下身，缓声开口："那妈妈有说过，联盟的军人是好人还是坏人吗？"

"好人！"对方张开缺了两颗门牙的嘴巴微笑着，脆生生道，"他们帮我们打跑了坏人，都是好人！"

谢星忱从林曜的队服口袋里拿出预备军官证："看到了吗？这个哥哥也是联盟的军官，他是来帮你们的，所以，好人哥哥的糖可以拿。"

听到这里，那只白嫩嫩的小手立刻抓过林曜掌心里的糖果："谢谢哥哥。"

林曜感觉到小孩的指尖落在掌心的触感,心脏很轻地动了下,低头把口袋里所有的糖都拿了出来:"我还有,都给你。"

"笨啊,没看他牙都快掉完了?还吃。"谢星忱伸手把林曜从地上拽起来,又抬手揉了揉小朋友的脑袋,"放心,你们的生活马上就会重新恢复平静了。"

林曜怔怔地看着他,觉得此时的谢星忱和平时大不相同。

之前,他去公园里喂猫的时候,曾偶然撞见过谢星忱。和平时高高在上的大少爷模样不同,这人弯腰把随身带的猫粮倒在小碗里,而后耐心地挪开一点儿距离,半蹲着等猫过来。也就是那一次,让林曜觉得,谢星忱好像也没想象中那么讨厌。

此刻,他看着谢星忱跟小朋友笑着聊天的模样,感觉和当时很像。

"走了,你自己和妈妈都要注意安全。"谢星忱笑着说。

"哥哥再见。"小朋友很轻地拽了下林曜的衣角,"谢谢你的糖,祝你今天、明天,每天都快乐。"

林曜低声说:"谢谢,也祝你快乐。"

谢星忱姿态懒散地跟他并排着继续往回走:"怎么样,打开自己的感觉是不是很好?"

林曜动了动唇,低声道:"要是开太大了,估计你又该不高兴了。"

谢星忱磨了磨牙,压着脾气说:"没关系,在我这里你可以畅所欲言。"

回房之后,谢星忱转身进了浴室。林曜则随手拿过旁边看了一半的军事政治教材,认真翻着。过了没多久,门口突然传来敲门声,林曜过去开门,见院长站在门口,有些无措。

"听说你不舒服,过来看看你。"霍尔径直朝着房间里走,"谢星忧呢?"

林曜缓慢眨了眨眼,干巴巴道:"洗澡。"

霍尔找了个凳子坐下,顺手还拿过了林曜的书翻看:"那我等他出来,你很刻苦啊,出来当志愿者还不忘看书。"

"嗯,习惯了。"林曜回答。

霍尔今天好像话特别多,又问:"今天下午裴将军还提起你,说跟你一见如故。"

"是吗?我也觉得他人不错。"林曜不善跟人聊天,一句话就把话题打了个结。此时此刻,他真希望谢星忧在场,那个人社交能力一流,从来都不会让场面陷入尴尬。

霍尔在呼叫器上点了点:"我现在叫所有人过来,就在你们这儿做个简单的小结。"

"在我们这儿开会?"林曜转过头看向浴室。谢星忧刚才进去得急,好像没拿换洗衣物,这样下去,估计一会儿会有一屋子人欣赏到他的裸体。

林曜极力劝阻:"我们房间太小了,挤不下。要不然,还是去楼下集合吧。"

"都住这层,顺路的事儿。"霍尔驳回了他的意见。

林曜握紧手机,猛然起身:"院长,我还是有点儿不舒服。不然,晚上再做小结,行不行?"难得说谎,整个人看上去显得生硬且拧巴。

霍尔一愣,看他的表情不像是装的,起身道:"行,那我跟大家说,晚饭时间再说,你好好休息。"

林曜目送着他从房间里出去,才终于将从方才就憋着的一口气缓缓吐出。他拧着浴室的门把手直接推开，抱怨道："你没听见霍院进来了吗，还不赶紧出来？"

谢星忱"嗯"了声，算是应答。冲完澡出来，谢星忱头发上还滴着水，整个人看上去神清气爽。他微弓着身道："你是不是故意跟我对着干，所以连话都不会好好说？"

"没，我又说错话了是吧？"林曜反问了一句，又自问自答道，"是的，我们果然只适合针锋相对，学不会和平共处。"

谢星忱没出声，表情也淡了下来。林曜这才意识到自己是真说错了话，有点儿太没良心了，尤其是人家之前还帮忙约了和裴一忠吃饭。于是他主动道歉："我不是那个意思，就是还没习惯现在的相处模式。"

谢星忱平心静气地道："没关系，你不擅长的事可以慢慢来。"

话是这么说，脾气还是有的。晚上他自顾自地躺在自己那张极度不舒适的单人床上，也不说话，颇有一副要让林曜好好反省的架势。

林曜直到半夜三点也没睡着，连夜下单了一套由《情商三百句》《如何正确交友》和《巧妙化解尴尬的一百种办法》组成的套装书。

次日出门，谢星忱路上难得没有出声，只是一直拿着手机翻看着什么。林曜不知道他是在看新闻还是不想跟自己说话，只好主动找话题："你昨晚睡得好吗？"

谢星忱很淡地瞥了他一眼："不好，被子很潮，枕套很糙。"

回想起军旅床初始的触感，林曜觉得的确是有些委屈他，于是问："那你为什么不过来跟我一起挤挤？"

谢星忱意有所指："我怕你嫌弃我，毕竟你说了，更习惯跟我针锋相对。"

　　林曜：哪还需要下单什么《情商三百句》？眼前就有一个顶级大师，一句话就能让人陷入愧疚。他想了想，说："那今晚一起挤挤吧。"

　　谢星忱拒绝了："不了，凑合睡吧，起码你还能有个好觉。"

　　林曜有一种被拿捏了的感觉，愧疚感至此抵达了顶点。

　　抵达目的地的时候，裴一忠竟然是拖家带口地亲自出门来迎接的，原以为是普通的一起吃早饭的两人，一头雾水地跟着进去坐下，心想，这也过于隆重了。

　　"抱歉，最近公务繁忙，只有早上能抽出时间让你们跑一趟。"裴一忠一边伸手替林曜盛汤一边介绍说，"这是我的夫人林含，特别巧，跟你一个姓，这是我的女儿裴湘。"

　　太热情了！林曜顶着几人看过来的视线，客气地点头："夫人好，我是林曜。"

　　裴一忠看向谢星忱的时候，则换回了公事公办的语气："昨天没打招呼，后来霍尔才告诉我你是谢恒之的儿子，久闻大名。"

　　谢星忱心想，自己能有什么大名？但这位裴将军话里话外好像不是很欢迎自己。

　　林曜也察觉出来不对劲，把手上的汤推到了谢星忱面前，轻声道："你先喝。"

　　"你和谢家二少的关系看起来倒是很好。"裴一忠探究地看着林曜，"连约我吃饭都是他帮你开口的。"

　　拿不准裴一忠到底是什么意思，林曜观察着谢星忱的表情，没再惹他生气："我们是并肩作战的队友，关系当然不错。"

　　这话说完，生了一晚上闷气的少爷终于露出了点笑容。

裴一忠点了点头，表情看不出喜怒："冒昧一问，你的生日是什么时候？看起来跟我们湘湘年纪相仿。"

谢星忱眯起了眼：开始问生辰八字了，这家伙不会是想跟林曜介绍对象吧？

林曜老实回答："如果没记错的话，是七月二十日。"

林含露出惊喜的神色："竟然跟我们湘湘是同一天生日，这世上怎么会有这么巧的事？你和我们家真有缘分。"

谢星忱默默低头喝着汤。果然是看上了林曜，想要招回家当女婿。

林曜动了动唇，也不知道该怎么解释，这生日是当初实验室上标记的日期，他至今也不确定是否真实，只能说："我不太确定是不是这天，是别人告诉我的。"

"那就当是这天，下次你过生日的时候，我们俩一起过。"裴湘热情地开口。

谢星忱慢悠悠地喝完那碗汤，把空碗推到林曜面前："还要。"

林曜侧过头看着他，敏锐察觉到他的情绪有点儿不对劲，于是放轻了语气："要什么？"

谢星忱点兵点将："高汤、鲍鱼粥、蟹黄面、糕点，都要。"

林曜：吃这么多真的不会被撑死吗？

裴湘也把碗递过去："林曜，帮我盛一碗粥，谢谢。"

因为是同样的年纪，直呼姓名，倒是显得更为亲昵。

林曜一头雾水，直觉这场景有点儿匪夷所思，但碍于礼节，还是先接了裴湘的碗。等他盛好后要帮谢星忱盛的时候，大少爷又开始耍脾气了："不吃了，饱了。"说着便把碗拿了回去。

好在谢星忱没忘了这次来的目的，直截了当地开口："裴将军有去过首都星吗？那边发展得不错，下次您过去，我可以当地陪。"

"三年前去过一次，再往前，就是八年前了。"裴一忠直言不讳地道，"这几年联盟长一直对荒星进行边缘化处理，没公务的时候还去人家面前晃也是麻烦，不如在家待着。"

竟然没撒谎，一副身正不怕影子斜的淡然样。林曜跟谢星忱对视了一眼，后者摇了摇头。实验室的事情是高度机密，问了也得不到想要的答案，只能等关系熟络起来再顺藤摸瓜。

林曜想了想，开口说："我能加您一个联系方式吗？"

裴一忠点了点头，十分好说话："可以，我们全家都可以加。"

谢星忱轻轻地捻了下手指，行，就自己多余。

等早饭结束，裴一忠提出让警卫护送回去，谢星忱却非说要散步。

林曜一脸抱歉地道："那我陪他走走，然后叫车回去，今天很高兴认识您和夫人，还有裴湘，下次再见。"

"你现在人际交往的能力真是突飞猛进啊。"只剩他们俩的时候，谢星忱双手插着兜，语气淡淡。

"因为昨晚恶补了《情商三百句》。"林曜不好意思地回答。

谢星忱侧过头看着他："你看上去挺喜欢那个裴什么？"

"裴一忠？还是裴湘？他们看起来比我想象中要好相处，而且，真的很巧。"

谢星忱慢悠悠地道："散会儿步吧，一会儿回去又要陷入艰苦奋斗了。"

林曜还没出声，两人身上的通信器突然大响，不远处裴一忠的住宅里突然涌出大量的警卫，原本还轻松的气氛突然凝固。这嘴怎么跟开了光似的？

谢星忱拿起通信器，听到里面传来霍尔的声音："备战区全体人员紧急集合，出现了突发状况，请所有人员穿好防弹衣，带好枪械，如果涉及生命安全，可以开枪自保。"

林曜跟他对望了一眼，双双愣住。

旁边一长列军车飞速驶来，打头那一辆的副驾上坐着的正是裴一忠，他招手让两人上车："霍尔说你们要去备战区，我也去，上车。"

虽然一直知道裴将军每次都是亲自上阵，但这一刻，他们才真正有了具象化的认知。

林曜试探地问道："是敌军又打回来了吗？"

"不是。"裴一忠抬手揉了揉眉心，"敌方已退，这次是自己人。"

谢星忱反问："什么意思，有内讧？"

"你们到了就知道了。"裴一忠低声道，"这不是第一次了。战后本就有大规模伤亡，每次还没完全休整好，我们的军人就会突然开始互相残杀。"

他低垂着眼，脸上都是悲痛："这种情况跟瘟疫一样，蔓延极快，我们无法阻止那些发了疯的军人，甚至至今都找不到这种病暴发的缘由，只能把他们击毙。因为每次都会伤亡惨重，因此这种情况被称为血疫。"

"所以，我们过去是去击杀自己人？"林曜担忧地开口，"难道没有别的办法吗？"

裴一忠转过头看向他，解释道："荒星以前不叫荒星，叫南河星，这里拥有最多的人口，独立自治，是笼络政治选票的重要位置。但不知道从什么时候开始，这里的人突然一个一个地消失了。等到他们再回来的时候，因为身体变得强壮，大部分人顺理成章地成了军人，然后，就发生了第一次血疫。之后，南河星不再繁荣，日渐衰败，直至变成如今的样子，就连名字，都被冠以荒芜。"

林曜缓缓出声："肯定是人为的，背后的操控者会是谁呢？"

裴一忠扫了谢星忱一眼，意有所指道："在我看来，既得利益者是谁，背后操纵的人就可能是谁。不过，没有证据我们可不敢乱说。"

政治、选票、需要投票才能产生的联盟长，很容易让人产生联想。谢星忱够聪明，一下就听出了其中的暗示，沉默不语。

林曜也听出了弦外之音，转头看向并排而坐的人，伸手轻轻地拍了下对方的手背，作为安抚。他当然知道谢恒之有多么讨厌，但归根结底，他是谢星忱的父亲，对谢星忱很好，他们是至亲。

林曜正在想着怎么安慰，谢星忱却十分坦荡地开口："如果您指的是我父亲，他要是犯错，我亲手送他上审判庭。"

林曜怔住。

"那你真是个孝子。"裴一忠不知是在表扬还是反讽，"到了。"

"曜哥，你们怎么坐将军的车过来了？"看到两人，贺离赶紧把防弹衣和枪械递过去，压低声音道，"你们小心点，挺……血腥的，我第一次见这种场景。因为全是自己人，军方没敢用机甲，全是肉搏刺杀，特别疯，我差点儿吐出来。"

谢星忱担忧地看着林曜："你要不要再休息两天？"

毕竟不久前他还会因为看到战后的场景而间歇性失语，好不容易恢复，谢星忱很怕他产生二次障碍。

林曜深吸一口气，相比上次，现在的他已经可以克服恐惧，没什么大不了的。他扣上防弹衣："总不能一辈子当逃兵。"

他握着狙击枪，大步走在前面，踏入原本是备战区的露天营地。营地内，浓郁的血腥和一股淡淡的气味交织在一起，让人心脏一秒狂跳到剧烈的地步。

"你闻到什么了吗？"林曜低声问着，举枪对准一名正在厮杀的血疫者，射出精准地一枪。

"血。"谢星忱看向他，"你是不是闻到了别的？"

林曜很轻地"嗯"了声，不知道为何，他对这股气息十分敏感，整个人很是躁动，像是被一股力量控制牵引，很热很躁，像血液在沸腾。他隔着远距离瞄准，拿枪的手却依然很稳，边射击边出声："不知道是什么东西，让我有点儿浮躁。"

谢星忱抬手扣住他的肩膀："你跟我走。"

两人都是狙击满分的佼佼者，并肩作战，非常迅速地清扫着血疫者。林曜已经克服了见到尸体就无法动弹的恐惧，此时除了呼吸急促了些，再无异样。他沉着脸，把面前的最后几个人击毙后，猛然顿住脚步。忽然间，他的太阳穴狂跳到快要炸开。

"怎么了？"谢星忱看向他。

林曜猛然退后两步，将狙击枪对准了谢星忱，手指扣在了扳机上。

谢星忱心跳骤停："林曜，你在干什么？"

林曜的心脏快要炸开，眼前的视线扭曲成了斑斓的万花筒，正中间是训练场靶心中那般的红心，让人只想射击、命中。

"林曜，林曜，你看着我！"谢星忱想要朝着他走近，胸口却抵上了狙击枪的枪口。

开枪吧，射中红心，和训练时一样。好像有个声音在耳边低语。林曜猛然闭了下眼，意识清明了一瞬，可手指已经按下了扳机："谢星忱！躲开！"

他反应很快，猛然朝着右侧改变方向。子弹偏离最初的轨迹，击中了远处在屠杀同类的某个血疫者。林曜心惊肉跳，颤抖不止。再睁开眼的时候，只看到谢星忱站在原地一动不动。

谢星忱平静地开口："林曜，你刚刚是想杀了我吗？"

林曜摇头，嘴唇发白："不是，我没有想那样做。"

可事实上，他的确拿枪对准了自己的战友，如同眼前这些曾经是兄弟是盟友，最后却发疯一般拔刀相向的血疫者。

"谢星忱，我没有。"他声音颤抖，脸色苍白。他要如何解释，那一瞬间他的大脑好像被控制了一般，情不自禁地做了下意识的动作？此刻，他开始感到后怕。如果没有最后那一瞬的意识清明，后果，他不敢想。

"曜哥，你枪法好准！"贺离不知道最初的状况，只看到林曜的狙击枪打中了自己本该瞄准的对象。

程博言却发现林曜的脸色不太对，快步过去："你怎么了？"

林曜动了动唇，不知如何描述，只觉得心惊肉跳。他刚刚……真的差点儿杀了谢星忱吗？他怎么能干这样的事？

"我……"他感觉有千万个字被锁在了喉咙里，发不出声。

谢星忱只是沉默不语地看着他，不知道在想些什么。

"林曜和谢星忱已经清空南边，请继续前行。"霍尔指挥道，"各位，我再次强调，被感染的战士已经不能称之为战士，而是伤害战友的敌人，发现后即刻击毙。"

谢星忱深深地看了林曜一眼,掉转方向,大步踏入厮杀之中。林曜把狙击枪递给段铮,取下了他身上挂着的短刀:"我用这个。"

段铮匪夷所思地看着他:"你疯了?短刀比不上枪的,你要是被攻击,跑都来不及。"

"就用这个。"林曜低声道。他暂时不敢用枪,万一再出现像方才那样的意外,他真的会后悔一辈子。

好在进入战后区后,众人都被收了枪械,血疫者也是近身肉搏,像是野兽抢占地盘般地撕咬对手,攻击非常原始。林曜的格斗成绩次次都是满分,他即便用短刀,撂倒对方再封喉的速度也是极快的。他绷着唇,用最粗暴的军械执行着自己的任务。

结束时,林曜抬头看到不远处的谢星忱和裴一忠带来的警卫干净利落地清理着北边的战场,谢星忱看上去仍然平静地掌控着全局,但眼底却带着一团浓重的阴郁。

那股很淡的味道又飘散而来,袭击着林曜的心脏。

"谢星忱……"林曜下意识叫他的名字,双腿却情不自禁地朝着他的方向走,手上的尖刀再次变成伤人的利剑。

不可以,绝对不可以!林曜咬着下唇,咬到下唇都溢出鲜血,才勉强让自己保持清明。

"谢星忱,躲、躲开!"他艰难出声。被牵引的四肢以及难以抗拒的服从,让他再一次无法控制自己的行为。

谢星忱狙击掉新的目标后,转过身,目光淡淡地看向他,看着他拿着刀朝着自己,眼神变得冷淡。不太对劲!如果刚才是无意,这已经是第二次,绝不是巧合,林曜像是……也变成了血疫者!

"林曜，你清醒一点儿。"谢星忱伸手想要拽他，那把尖刀却再次触上他的胸口。防弹衣隔绝了攻击，林曜却朝着旁边手臂的位置划过去。谢星忱迅速制住他紧紧握住刀向自己袭来的手，不让他动。

"林曜，我是谢星忱，你确定要伤害我吗？"

林曜呼吸浓重，浑身的力气充血似的炸开，感觉整个身体变成了提线木偶，根本不由自己控制。不可以，这是谢星忱，不可以伤他。但他却控制不住地想要伤害对方。怎么办？！林曜的口腔里已经蔓延出鲜血，他却仍然难以抵抗想要攻击的意识。

"林曜，如果你刺过来，我不会躲。但你要是杀了我，你会后悔。"

谢星忱感觉到林曜的力道变得奇大无比，难以控制。两相挣扎之间，林曜握着刀的手忽然挣脱开来，刀刃却没有如预料中那般扎向自己，而是反手扎入了林曜的左臂，鲜血瞬间涌出。

"你……"谢星忱嘴唇颤动，为了避免伤害自己，他居然用这样自伤的方式！

疼痛让人清醒，林曜皱着眉心，靠着手臂的伤口让自己保持理智："对不起，我不是故意要伤害你，对不起，谢星忱，对不起。"

谢星忱心脏收紧，把人猛然扶起，打开通信器呼叫："林曜受伤，请求支援。"

因为备战区面积不小，大家很是分散，没想到最先过来的竟然是裴一忠的警卫："我带他去军医院，跟我走。"

谢星忱看着战况已到收尾阶段，思考了两秒钟，把林曜交了过去："等这边结束，我去看他，麻烦您照顾。"

林曜对自己下手太狠，伤口不算浅，但他运气好，没伤着骨头。只是之前的失语加上突发的意识混乱，使他陷入了漫长的高烧，热度迟迟不退。

谢星忱跟着大部队一起镇压完所有的血疫者后，催促贺离他们先回去休息，自己则在林曜所在的病房外守了一夜。跟他一起的，还有从战场上下来的裴一忠。

"我一直觉得很奇怪，您对林曜好像格外上心。"谢星忱低声问，"您到底是什么目的？"

裴一忠透过玻璃门，看向里面躺着的人："我对他一见如故，觉得亲切。"

谢星忱觉得这个理由冠冕堂皇却又让人找不到破绽，"嗯"了声："因为联盟长，您还是对我很戒备。"

裴一忠抬眼看向他："你对我不是也很戒备吗？林曜会变成这样，我觉得你应该知道什么。"

当然知道，但不能说，那是林曜小心翼翼掩盖了多年的秘密，谁都不能再揭开他的伤疤。谢星忱面色平静地道："不过是因为现场太过残暴引起的不适，您多虑了。"

"病人醒了。"护士从里面匆匆出来通报。裴一忠刚准备转身过去，对方又加了一句："他不见别人，只见谢星忱。"

谢星忱微微颔首："我先进去了，还是谢谢您提供了最好的医疗支持。"

他推开房门，林曜正一眨不眨地看着自己，像是个破碎又被重新黏合的玻璃娃娃。

"还难受吗？"谢星忱走过去，掌心落在他的额头，"还有点儿烫。"

林曜嘴唇微动,眼底红成一片:"对不起,我不是故意的,我不知道自己怎么了,对不起。"

醒来的那一刻,他心中有无尽的后怕,脑子里只记得手持狙击枪对准谢星忱的那一刻,害怕得浑身颤抖。直到谢星忱推开门进来,他的一颗心脏才缓缓落下。

"还好你没事,不然我……"林曜伸手抓着他的手腕,让他转了一圈,"有哪里受伤吗?我看看。"

"没有,我很健康,倒是你。"谢星忱盯着他手臂上缠绕的渗透血迹的纱布,低声叹息,"对自己下手这么狠,疼不疼?"

林曜仍然仰着头看他,觉得像是做梦,没有实感。不知要如何做,才能让心里的慌张散去。他努力确认着谢星忱每一寸都安好。谢星忱能感觉到他的后怕、慌张、无措和懊悔。

"你是真的吗?"林曜喃喃自语,"我判断不了,谢星忱,你是真的吗,还是我在做梦?"

"不确定吗?"谢星忱低声道,"要不要脱光了给你检查看看?"

是真的。除了他,再也没人会说这样的话了。林曜整个人松懈下来,陷入枕头里,低声骂:"你真下流。"

两人对视着,难得没有剑拔弩张,更多的是一种劫后余生的庆幸。

林曜盯着他看了一会儿,才想起什么:"这家医院安全吗?我怕我二次转化的事会暴露。"

谢星忱轻轻地点了下头:"裴将军亲自找的医生,只是帮你做了止血处理。如果他尚有医德,你的检查里面不会涉及这些。"

"好。"林曜滚了滚喉结,试图跟他坦白当时的状况,"我觉得,他们都是 IAAL 的试验品,因为触发了某种机制,所以才会出现自相残杀的场面。"

方才醒来的那一刻,林曜满脑子都是谢星忱那张平静的脸,还有那句"林曜,你刚刚是要杀了我吗"。这句话像是紧箍咒一样轰炸着他的大脑,让他头痛欲裂,心惊肉跳。他垂下眼忏悔道:"我差点儿对你动手。"

谢星忱"嗯"了声,语气倒是轻描淡写:"你以前那么讨厌我,最多也就是格斗的时候稍微粗暴一点儿,怎么可能真心想杀我?我有脑子,不至于连这点都判断不了。"

这种被人无条件信任的感觉,让林曜的心脏像是被什么轻轻撞击着,怦怦直跳。林曜不善表达,盯着他看了好长时间,才轻轻地点了下头:"谢谢。"

客气得都不像他了。谢星忱在心里叹了口气,心想,真是被吓着了,酷哥这回彻底变成受了惊的小猫了。

这时,房门被敲响,裴一忠从门上的玻璃窗上露出半张脸:"林曜,我可以进来吗?"

谢星忱"啧"了声,有些不悦:"他对你有点儿过于关心了,不会是想把裴湘介绍给你吧?"

门外天光昏暗,林曜看了眼仍然站在门口的裴一忠,低声道:"让他进来吧,说不定有要紧事。"

谢星忱"嗯"了声,慢吞吞地起身,直言不讳道:"要见未来老丈人了,迫不及待赶我走?"

这都什么跟什么?真怀疑这人是不是被一枪崩了脑子,神经不正常。

"我不喜欢裴湘。"林曜皱着眉看他抽风,"你为什么会有这种奇怪的念头?"

谢星忱大步起身拉开病房的门,这回多了点礼貌:"抱歉,稍微聊久了一点儿,让您久等。"

病房里弥漫着一股消毒水的味道,裴一忠进去的时候,很轻地皱了下眉。他将手上拎着的刚买来的吃的放在床头,动作和声音都放到了最轻:"你睡了一天,要吃点东西。"

被身为一星之主的大将军这么关照,林曜的思路也跟着谢星忱跑偏了。这人不会真想撮合他和裴湘吧?不行,得赶紧说清楚。

林曜艰难坐起,脸颊还有些烫,他斟酌着出声:"您不用对我这么照顾,我早就习惯了,这都是小伤,不至于这么兴师动众。"

"你以前过的都是什么日子?"裴一忠低声问,"你的父母呢?"

林曜摇了摇头,语气平静:"没有,没有父母。"

裴一忠怔住,盯着他看了许久才说:"抱歉,如果你愿意,可以把我当作……当作你的父亲。"

林曜茫然地眨了眨眼。谢星忱这家伙看人这么准吗?这话好直接,这和让他上门当赘婿有什么区别?不行,他才不要和裴湘结婚!

"裴将军,谢谢您的好意,我习惯独来独往,跟人亲近不起来,还是不要了。"林曜轻声道,"我有点儿累,想再睡会儿。"这也不算说谎,受之前备战区的气味影响,他脑袋昏沉,此刻迫切想要做点什么把那股烦躁压回去。

裴一忠看着他的眼睛,觉得他很倔,像野蛮生长的兽类,浑身上下都充斥着不服输的劲儿,让人又喜欢又心疼。他点了点头,没强迫对方,只是说:"好,我知道了,那我明天再带夫人和裴湘一起来看你。"

林曜心中警铃大响,一时间又想不到别的理由,眼神扫向站在门口的谢星忱,决定把人抓过来当救命稻草:"明天,不行。"

"怎么了?"

"明天要跟谢星忱一起复习军事政治,回去就要考试。"

"那你挺爱学习的,生病还要看书,后天呢?"

"后天,大后天,大大后天,都要跟谢星忱做……做小组作业!"

"那等你出院。"

林曜眼神坚定道:"既然染了血疫的人员已经被全部清理,战后的工作也正常展开,出院后我们就准备返程。您公务繁忙,就在这里提前道别了。"

裴一忠盯着他看了好几秒钟,很轻地叹了口气:"好吧,那你注意身体。本来我是想问问你为什么会受伤,现在看来,你大概也不愿意讲,算了。"

林曜看着他起身出去,这才长长松了口气,整个人陷入枕头里。他抬手抓过床头的电子温度计,按在额头上。等待读数的时间,他看见门口裴一忠和谢星忱不知道在说些什么。难道是发现自己不愿意,所以准备把女儿许配给谢星忱了?

林曜垂着眼,听见"嘀"的一声,他查看了仪器上的数字——三十九度二,还是发烧。

"算了,再睡会儿。"林曜把温度计放回床头,视线在刚拎过来的食物上定格了一秒。没食欲,不想吃,于是缓慢滑下去,陷入了松软的被子里。

刚闭上眼没两秒钟，林曜就感觉一股凉气落在头顶。他被谢星忱抓着肩膀，从被子里捞出来，额头上放上了一块不知道从哪儿弄来的冰过的毛巾，很舒服。他微微抬起下巴，想要更多凉意，却被对方按住，动弹不得。

林曜眯了下眼，表情不悦地皱眉抱怨："你好烦。"又沉默了好几秒，他才问道，"血疫的事情怎么办？得找找源头。"

"这事儿急不来。荒星再衰败，裴一忠也是个将军，如果这么简单就能解决，这么多年来他不可能找不出原因，你觉得靠我们能这么轻易破局？"谢星忱分析。

林曜"嗯"了声，思路清晰："那你赶紧去采集备战区现场的空气，搜集气味，再抽几管我的血液样本，肯定能用上。"当时他一直能闻到一股气味，像是某种控制的诱导。

"想到一块儿了，我已经找人采集完了。"谢星忱划开手机屏幕，邀功似的给他看。上面是他找飞行器空运回首都的血液样本的报告，在林曜昏迷的几个小时内，那边加班加点地出了结果。

"我没告诉程主任你有实验的后遗症，但他根据目前血液里的激素判断，你会逐渐步入应激期，高烧不退也是这个原因。"他道，"这几天只是有点儿小症状，你大概还能撑，再过一周，你会进入更难以控制的阶段。"

糟糕的事情一件接着一件，看到这份报告结果，林曜头疼得厉害："打补充剂也不行吗？"

谢星忱："不知道，我也不认识有这样的经验的人，只是提前告诉你，做好准备。"

林曜"嗯"了声，心想，还能做什么准备？只能硬熬。谢星忧的病那么严重,三天两头地发作,他都能生扛,自己的意志力也不差,肯定能挺过去。只是此刻他觉得困,眼皮沉重。

"睡吧,我在这儿看着你,不走。"

谢星忧将毛巾翻了个面继续搭在他的额头上,而后懒散地滑着手机打发时间。林曜闭着眼,感觉很舒适很安全,很快就再度安眠。

贺离和程博言白天过来换班,让熬了一通宵的谢星忧回去补觉。几人换岗,愣是弄出了一副林曜病危的架势。

"真不用陪我,就胳膊这点小伤。"林曜满不在意,连住院都觉得有点儿多余。现在,他更想知道出现在战后区现场的到底是什么东西的味道,为什么会让人失控至此。

贺离拿着摄像头对准他那张脸,表情严肃:"把刚刚那句话再说一遍,非常适合剪成这次荒星旅行的纪录片的片头,酷毙了!"

林曜无语了……

贺离握着的镜头闪烁着灯,小声道:"说啊。"

"我受伤真是太严重了,差点儿死在这儿。"林曜张口就开始胡言乱语。

贺离想了想,点头道:"也行,凸显出了此次实战的恶劣,配上我录下来的战后惨状,标题可以起为'震惊三千万人民的生死之战,血流成河'。"

林曜:这家伙太有当编导的天赋,来综战院简直屈才!

倒是旁边的程博言,被第一次的实战毒打了一通,此刻提不起什么精神,整个人看上去蔫得要命:"好血腥好残暴,连林曜都会受伤,到底谁给我的勇气走后门都要来?"

"但你扛揍啊,我昨天算是发现你的优点了,被人撂倒了三次还能爬起来,太坚强了。"贺离冲他竖起大拇指。

程博言轻扯了唇,生无可恋地道:"我真的谢谢你!"

林曜想到血疫,想到背后庞大复杂的关系网,认为如果能有真正信得过的人,就可以把自己这个残存的实验体交给那个人研究。只是目前,他还没有找到信赖的研究员。他动了动唇,提议道:"如果你不适合实战,要不要考虑转医学院做研究?崇清的学生在第一学期结束前都有转系的机会。"

"我还真有这个打算,我发现有的人就不适合在前线,原本还有个冲锋陷阵的英雄梦,这次体会过,算是梦碎了。"程博言叹了口气,"我回去就填申请,家里有我爸在,进度很快就能跟上。"

贺离转过头看了他一瞬,难得露出苦恼的表情:"我还没想好学什么,综战院也不适合我,只适合曜哥和谢狗这种全方位吊打他人的人才,段铮也勉强可以吧,能打才行。"

"哟,长大了,开始考虑学业方向了。"程博言伸手拍拍他的脑袋。

"烦死了!"贺离拿着摄影机揍他。

林曜看着他手上的设备,说:"你真挺适合当记者的,又能跑又能拍,你不是跑步特长生吗?拍完就跑,都不会被抓。"

"你损我是逃兵呢?"贺离气鼓鼓地按着快门,看着镜头里的林曜,感叹地说,"生病也这么帅。"

林曜盯着他出神。昨晚谢星忱在这儿待了一夜,把冰毛巾换了又换,自己的体温却一直没有降下去。此刻他掌心烫得厉害,见眼前两人没有要走的意思,还在边吃水果边闲聊,他有些紧张起来。

"快到晚上了,你们叫谢星忱过来换班吧。"实在不得已,林曜只能开口赶人。再过几分钟，他估计就会彻底进入应激期了。

"你真的变了。"贺离瞪大双眼，简直难以置信。

林曜找着借口："不是，这不是好不容易找到机会使唤他吗？不得使劲用？"

就这漏洞百出的理由，那俩人还真信了，连连点头，说马上把人找过来。等到人走后，林曜才拿毛巾擦掉浸出的汗。

昨天谢星忱的提醒没错，血疫的后遗症让他再次进入了应激状态，现在仅仅是开始。他掀开被子下床，把病号服脱下随手扔在洗手池边，进了浴室。手上还有纱布包扎的伤口，他不得已拿下花洒，把温度开到最低。淅淅沥沥地冲了十分钟，水声之间，他听到了病房门被打开的声音。

"林曜？"是谢星忱在说话。

"等一下，我在冲澡。"林曜声音很轻，也不知道他听不听得清，只是把花洒的力度开到了最大。

"是不是不舒服了？"谢星忱伸手按下门把，低声道，"我进来了。"

他推开门，看见站在花洒下湿漉漉的林曜，快步过去拿走了花洒："伤口别弄湿了。"

没了凉水，林曜皱着眉，反手抓住他的手腕："我之前帮过你，礼尚往来，这次换你。"

倒是还残存理智，还知道交换。谢星忱"嗯"了声："怎么帮？"

林曜一脸要把人揍翻的暴戾："只要基础疏导就好。"

他很少主动要求什么，谢星忱停顿了一秒，选择帮忙。疏导结束，谢星忱视线轻飘飘地落过去，问："好点了吗？"

"谢谢。"

"你这么客气，总感觉下一秒就要朝我扔五百块钱。"谢星忱语气认真。

林曜反应了好几秒钟,才骂出声:"滚。"他伸手拿过浴巾,胡乱擦了擦,穿回病号服,刚准备往外走,就被谢星忱拽住衣领拉了回来:"头发很湿,吹干再躺。"

吹风机被插上电,嗡嗡作响。

"嘴巴绷紧又张开三次了,是不是想骂我?"谢星忱从镜子里看着他,精准捕捉到那点小动作。

林曜面无表情,整个人浑身僵硬:"我骂你干什么?你帮了我,还帮我吹头,我没有这么没良心。"

吹完头发,林曜躺进被子里,盯着站在病房另一边的谢星忱,低声道:"今晚不用陪我,你回去吧。"

"所以你让贺离叫我过来,就是把我当工具人?"谢星忱从旁边的手提袋里拿出那本军事政治教材,"我还以为你真要跟我一起复习,还带了书,两本。"

林曜缓慢地眨了下眼,一时之间不知道他是认真的还是在嘲讽。

"睡得着吗?"谢星忱问,想了半天,感觉这事儿最适合他这种学霸拿来打发时间。

林曜摇头,手里被塞进来的那本教材还是画线版的,连他这么爱学习的人都觉得挺离谱。

房间里的灯光昏黄,两人一坐一躺,各自拿着一本书,场面万分诡异。林曜的注意力不在画了线的重点上,余光落在谢星忱麦色的大手上,只见他的手指正夹着一支笔漫不经心地晃。

"你还是回去吧,我真困了。"他的声音闷闷地从书本下传来,仿佛看书真能助眠。

谢星忱:"真困了就睡。"

在医院艰难躺了三天，林曜受不了了，擅自办理了出院。回到营地的时候，霍尔正带着一群人吃早餐。

"你怎么这么快就出院了，感觉如何？"霍院对于这次林曜的受伤非常愧疚，原本就是带着一群大一的小孩出来见见世面，结果出了这样的岔子，裴将军又特别关心，实在是难以交代。

林曜摇了摇头，在最边上坐下："没事，本来就是小伤。"

贺离把刚剥好的鸡蛋递过去，又把吸管插入未开封的豆浆："来，补一补。"

林曜低头喝了两口，才发现少了个人。谢星忱呢？是有几天没见着人，也不知道在忙什么。

"既然林曜出院了，那我们今天下午就准备返程。"霍尔说，"这次大家表现得都非常出色，回去一人加五个学分。"他顿了顿，又看向眉开眼笑的李茂："你扯平，不加不减，段铮因为多次说脏话，倒扣十分。"

段铮："好极了……"

林曜正憋着笑，就见着正前方落下一只手，熟悉的小麦色，骨节修长，此刻拿着他刚喝过的豆浆。

"这个没营养，换别的。"谢星忱说着，打算换上燕窝。

贺离也是胆儿肥了，气鼓鼓地拨开他，为自己的豆浆代言："怎么没营养？刚用豆子磨出来的，就要给曜哥，就要给他喝。"

他的动作有些蛮横，豆浆顿时洒了出来，沾在了谢星忱的手上。"不好意思啊，我给你拿纸。"贺离懊恼道，"都怪你，连递个豆浆都要跟我争。"

谢星忱拿过湿巾，慢条斯理地擦拭着手上的痕迹。贺离则执着于他的豆浆，对林曜道："你等着，我再去给你买一杯冰豆浆，绝对比这燕窝喝着舒服。"

程博言审视了他好几秒钟，评价说："我找到你的就业方向了，敢死队，胆肥跑得还快，很适合。"

"他没介意啊，这不是笑得挺开心的？谢少是那么小心眼的人？"贺离抬了抬下巴，指向谢星忱，起身去买新的豆浆。

见谢星忱坐到了对面，林曜深吸一口气，缓缓出声："你这几天在忙什么？"

"忙着干很多事，装军械，写报告，还抽空给小朋友做了点小手工。"

段铮："大少爷需要亲自动手干这些？"

贺离拿着一杯新豆浆回来时，看着谢星忱还在擦手的动作，问："不是，撒了点豆浆而已，有这么夸张吗？你擦了快五分钟了。"贺离一脸认真，"你是有洁癖吗？"

"没有洁癖，但是要保持清洁。"谢星忱终于把湿巾扔到了垃圾桶里，抬眼看向对面，"林同学，我说得对吗？"一边说着，一边把那碗燕窝二度推到了林曜面前。

林曜皮笑肉不笑："很对，那回程的时间，麻烦用你这双尊贵的手开完全程。"

贺离一脸"看吧，我就跟你说别惹他"的表情："我就跟你说他喜欢喝豆浆胜过燕窝了。"

几人聊着天插科打诨，林曜懒得说话，几口吃完早餐，才迟缓地反应过来，不是，为什么自己非得跟他一个飞行器回去？不行，得换队友。

他挑挑拣拣，看向技术还不错的段铮，平静地开口："回程我跟你走吧。"

段铮表情不悦:"怎么,觉得来的路上惩罚得不够,回去要开始折腾我了是吗?"

一听这话,贺离也来了劲,兴奋不已:"我同意我同意,让这两个家伙一个跟着曜哥,一个跟着谢狗,近距离接受强者的辱骂和鞭笞。"

段铮一脸黑:"C……超有挑战性……"

程博言跟贺离相互交换视线,没忍住,笑出了声。

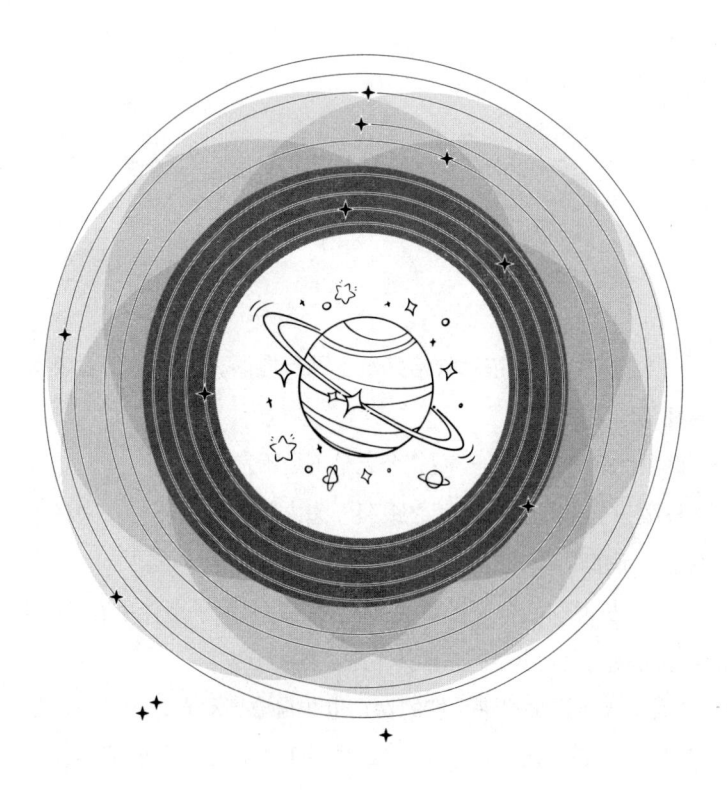

09　玫瑰星球

众人吃完饭，将东西收拾好拿上飞行器时，裴一忠带着妻女浩浩荡荡地又来了。

谢星忱轻"啧"了一声："今天是不是不宜出门？"

林曜只当他是因为谢恒之跟裴一忠之间的关系不好，夹在中间尴尬才不想跟裴一忠碰面，也没出声。

"霍院长说你们今天就要回去，我给大家带了点伴手礼。"林含招呼阿姨把大大小小的东西拎下来，挨个分发。

"大家大老远地过来，您的女儿也非常漂亮动人，一家子好基因。"贺离的漂亮话张口就来，"真是三千年难得一见的遗传性美貌呢。"

"你居然有夸林曜以外的人的时候。"程博言吐槽道。

贺离笑眼弯弯，大包大揽地接过礼物："因为莫名觉得跟她气场相合，一见如故。"

谢星忱双手插兜，神色冷淡。临走还不忘笼络林曜的好朋友，这算盘打得他在外太空都听见了。

裴湘走到林曜的面前，轻声说："这次没机会，等我考去首都那边读书，就去军校找你玩，可以吗？"

谢星忱慢悠悠地说："他很忙，可能没空带你四处闲逛。"

"对，我很忙。"林曜也觉得头皮发麻。他以为那天自己已经说得很清楚了，没想到裴一忠又带着妻女来送行，他简直不知该如何拒绝。

裴湘脸上的笑意淡了下去，有些局促："你是很讨厌我吗？还是我太自来熟吓到你了？"

被直接点明，林曜看着她的表情，到底还是心软了，他轻轻摇头："也不是，主要是……"

要找一个什么理由才能打消这莫名其妙的亲近呢？他想不出来。

贺离拽着众人往飞行器那边挪，嚷嚷道："我们先上去放东西啊，你们慢慢聊。"说完，低声跟程博言说，"这姑娘好看，配我曜哥勉强可以考虑。"

"你曜哥看着好像不怎么喜欢这款。"程博言回头，看着林曜恨不得把距离拉开三米远，"别瞎凑热闹，小心被揍。"

贺离闭上嘴巴，嘟囔道："这都看不上，那他喜欢什么样儿的啊？眼光高成这样，真得孤独终老了。"

大家陆陆续续上了飞行器，谢星忱却站在原地没走。

裴湘听林曜话说了一半，追问："主要是什么？"

"主要是忙。"林曜翻来覆去就这么一句，眼看着大家都走了，附近已经变得空荡，一抬眼，就看到了站在不远处的谢星忱。

对方的眼神很平淡，像是看戏一般置身事外，又像是好奇，想听自己会扯出一个怎样荒诞的理由。林曜跟他对视着，用目光乞求对方帮忙想一个更冠冕堂皇的借口。而平日里话多得要命的谢星忱此刻却一言不发，只是沉默地看着自己，不知道在想什么。

裴湘追问："大一也这么忙吗？都忙什么呀？"

如何才能打消他们想要撮合的念头呢？那只能是，说自己有喜欢的人了！林曜心一狠，直接甩了个大招："我所有的时间都忙着追女朋友。"

这么普普通通的一句话，让现场所有人都瞬间沉默，包括谢星忧。他看着林曜，眉梢微挑，一脸探究：林曜撒谎能达到这种程度了？

实在很难想象这么清清淡淡的人谈恋爱的模样，裴湘瞪大了眼："你有喜欢的人了？也是军校的吗？漂不漂亮？"

林曜只感觉给自己挖了个大坑。他脑子里也没个具象的人，编都不知道往哪儿编。他也从来没想过自己将来要找什么样的对象，总感觉谈恋爱这件事离自己的生活非常遥远。以前同校的女生向他表白时，贺离还在一旁吐槽："你一个都看不上，别最后孤独终老！"

他倒不是眼光高，只是觉得女生普遍娇气柔软，自己性格不算太好，也不知道疼人，脾气真上来了，更不知道怎么解决。想到这儿，林曜才反应过来还没回答，于是模模糊糊地说："对，军校认识的，同学，不算漂亮。"

他越说越觉得心虚，真到了那时候，他到哪儿去找这么一号人来帮忙演戏啊？

林含用胳膊碰了碰裴一忠，实在是好奇，试探着开口问："那她这次怎么没跟你们一块儿过来？"

"她……"林曜是真的有点儿编不下去了，越说越离谱，"她之前意外受伤了，不方便。"

倒是合理，勉强过关。

裴一忠盯着他的表情，欲言又止，最终还是提醒道："你这么单纯，别被人骗了。"

林曜动了动唇："不会的……"说得自己都信了。他拧着眉心，有点儿烦躁，满脑子都是怎么还没问完！

"行，我们全家准备下个月去环星旅行，会路过你们那儿，到时候有空再约。"裴一忠把话题又绕回了最初。

林曜：您近十年总共就去了几次，三年前一次，再往前就是八年前一次。明明是不愿踏入的地界，现在突然要去旅游，实在是诡异。

"我，我还要去照顾她，伤筋动骨要躺一百天呢。"林曜几乎已经是把拒绝写在了脸上。

"那就顺道再去看看你喜欢的人什么样。"裴一忠看了眼时间，"好了，不耽误你们，走吧，一路顺利。"

林曜：算了，真到了那个时候再想办法吧……

他终于露出点自然的微笑，点头道："那就再见，很高兴认识你们一家。"

裴一忠真的非常会顺着台阶往下走，张开手臂说："既然很高兴，那临走之前抱一下吧。"

林曜浑身僵硬着张开双臂，靠了过去。

他不习惯与人亲近，即使是同龄人，也是有了些熟络的室友之后，最近才稍微体会到了一点儿正常同学之间的交往。跟长辈之间，他真是毫无经验。为什么会有这么尴尬的环节呢？偏偏谢星忱还站在那儿看戏，一会儿肯定要被他笑死。

好不容易挨过五秒钟的时间，林曜弹簧一般弹射开来，抬手敬礼："将军再见。"然后，扭头大步走向飞行器，根本无法多停留一秒。

裴一忠轻轻地叹了口气，不知道跟谁在说："算了，来日方长。"

见人离开，谢星忱朝他们微微颔首后，转身跟了过去："你暗恋谁啊？"

林曜装听不见，径直朝段铮的那台破飞行器走去。那飞行器看上去摇摇欲坠，让人有一种不知道什么时候就会从空中坠落的忐忑。

"你真不跟我一块儿啊？"谢星忱又问。

"不跟。"林曜回得干脆，拉开滑动门，抓着把手利落一跃，跳了上去。

谢星忱"啧"了一声，然后跟着跳了上去。三个人都不是特别瘦削的体型，小型飞行器的空间顿时显得格外逼仄。

段铮一脸莫名其妙地转过头："你跑来这儿挤什么？"

"我来关爱残障。"谢星忱语气平淡，伸手就把人从驾驶舱拎起来，"你去我那台。"

段铮眼睛一亮，露出了这趟苦行中的第一个微笑："还有这种好事？"

凡是想当军人的，多少都对军械有着迷恋，而且那可是崇清最新一批的尖端飞行设备，军舰都不会轻易使用，简直就是新生诱捕器。

林曜皱着眉看向他，拒绝道："我不想跟你一组。"

谢星忱居高临下地垂着眼，语气也十分冷淡："你过河拆桥，恩将仇报。"

还没说完，就被林曜狠狠踹了一脚。

谢星忱也不还手，语气平和地跟他讲道理："我比段铮的飞行技术好，你坐着比较舒服，为你着想还踹我，真没良心。"

段铮从驾驶舱起身，站在旁边围观，只觉得战火纷飞。死对头相处果真火气很大，总感觉下一秒这飞行器都得跟着一块儿爆炸。

"你们磨叽什么呢？"霍尔打开通信器，呼叫道，"准备起航。"

听到催促，段铮也懒得听他们吵架，抓住机会拉开滑动门往下一跳，再反手落锁，压根不给人反悔的机会，然后就朝着那台"梦中情飞"大步飞奔过去。

"你怎么来了？"李茂原本要跟谢星忱一组，已经做好了十个小时都大气不敢出一口的准备，此刻一看到熟人，简直要哭出来。

"我把谢星忱揍了一顿，他就让我了。"段铮十分熟练地吹起了牛，"让我来试试新产品。"

只有贺离十分担忧："这到底是在惩罚谁啊？怎么能让我曜哥坐那小破烂？来的时候，起飞时，我感觉它的两翼都快震碎了。"

还没说完，就见眼前那架破破烂烂的飞行器拔地而起，以一个非常陡峭的线路直撞云端，顺滑流畅得简直看不出是十年前的老物件。

"我现在觉得错怪飞行器了，是驾驶员的问题。"贺离咋舌。

而刚经历了旱地拔葱式起飞的林曜表情十分凝重："你是不是在打击报复？"

"没有。"谢星忱熟练操作着，语气十分坦然，"再不赶紧飞，我怕你会跳下去。"

林曜：你还真半点儿都不藏着掖着，直白得离谱。

只是不知道是不是方才起飞得太猛，好不容易降下去的体温又有点儿重来的势头。

林曜闭上眼，不再看他。只是不知道过了多久，感觉有视线一直盯着自己，他再次睁开眼。"你是不是有病？"林曜用余光看向操纵台上亮着的自动驾驶的灯，皱起眉，"你有看人睡觉的癖好？"

谢星忱一眨不眨地盯着他看："刚才飞行无聊的时候，我在思考一个问题。"

林曜："什么？"

"你刚才说在追女朋友……"

"编的，骗他们的。"林曜听到这个，利落地回答。

谢星忱"嗯"了声，探究地盯着他："我只是很好奇，你会喜欢什么的人。"

林曜看着他的眼睛，试着揣测自己的内心："可能，如果一定要有另一半，我希望我们互补又相似，厮杀又相爱。"

身后，操控台突然开始连续闪光，发出连续警报："注意，航线偏离。注意，动力过载。注意，注意，下降速度已超过预设数值，请立刻进行检查。"

飞行器像是被卷入了一个莫名的磁场，以一个歪歪扭扭的角度旋转俯冲。

通信器内传来霍尔焦急的声音："谢星忱，你们那边怎么回事？"

段铮咒骂出声："来的时候就说这破玩意儿有掉下去的概率，没想到还真掉啊？这什么破质量？"

"曜哥，你们能听见吗？"贺离焦急呼叫。

"愣着干什么？手动操作啊！"林曜伸手去推谢星忱，却看到他额头猛然浸出了一层冷汗，嘴唇绷着，浑身僵硬，完全没了先前的游刃有余，手指扣在座椅两侧，指尖用力到发白。而飞行器脱离了轨道，像是流星一样猛然下坠。

恐高！谢星忱之前提过，他因为第一次试飞差点儿坠机而害怕飞行，原本打算去政大，根本不打算来崇清的。但他当时轻描淡写地说已经克服，林曜也就没当回事，现在看来，只是在平时用强大的意志力克制了心理障碍，并不是全好了。

"稍等，两秒钟。"谢星忱低声开口。他闭上眼，努力把第一次试飞失败的场景从脑内驱除，却反复记起飞行器坠地、火花四起的那一秒，逃离的那一刻，身后是一片爆炸声。

"你在这儿休息，我来。"林曜利落地解开安全带，把谢星忱按在副驾驶座上扣好，坐到操控台前，回看方才的行驶记录。谢星忱的设置没有半点儿问题，那到底是为什么？

飞行器几乎已经无法保持平稳，林曜握着操纵杆往上拖拽，极力想要摆脱那莫名其妙的引力，却万分艰难。

"霍院，这片星域的引力发生变化，我们大概是被卷进去了。"林曜面色平静，尽力让旋转的飞行器停止翻转，"情况不太乐观。"

要做好迫降的准备。林曜看着操纵台上的数字，低声道："再这么冲下去，风挡玻璃会破裂，我们俩会玩完。"

谢星忱转过头看着他，见他在这么混乱的状态下仍然冷静地操作，那股焦躁变得安定下来。"那我的命就交给你了。"他笑道，"不过死了也没关系。"

林曜冷着脸道："我在这儿，你死不了。"说完，又语气冷淡地补了一句，"再说这种丧气话，我真揍你。"

说这话的时候，他已经艰难地带着这小破烂驶出了那片失控的星域，只是因为连续翻转失控，两翼已经出现掉落，风挡玻璃也有破掉的危险。此时，通信器的频道内接进来一个陌生的通信号码，林曜点击接起："您好。"

"我是谢恒之，霍院说你们的飞行器出了故障，是你在开？"他语气平静。

"嗯，现在是我。"林曜寻找着屏幕上的最佳迫降点，密密麻麻的大小行星在地图上闪烁着，让人眼花缭乱，一时无法确定地点。

谢恒之朝仪器上发送了一个星系坐标："去玫瑰星，那儿距离你们现在的位置最近，我会找人尽快救援。"他顿了顿，语气里流露出一点儿身为父亲的关爱，语气却仍然很强势，"星忱恐高，我相信你能安全迫降，我要你把他安全带回来。"

林曜转头看了眼坐在旁边的谢星忱，他双眼紧闭，呼吸急促，看上去状态很差。林曜忽略了对方命令的口吻，淡声说："知道，死不了。"

林曜抬手点击挂断后，借着失控的速度，朝着标记的星球位置飞速驶去。随着逐渐接近玫瑰星，引力变得巨大，像是拖拽一般，把人的五脏六腑都挤压在一起，连林曜都开始觉得不适。

"呜呜呜，曜哥……曜……你们还好……"

"林曜……情……如何……"

"听不见吗？请……答……"

频道内队友的呼叫已经听不清，通信器开始出现杂音，飞行器以非常恐怖的速度朝着玫瑰星的地表坠去。林曜压着呼吸，不停告诉自己："没事，可以的。"

只要把速度往回拉到最大，避开地图上那片蓝色的海域，他们就可以在玫红色的陆地上迫降。

谢星忱压着快要爆炸的心跳,看着仪表盘,下了判断:"左手二挡,右手减一,倾斜二十七度,降落。"

林曜偏头看了他一眼,收回视线:"收到。"

剧烈的轰鸣声中,飞行器从漫天的繁星里撞破云层,下坠、再下坠。谢星忱抬手盖住脸,耳朵刺痛,眼前昏黑,心脏刺痛得像是扎入了一万根钢针。

林曜握着操纵杆的手臂绷起了明显的青筋,破碎的飞行器以倾斜的姿势划过蓝色的大海,潮湿的海风穿过破碎的风挡玻璃卷入机舱。在急促的滑行中,飞行器"轰"的一声撞入粉色的沙滩。

冲撞,爆鸣,急刹,翻转。林曜被撞飞,即将翻转坠出时,他眼疾手快地解开了谢星忱的安全带。飞行器的滑门却打不开,锁了。机头撞地,碎裂出一道巨大的缝隙,仪表盘内的电流滋滋作响,即将起火。

"出去……"林曜拽着谢星忱,顾不上手臂上再度出血的伤口,抓紧他的后腰,借着冲撞的力道翻滚而出。

安全落地的那一刻,机舱骤然起火。林曜抬手捂住了谢星忱的眼睛,如同上次他挡住自己的恐惧。

"没事了,还活着。"他这才发现自己的声音都在颤。

谢星忱没有应答。大概是方才坠落时候受到了撞击,他的额头上渗出了一些血迹。林曜把他扛起来,逃离了一旦爆炸可能会被波及的区域后,才把人以平躺的姿势放在地上。只见谢星忱此刻双眼紧闭,浑身痉挛,僵硬得好似听不见自己说话,像是骤然昏厥了。

"谢星忱,谢星忱,能听见吗?"他半跪在地,双手交叠试图做心肺复苏。

见没有反应,林曜头一回慌乱不已,拼命按压着,恨自己没有更多的医疗知识,除了这个,什么也不会。

"你敢就这么死过去试试看,做鬼我都不会放过你!哑巴了,不会说话了是吗?"林曜按一下骂一句,希望等来他的回答,但是没有。

他垂着眼喘息着,继续做心肺复苏,一次,一次,再一次,绝不放弃。

"谢星忱,不许你死。"他低声喃喃,"不可以。"

"有你在,死不了……"

"谢星忱……"他低声叫对方的名字,手指落在他的额头上,摸到了黏腻的痕迹,"你还在流血。"

谢星忱"嗯"了一声,满不在意地说:"被吓到了吗?"

回想方才无论如何按压心脏都唤不醒人的场景,林曜仍然觉得后怕:"怕你就这么死了,我会良心不安。"

"不会,我从小就命大,好几次都死里逃生活下来了。"谢星忱轻描淡写地带过。

飞行器的火蔓延出烧焦的气息,熊熊燃烧着,像是和玫红色的沙滩融为了一体。林曜盯着那边,突然出声:"完了,刚坠落的时候发射器出了问题,他们找不到定位。"

他们坠落的地方在海域,附近荒无人烟,连只飞鸟都没有,只有寂静的风、缓慢的时间和玫红色的天地。林曜不是坐以待毙的人,小时候会在大火肆虐时挣扎逃出,二次转化后也在极力适应,现在也绝不可能就这么等着时间一分一秒地过去,血液流干。

"我试试能不能发射信号。"他想要回到飞行器那边,被谢星忧拽住。他摇了摇头："随时可能爆炸，别去。"

林曜站着，垂眸看他，语气冷淡："难道就在这儿等死吗？饿死，渴死，因为不知道什么时候太阳落下而冻死？"说话间，只感觉到自己的血液在沸腾，他下定决心，低声道，"趁着还没爆炸，我再去试试。"

谢星忧跟他产生分歧，伸手把人往回拽，艰难站立起身："那我去，你给我待在这儿，不许动。"

这种时候，两个人都倔得厉害，四目相对，谁也说服不了谁，而大火还在蔓延，显然已经不再适合进去尝试点击操控台发送信号了。谢星忧叹了口气，到底还是妥协，伸手抓着他的手腕，大步朝着那团火的方向走："算了，一起，要死一起死。"

两人大步跑回飞行器的位置，操纵台已经被撞得支离破碎，地图上显示坠落的位置和预计地点也相差甚远，救援困难。林曜把掉在驾驶舱下的通信器拿了出来。行李也被撞得不知所终，只剩下一箱裴一忠临走时送的伴手礼，有吃有喝，倒是能让他们在这荒郊野外多存活两天。

"滋滋滋——"通信器发出杂乱的噪音。林曜试着调了好几个频道，低声呼叫："玫瑰星坐标不明，呼叫救援，等待应答。"

无人回应。

谢星忧弯腰抱着那箱礼物，跟着林曜踩在玫红色的沙滩上，漫无目的地走。

玫瑰星看起来和之前去过的地方完全不同，不像荒星那样饱经战乱，萧索荒凉，更像是原始的未被开发的星系，林曜却觉得眼熟。记忆里，他好像也曾见过这样一片玫红色。

"怎么了？"谢星忧观察到他停顿的表情。

"我总觉得,我在哪里见过这样的场景。"林曜闭上眼,脑子里闪过曾经在 IAAL 里见过的画面,狭小的实验室,无数的针头,一扇巴掌大的窗。

那扇窗轻易不会打开,只是有一次,林曜不知道被注射了什么药剂,力量猛增,拆掉了窗户上的遮挡物。当时他看到的,就是这样一大片的玫红色。那时,他第一次觉得,外面的世界好漂亮。

"我的很多记忆都被清理干净了,留下的全是碎片,从实验室的大火中逃离出来的时候,我是在首都,所以我理所当然地觉得实验室就在首都。"林曜转头看向他,"可是,在那之前有一次我昏迷了很久,像是被转移过。"

谢星忱立刻明白了他的意思:"你是说,你来过这儿,你曾经大部分的时间其实是在玫瑰星,只是最后被转移过去的时候出了岔子,你凑巧逃了出去?"

林曜点了点头。

居然歪打正着找到了实验室的所在地吗?就这么巧?可是两人走了好长时间,除了无边的海、玫红的天,既没有看到建筑也没有看到人,像是闯入了一个无人知晓的粉色幻境。

林曜停下来,伸手扯着领口:"谢星忱,你来的路上打抑制剂了吗?"

"昨晚打过。"谢星忱抬手抹掉额头上的血,分析道,"这里磁场很强,会影响精神力,如果 IAAL 实验室在这里,那么一定是因为这里的磁场有助于实验更好地进行。"

林曜却一个字都听不清。

"你怎么了?"谢星忱看着他的眼睛。

林曜摇头否认:"没有,继续走吧。"

他现在迫切需要找到一个地方冲凉,如果没有,大概真的会转身跳下那片海清醒清醒。他不喜欢被掌控的感觉,准确地说是很讨厌!

沿着海岸线不知道走了多久,两人终于看到了一个废弃的木屋,里面起了灰,除了简易的床架和摇摇晃晃的木门,什么都没有,但总比风餐露宿要好。林曜把外套脱下来去海边弄湿当成抹布,把里面简单擦了一遍,谢星忱坐在门口摆弄着通信器和毫无信号的手机。

什么功能也用不了,谢星忱点开手机的摄像功能,对准里屋的林曜:"大家请看,这个男人叫小林,他闪现木屋,究竟是道德的沦丧还是人性的扭曲,小谢尾随前来,让我们一探究竟。"

"你被贺离附身了吗?"林曜冷冷淡淡地抬头看了他一眼,"无聊。"

谢星忱"哎"了声,大剌剌地敞着腿,额头上的血迹已经干涸:"这不是没事找点事做吗?万一一直没人来救援,你就要天天这样跟我过了。"

林曜对上那双漆黑的眼睛,心说,你的表情看着还挺期待。他屈着腿坐在那张简陋的木床上,感觉住院三天好不容易降下去的体温有上升之势,心情十分烦躁:"谢星忱,你过来揍我一顿吧。"

"烧傻了?"谢星忱起身,掌心触碰到他的额头,发现两人都烫得厉害,"怎么一言不合就想跟我打架?"

林曜闷着声沉默了一会儿,使唤人:"去看看伴手礼里面有什么东西,饿了。"

东西大概是林含准备的,一人一箱,但林曜的那一份显然比谢星忱的要丰富很多,即食燕窝、当地特产的糕点,各种山珍海味,加起来够吃上一周,里面甚至还有一个十分精细的纯金平安锁,看起来像是小孩子戴在身上的东西。

林曜拨弄着那把锁,有点儿想笑:"你有吗?"

"没有,我甚至觉得我的礼物是给你挑剩的边角料。"谢星忱随手翻了翻,无奈道,"这也太区别对待了。"

林曜唇角微翘,晃着手上的燕窝,学他欠欠儿的口吻说:"求我。"

狗东西当然是没有下限的,他双手撑在床沿,额头上还沾染着干掉的血迹,的确有点儿破碎且动人的英俊:"求你。"

林曜:什么叫蹬鼻子上脸?!

谢星忱保持着姿势不动,语气很是诚恳:"我都求你了,你就不能看在伤者的份儿上退让一下吗?"

"我真是上辈子欠你的!"林曜咬牙切齿,一边骂一边利落地撕开包装,恨不得将整碗燕窝直接倒在他嘴里。

哪怕是在这种时候,少爷也十分注重得体,一口一口慢条斯理,绝不狼吞虎咽,还一边招呼:"你也吃啊。"

林曜也不再讲究,两人就这么分食了那一碗燕窝。

感觉呼吸变得越发急促,林曜不禁恨起了这该死的磁场。

"你爸不是很牛吗?怎么救援效率这么低?"林曜冷冷地吐槽,"联盟长也不过如此。"

谢星忱看着他烦躁的表情,低声安抚:"别急,很快就来,他比你急。"

林曜还是烦,闭了下眼,努力想要压下体内的高温,低声道:

"困了,睡会儿。"

谢星忱倒是意外地好说话,给人留下空间:"那我出去散步,晚点回。"

"嗯,注意安全。"

谢星忱捡起门口的通信器,沿着海边走了很长一段路,试图找到一个可以发射信号的信号点。他转动频道,除了"滋滋"的电流声,别无其他声响。正准备原路返回,他发现正前方的软沙里有团毛茸茸的东西在挣扎。因为浑身粉色,和玫红色的沙滩融在一起,差点儿让他没看出来。

"救我,帅哥,救我!"它扑棱着翅膀,尖锐大叫。

谢星忱挑眉,还会说话,嘴巴挺甜。他走过去,弯腰把小东西拎起来,悬在空中凝视,不知道该叫它鸟还是什么:"看着挺健康的,你哪儿坏了?"

"脑子撞晕了,脚软,飞不起来。"小粉鸟说着,翅膀落在他的手腕上,语气严肃,"你的心跳超过了正常频率,精神力指数正在急速上升,我断定,要么,你恋爱了,要么,你发骚了。"

谢星忱拨开那粉红翅膀,研究道:"你到底是个什么玩意儿?"

"他们研制的最新一批陪伴机宠,可以跨星飞行,非常高级。"它拍着胸脯,大言不惭地夸着自己,"我是最聪明的那一个,所以逃了出来。"

"他们?"谢星忱抓到关键词,表情严肃起来,"这附近有实验室?"

"对,什么乱七八糟的实验都搞,里面全是变态。"小粉鸟自动将自己归于其中,"我也是。"

难道真是林曜曾经待过的 IAAL 实验室？首都的被大火摧毁，这里的居然还在，什么叫得来全不费工夫？谢星忧低下头，跟掌心里的小团子对视："跟你做个交易。"

"你说。"

"我收养你，把你带回去好吃好喝地伺候，以后也不会卖你，你可以享尽荣华富贵，但你要把知道的所有实验室的信息告诉我。"

对方却十分警惕，打量着他额头上的血迹和脏兮兮的队服："你怎么证明你有钱？怎么保证不会虐待我？怎么让我相信你不会转手把我卖掉？我很贵的。"

谢星忧摸出手机，试图点开银行卡的余额——没网，加载不出。谢家二少头一回体会到什么叫捉襟见肘。他抬头看着玫红色的天，心说，总不能指着那颗暗星说，看，那是我买的。好蠢！

"骗子。"小粉鸟看他面露难色，跟某人一样高傲毒舌，"穷鬼不要想养我。"

谢星忧神色淡淡，作势把它扔回原位："那你就在这荒郊野外等死吧，祝你一年后能找到心仪且有钱的主人。"

一人一鸟，沉默对视。

"好！冲你这气势，我赌一把。"小粉鸟抓着他的掌心，"走吧，给我起个名字。"

"回去有人给你取。"谢星忧淡声道。

小粉鸟拉长声音："是谁呀？男的女的？漂亮吗？"

谢星忧笑了声，跟它聊天解闷："回去就知道了。"不过他有点儿怀疑把这家伙带回去是不是正确选择，于是捏着小鸟的后颈提醒道，"一会儿回去不许乱说话，林曜脾气可没我好，分分钟把你剁了。"

"小粉毛"昂首挺胸:"不可能,我人见人爱、花见花开,曾连续三年被实验室评选为'最受欢迎的机宠',要不是价格没谈拢,早被卖出去了。"

谢星忱不置可否:"你就吹吧。"

他走到木屋门口,发现里面已经没有动静,安静得只剩下海边的风声。

"林曜?"谢星忱站在门口叫他的名字,"现在感觉如何?"

无人应答,不知道是睡着了还是晕了过去。谢星忱站在门口等了一会儿,见仍然没反应,实在担心,把那摇摇欲坠的木门往里猛然一推,门直接开了。

简陋的木床上,林曜头发潮湿,整个人背对着自己,好似陷入了昏睡。

"哇,帅哥!"小粉鸟感叹道,"我去贴贴!"

它脚坏了,不能飞,只能七拐八拐地往那边艰难挪动,却执着于想看帅哥的美貌,锲而不舍地抓着木床的腿往上爬。

谢星忱脱下外套搭在林曜的后背上,顺手把它拎了上去。小粉鸟跳到另一边,小翅膀触碰到林曜的脸颊,毛茸茸的触感,很痒。林曜恍惚间听见有人进来,却因为疲惫不想睁眼。

"心率过高,激素过高,他正处于应激期。"小粉鸟抬头出声,才迟迟看到对方做了个闭嘴的动作,"你示意晚了,他好像醒了……"

什么东西?叽叽喳喳的,好吵。林曜偏过了头,却躲不开那触感,被迫睁开眼,就见一团粉色的毛茸茸的东西在跟前,小翅膀还搭在自己的脉搏上。

林曜面无表情把它捏进掌心里:"谢星忱,你从哪儿弄回来的蠢东西?"

"捡的。"谢星忱轻咳了一声。

小粉鸟拼命挣扎:"他好凶!"

林曜转头,看着站在床边的谢星忱,因为被吵醒而语气不悦:"把它弄走,不然我丢海里。"

小粉鸟浑身一抖,察觉到杀意,瞬间不敢吱声了。谢星忱伸手接过来,将小粉鸟放在外套口袋里,低声道:"闭嘴,不要再说话,不然救不了你。"然后抬手落在了林曜的额头上,拨开他潮湿的头发检查了一下,"烧退了一点儿。"

"这鸟暂时不能扔,它是从实验室里跑出来的,还有用。"谢星忱猛然捏了一下小粉鸟的肚子,示意它赶紧乖巧一点儿,然后重新将它放到林曜跟前,"我猜测,IAAL现在摇身一变,成了正常的实验室,研究这些东西是表面的幌子。"

林曜低头看它:"实验室里跑出来的?"

"对,主人,一看我们俩就很投缘!"小粉鸟瞬间认清了谁是老大,昂首挺胸道,"我一看你就比那个穷鬼厉害。"

"穷鬼?"林曜反问。这两个字跟谢家少爷有半点儿关系?

"他!"小粉鸟翅膀朝着谢星忱一指,"我留在这儿,主要是被主人的魅力折服了,你想知道实验室的事,我把我知道的都告诉你!"

谢星忱轻轻地"啧"了声。不愧难怪能连续三年被评为"最受喜爱的机宠",就这见风使舵、察言观色的本事,没有十年班味儿根本比不上。

林曜终于对这个家伙有了好脸色:"你说。"

小粉鸟用翅膀碰了碰他的手指,谄媚道:"你先给我起名字,我们绑定了主人和机宠的关系,我才能说。"

林曜抬眼,看着站在门口因为个儿太高挡住光线的那位,冷冷道:"谢呆……"想叫"谢讨厌",到底怕伤人,忍住了。

鸟跟谢星忱都陷入了沉默,这名字起得可真够粗暴嘲讽的。

"您和谢呆绑定为主人和宠物的关系,它将永远忠诚于您。如果您单方面解除绑定,它将带着您的所有信息进入自杀模式,绝对保密,请安心。"一道和"粉毛"的声音不同的机械音响起。

听到提醒,林曜皱起眉心:"不是,这不是道德绑架吗?"他本来想打探下消息就把这只蠢鸟弄走,结果起个名字就要负责终生,这也太强盗了!

谢呆扑棱着翅膀,语气哀怨:"您不会是想当始乱终弃的渣主人吧?"

林曜:不知道为什么,莫名感觉这鸟跟谢星忱一个德行。

"看你表现。"林曜直奔主题,"说说,实验室怎么回事?"

谢呆换了个姿势,非常自来熟地躺下,露出圆滚滚的肚子:"实验室在玫瑰星最东边,一共二十层,地上地下都有,我这种机械宠物当然只能在等级较低的地下三层。"

"老板是谁?"

"不知道。"

"实验室对外名字是什么?"

"不知道。"

"别的楼层还研究什么?"

"不知道。"

林曜太阳穴直跳,忍着想要掐死它的冲动:"那你知道什么？"

谢呆理直气壮地重复："实验室在玫瑰星最东边，一共二十层啊，很好找，你想去我可以带路。"

就知道个地址，怎么能骄傲成这样？林曜抬手摁住眉心，把粉鸟塞到谢星忱手里："你带回来的蠢货，你自己解决。"

"主人，您要抛弃我吗？我可是您亲自命名的谢呆啊！"它立刻又切换了一种音色，"我可是最高级的可以跨星飞行的机宠！"

听到关键词，林曜抬眼，燃起希望："你可以跨星？那你能回首都帮我们叫救援人员过来吗？"

谢呆扑棱着翅膀，一脸尴尬："暂时不行，我从实验室逃出来时撞到了脑子，现在飞不动，还需要恢复几天。"

林曜："呵……"

"别气。"谢星忱及时安抚，"跟一只蠢货置什么气？你要是把它丢了，它就得原地自杀，还是挺可怜的。"

林曜愤愤不平："你带回来的，你自己养。"

嘴硬心软。谢星忱唇角弯了下："好，我养。"

林曜觉得自己莫名接了个烂摊子，又因为身处野外却处于应激状态而烦躁，没想到对方居然应了，愣了下。他缓慢眨了眨眼，裹紧了对方的队服："那……那我再睡会儿。"

谢星忱："睡吧，我能睡吗？确实有点儿困了。"

"睡吧。"他想起什么，又低声道，"这家伙除了测心跳脉搏，应该没别的功能了吧。"

谢呆昂首挺胸，骄傲道："不是哦，我还能根据你的身体状况和神态反应做心理分析。"

林曜扫了它一眼："我怎么确定你说的是不是真的？"

谢呆小翅膀上下挥舞着大声证明:"因为我绝对不会说谎!我的程序设定不允许我说谎!"

林曜淡淡地看着它,无情道:"说不定你的程序太烂,要不怎么撞了脑子就飞不动了?估计小脑萎缩,四肢不勤。"

谢呆:什么?!自己这风风光光的三年,何曾受过这种言语屈辱?!它拿翅膀挡着眼睛,慢吞吞地爬过去,抓着谢星忱的衣服下摆:"他好凶,他骂我,呜呜呜……"

谢星忱叹为观止:"林同学,你是在霸凌一只鸟吗?"

林曜心想,这家伙太会装,一秒一个性格。他语气平静地道:"我只是告诉它事实,如果你非要站在它那边,那我也没办法。"

谢呆昂首挺胸。这是主人和机宠的双向调教,不能因为你是主人就为所欲为。

"不,我站在你这边。"谢星忱遗憾弯腰,拎着谢呆出去,将它放在那已经快破了的门边上,"因为你让他不高兴,所以你只能睡这里了,谢呆呆,抱歉。"

谢呆:抱歉?你三十七度的嘴怎么说出这么冰冷的话?表面亲昵地叫人家"谢呆呆",动作却恶毒得很!

谢呆蹲在咋吱作响的木门外,吹着海边的风,很惆怅。好像选错主人了,这个家没有它的容身之处。但系统已经绑定,它无处可去,只能可怜巴巴地趴在那个小窗户上往里看。

"哎,鸟生艰难。"谢呆叹气。

看来要想在这个家待下去,就要讨好林曜。谢呆再次叹了口气,一瘸一拐地往外走,花了好几个小时,从附近的森林里弄回来一大堆粉红色的果子,然后献宝似的,绕着林曜和谢星忱摆了一圈,然后拿过谢星忱的手机,拍了张照,美滋滋地等待表扬。

林曜断断续续睡了一阵，终于感觉体内的燥热暂时下去了些，一睁眼，就看到那只蠢鸟抱着手机晃来晃去。

"喜欢吗？"谢呆扭来扭去，"我特意给你们布置的。"

林曜垂下眼看向照片。他们俩躺得笔直，周围用粉色果子点缀了一圈，很像是下葬。他懒得吐槽，伸手捂住谢呆的嘴，小心翼翼地起身，生怕弄醒了旁边还睡着的人。

明明动静很轻，谢星忱还是醒了，睁眼看了他们俩一瞬，便半撑着坐起。看到旁边一圈粉红色的果子，他评价道："你们俩在给我下葬？"

"看吧，我也觉得很像下葬。"林曜把手机递过去，完全没有意识到自己有拉帮结派的嫌疑，"它还拍了合照诅咒我们俩挂掉。"

看到两人站在了同一阵营，谢呆瞪大了双眼："天杀的，不要冤枉我！我这么辛苦搬运了这么多果子，我还瘸腿飞不起来，有没有良心？！"

谢星忱瞬间原谅了这花圈似的摆法，收下了照片："挺好看的，得赶在手机没电之前设成屏保。"

"你的审美真是让人不敢恭维。"林曜转过头，看着眼巴巴等待夸奖的肥鸟，"下次别弄了，腿瘸了就好好养伤。"

听出来了，这是在给台阶，不容易。谢呆赶紧翅膀比画了个大大的爱心："等我可以飞了，我就去许愿岛给你弄最高级的许愿宝石，有了许愿宝石，什么愿望都能实现。"

林曜怔了几秒钟，居然在认真思考愿望实现的可能性，同时又觉得好笑，这许愿岛能让他的身体变回二次转化之前吗？显然不能。

"哪有什么任何愿望都能实现的宝石？你在实验室看动画片长

大的？"他顿了顿，又说，"这就是个荒岛，上面什么都没有。"

"真的有。"谢呆执着地强调，翅膀搭在他的脉搏上，直言不讳道，"而且，根据对你的反应的分析，你其实想要，特别想要。想要就要说出来，有什么关系呢？"

"我不想，求人不如求己。"林曜很轻地扯了下唇。

谢星忱观察他的表情："不想？"

"我连圣诞老人都不信，信这个？"他起身穿回自己的衣服，"走，带我去实验室。"

比起那些虚无缥缈的幻想，他更想要尽快查明真相。

听他们聊天的工夫，谢星忱把外套穿回，两人一鸟踩着玫红色的沙滩朝着目的地走去。

如谢呆之前所说，实验室是一栋非常恢宏的建筑，二十层，远远就能看见。从外表上看，和首都星里任何一个财阀的私人建筑没有区别。只是外墙是一整个镜面，没有任何名称标记。

"从地下停车场的后门可以溜进去。"谢呆压低声音，"那边的胖保安每天摸鱼，我就是趁着那时候逃出来的。"

从靠近这栋建筑开始，林曜就觉得熟悉，像是回到了从小生长的地方。虽然外形不同、格局不同，但气味相似，让他感觉胸腔里的气体仿佛被抽空了一般。

"难受？"谢星忱观察到他呼吸的频率变得急促。

"还好。"林曜观察着那些区分开来的隔间，发现里面进行的都是一些表面上冠冕堂皇的实验，这样的找法如同大海捞针。他正准备转过身，突然被谢星忱猛然拖到了狭窄的拐角之后。他回过头，看到停车场的车上下来了一个意想不到的人——琅庄的负责人庄琅。

"他怎么在这儿?"林曜喃喃自语,"买家?还是股东?"

琅庄里的确是有很多专供有钱人消遣的新奇玩意,如果说庄琅是买家或者中间商,好像也说得通。

谢星忱捂着他的嘴巴,低声道:"别出声。"

林曜盯着庄琅的方向,试图从他打电话的口型中读出些什么,然而三分钟过去,一无所获,于是松了力道,才发现谢星忱宽阔的手掌还盖在自己脸上。林曜闭了下眼,不敢有大的动静,只能小声示意:"松开。"

谢星忱却把他扣得更紧,低下头说:"别乱动,被发现就说不清了。"

许是怕被别人发现,他的声音很轻,几乎成了气声。林曜的脑袋被迫仰着。

感觉到掌心下的热度,谢星忱垂眸看向他:"好烫,怎么又开始发烧了?"

谢呆被林曜握在手心里,差点儿被捏死,艰难出声:"温度升高,你在发……烧!"

林曜:"因为还在应激期,体温时而升高很正常。"

谢呆大汗淋漓,冷汗直冒。能让机械宠物强行改口,好强的压迫感,果然在死亡面前,求生欲就这么水灵灵地出来了。

"不舒服的话,要不要先回去?"谢星忱盯着上行的电梯,低声道,"里面有监控,我们俩不能露脸。"

谢呆举起翅膀,一副"我来带飞全场"的架势,学着他们压低声音:"我可以悄悄飞上去!实验室内有很多粉鸟乱飞,不过他们能被召回,我之前偷偷把身上的这个功能给卸载了,嘿嘿!你们在外面等我,我去看看。"

"行,那就交给你这只最厉害的鸟王了。"谢星忱真的很会哄鸟。

"你这人挺会说话,算是还有优点。"谢呆雄赳赳气昂昂,一瘸一拐地走了。

林曜轻轻地"啧"了声,算了,看在这只蠢鸟还有点儿用的份儿上,暂时不跟它计较。两人从地下停车场出去,找了个隐蔽的地方等探子回来。

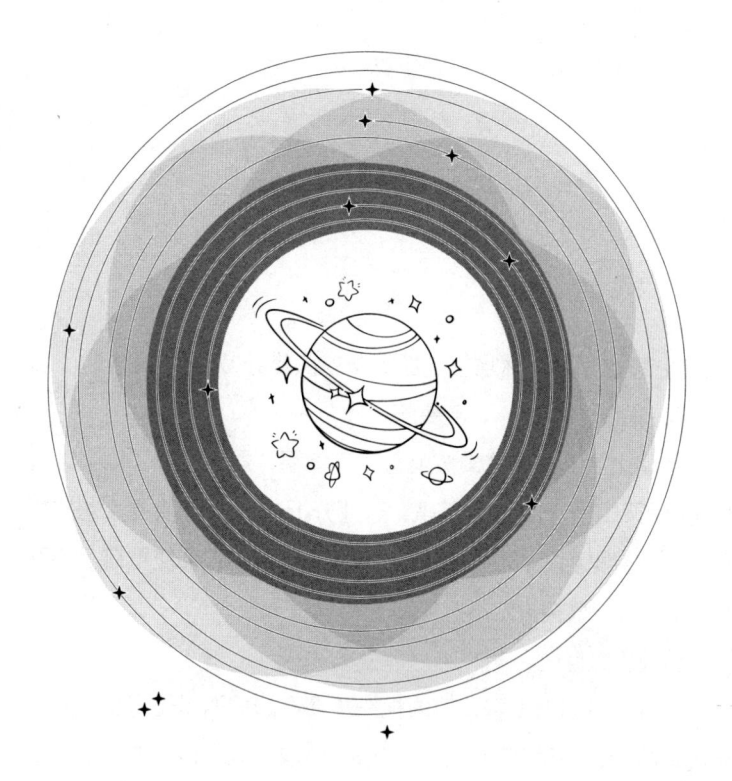

10 许愿晶石

"它靠谱吗？"林曜想到那笨蛋就头疼，"万一它身上装了监控，我们俩的行踪搞不好会暴露。"

谢星忱抬手在他的额头上量了下体温，居然又降了回去，有些匪夷所思，但到底放心下来，这才分析道："如果真有人想监视我们，木屋里到处都可以装仪器，早暴露了。它都能把自己的召回功能卸掉，监控肯定早拆了。"

林曜想想也是。

等待的时间很无聊，他的视线落在身边的谢星忱身上。此刻天还是暗着，凌晨三四点的天空很是暗淡，只有很淡的光落在他的侧脸。这家伙不说话的时候，长得还算是人模狗样。

"看什么？"谢星忱察觉到他的视线，却没转头，低头摆弄着一直没有信号的通信器。

林曜飞速挪开视线，看向大海的远处："我在看谢呆说的许愿岛。"

谢星忱抬头扫了他一眼："不是说不信吗？又看？"

林曜只能转头看向远处模糊的岛屿："是不信，但也挺好奇岛上是不是真的有它说的那种东西。许愿晶石，听着就很扯。"

"想知道就一起去看看。"谢星忱说。

"不去，就跟圣诞老人一样，肯定是假的。"林曜淡声道。

十来岁时，他曾打过黑工，工作内容是钻进圣诞老人玩偶服里，扮演给别人发礼物的圣诞老人。看着那些小孩子拿到礼物的欣喜，他只是漠然。世界上没有圣诞老人，虽然他更小的时候也曾期待过，只是最后期望落空，才发现这只是一场骗局。

真实，谢呆摇摇晃晃地撞了回来，扑棱着翅膀往谢星忱手上跑："快，快走，差点儿被抓！"等逃回木屋，它还在瑟瑟发抖，一副死里逃生的架势，"他们好像在密谋什么，大半夜来了一大群人，我还看到很多粉鸟正在被装入监听设备。"

"猜到了。"林曜盯着他，"还有呢？庄琅，就是刚那个男的干了什么？"

谢呆两个翅膀一摊："不知道。"

"别的实验室还在干什么？"

"不知道。"

"负责监听的粉鸟要被送去哪里？"

"不知道。"

林曜来回深呼吸了两回，努力露出和善的表情："没关系，能探听到一个消息就已经很棒了。"

啊，这个表情，是临终关怀吗？"我是不是因为太废物要被杀掉？！"谢呆瑟瑟发抖地抓着谢星忱的衣服，"救我，救我，救救我！"

林曜抬手撑着自己的嘴角，露出迷茫："我看着有这么可怕吗？"

谢星忱闷着头直笑，真正的高情商就是要懂得该在什么时候闭嘴。谢呆也学乖了，抬手捂住自己的嘴巴，生怕自己再说出些大逆不道的话。

为了修复关系，林曜拍了拍木床，重新躺回去："天还没亮，任务做完了，再睡会儿吧。"还在应激期的他身体很虚。

谢呆瞪大了圆溜溜的眼睛，一步一步挪过去，小心翼翼地蹲在他的脸颊旁边，就见着林曜放松地闭上了眼。真睡啊！帅哥果然是帅哥，好好看哦，睫毛好长，鼻子好挺，这么近看皮肤也很好，好想摸一摸……

谢星忱轻声威胁："不许乱来，我出去一趟，你陪着他。"

"收到。"谢呆抬手敬礼，在旁边尽职尽责地盯着林曜睡觉。

主人不说话的时候，简直是掌管美貌的神！盯了三个小时，见林曜还没醒，谢呆默默地又朝着前面挪了两步，脑袋抵着林曜的脸颊。终于和帅哥贴贴了，好爽！

林曜觉浅，被这么一碰就睁了眼，盯着那团凑过来的毛茸茸的小东西，环顾四周："谢星忱呢？"

谢呆在他的脸颊上蹭了蹭，一脸愉悦："不知道啊。"

"你怎么一问三不知？"林曜拎着它，从床上爬起来走到木屋门口。天色仍然昏暗，远方却露出了一丝玫红色的亮光。林曜索性坐在门槛上，随意支着腿，手指有一搭没一搭地捏着谢呆头上的毛，不知道是在等日出，还是在等人。

"谢星忱不会偷偷叫了救援，就这么把我们俩丢了吧？"谢呆突然警惕。

"不会。"林曜笃定地说完，愣了下，又说"应该不会。"

谢呆扭来扭去："你好信任他，你果真是口嫌体正直。"

林曜："你被植入的究竟是什么破烂程序？"

怕再多说话会被揍，谢呆抬头看着天空，顾左右而言他："太阳要出来了呢，好漂亮。"

林曜看向远处,昏暗的天空撕破了一道口子,亮堂的光染出了一抹玫红,衔接着一望无际的海,的确很美。而翻涌的浪里,突然出现了一个模糊的影子,越来越近,逐渐清晰。

林曜猛然起身,坐在他腿上的谢呆云里雾里地掉到了地上,头晕目眩地爬起来,抓着他的袖子重新爬回他掌心:"你要杀了我吗,亲爱的主人?!"

林曜狂奔过去,看到谢星忱出现在大海里,朝着自己的方向奋力地游。

"你跑海里去干什么?"他第一次这么大声说话,四周空旷,声音在天地间回荡。

谢星忱没回答,只是飞快游到了岸边,抬手把湿漉漉的头发随意抚上去,露出英俊的眉眼,浑身都在滴着水,从下巴落到小腹,滴滴答答,人却冲着他灿烂一笑,一身少年意气。

"看我给你找到了什么?"

一枚粉红色的水晶石正待在他潮湿的掌心。林曜怔住了。

"许愿晶石!我就知道有这个东西,你居然去了许愿岛,那么远,你就游过去的啊?"谢呆抓着林曜的衣服摇晃,激动得上蹿下跳,"你赚大了!是许愿晶石哎!"

林曜却一言不发,只是怔怔地看着他。

谢星忱大步朝他跑来,带着一身潮湿的风,笑着说:"傻了?怎么不说话?不喜欢吗?"

谢呆把翅膀搁在主人的脉搏上,而后不可置信地抬头:"你绝对喜欢……"

林曜伸手捂住它的嘴巴,低声道:"闭嘴,我知道。"

许愿岛的晶石不一定能实现愿望,但……就像世界上虽然没有圣诞老人，但总有人愿意扮演圣诞老人，今日，他终于成了收到礼物的那一个。

他看着那颗闪着水珠的粉红晶石，又抬眼看向等着答案的谢星忱，欢喜压住了风声："喜欢，我很喜欢。"

林曜感觉到那枚晶石被人放在了自己掌心，沉甸甸的。

"喜欢那就收好。"谢星忱看着他的反应，松了口气，想着总算没白跑一趟，"等回去找人做个坠子，可以戴在身上。"

林曜很难形容此刻的心情，像是轻飘飘地躺在天边粉色的云上，做一场醒不来的梦，但又不是梦。谢呆尖尖的嘴巴一直在戳他的手背，它终于理解了活在世上要时常学会放软身段的道理："松开我，松开我……"

"你快把它捏死了。"谢星忱很少看到林曜出神这么久，微微低头看着他，"在想愿望？"

他说话的时候，下巴上的水珠滑落，滴在摊开的手掌心，额头上的伤口还未好，又沾了海水，简直是不要命。林曜想骂他，却又骂不出口。

"嗯，在想愿望，暂时没想出来。"林曜还处于宕机模式，回答也像是人机。

"想不出来愿望就先不想。"谢星忱上半身裸着，风一吹就有点儿冷，抬手搭着他的肩膀往回走，"本来是想让你开心点，别本末倒置。"

"你……就拿了一个？怎么不多拿几个？"

谢星忱偏头看着他："独一无二才显得珍贵，贪心的话愿望就不灵了。不过我选了形状最漂亮的一个，不会有比它更好看的了。"

"去都去了,你为什么不帮我也拿一个?!"谢呆终于恢复元气,气鼓鼓地出声,"我想腿快点好呢!"

谢星忱眼神睥睨:"你?你跟我才认识一天,应该不值得我这么大费周章吧,心里有点儿数。"

谢呆:好好好,你要这样说,我再也不帮你了,气死你!

"不是吗?"谢星忱提醒它此刻的状况,"再说了,你都认林曜当主人了,还要什么多余的愿望?做鸟不要太贪心。"

谢呆忍无可忍,跳脚尖叫:"好好好,你清高,你了不起!"

林曜唇角轻轻地勾了下。

进了木屋,林曜在里面转了一圈,把自己伴手礼里的一大堆吃的都摆在谢星忱面前,放缓语气:"饿不饿?"

谢星忱:见鬼了!他瞬间正襟危坐,眼前这个努力露出和善微笑的人,真是林曜吗?

林曜低头,帮他拆开一大盒糕点,挑了个他应该喜欢的口味的递过去:"额头受伤还非要去,一会儿我再帮你清理下伤口。"

谢星忱跟谢呆对视一秒。这是不是在阴阳怪气地指责自己添麻烦?

谢呆一脸高傲地转过头,嘀嘀咕咕:"活该,谁让你对我出言不逊?你再也别想听到我谢呆呆一句高贵又实用的肺腑之言。"

谢星忱不明就里,但难得享受林曜的友善,于是凑过去,拿过林曜递来的糕点咬了一口,却差点儿呛死。

林曜又低头找了水递给他:"喝。"

见他眼睛一眨不眨地盯着自己,眼神像是要在自己身上烧出两个洞,谢星忱如坐针毡。是不是自己走的这段时间,他发烧把脑子烧坏了?怎么走之前和回来后反差这么大?又或者,是因为离开这么久没跟他讲,他不高兴了,故意阴阳怪气?

谢星忱一脸慎重,接过水喝了两口,斟酌着语气:"你……不是说拿到许愿晶石很开心吗?"

"开心。"林曜点了点头,"难道我表现出来的样子不是开心吗?"

看着还是平时清清冷冷的模样,但唇角上扬,微笑得也不那么僵硬,看起来的确心情很好。谢星忱迟疑了一会儿,笑道:"是吧,所以你现在对我这么热情是在感谢我?"

林曜"嗯"了声,被他这么看着,有点儿紧张。

谢星忱觉得他这个样子挺新奇的,又笑道:"不用,也不是什么贵重东西,你不用这么大反应。"

林曜:好吧。

谢呆在旁边低头愤愤不平地啄着糕点,才吃了两口就被呛得不行,掐着嗓子说:"啊,我忘了我不能吃这种人类的食物!"

然而无人在意。谢呆用两个翅膀掐着自己的胖脖子:"我要死了!没人管管吗?"

"机械鸟死不了。"话是这么说着,但林曜还是好心地拎起它的两条腿,悬空着上下利落地甩了几回,"嗯,吐出来了。"

谢呆头晕目眩:"你快把我肚子里的零件都抖出来了……"

谢星忱满意了,嗯,这手法、这操作,还是熟悉的林曜。他一边吃早餐,一边看着林曜把谢呆带回来的粉果洗干净,一颗一颗往嘴里扔。

"别吃,中毒了怎么办?"谢星忱提醒,"这种东西就像是野外的菌子,搞不好吃了就会陷入幻觉。"

"怎么可能有毒?!你们俩现在站在同一战线,就知道挑我的刺!"谢呆气得在桌上转来转去,"他早上等你的时候就吃了好多了，要有毒早发作了。"

林曜点头："就是。"

木屋里没有医疗用品，只在伴手礼里有一小盒湿巾，他拆开站到谢星忱面前，低下头，低声道："闭眼，可能会有点儿痛。"

谢星忱微抬着下巴，不肯闭嘴："没事儿，就这样。"

林曜命令道："闭上。"简简单单两个字，说出了"跪下"的气势。

谢星忱在他发飙之前照做。林曜的手法很轻，湿巾擦拭伤口周围时，触感冰冰凉凉。谢星忱觉得林曜今天真的很怪，怪得完全不像他了，准确来说，是不像是三个小时之前的他。

谢星忱看着他坐回原位，继续拿着果子一颗一颗往嘴里塞，猛然起身掐住他的下颌。

"怎么了？"因为被控制着，林曜的嘴巴被掰开，说话变得有些口齿不清。

谢星忱伸手，把还没嚼烂的果子拨弄出来，严肃告诫："别乱吃，你肯定已经中毒好几个小时了，实在是不正常。"

林曜被他捏着嘴，含糊不清地辩解："什么中毒？我没有，我很清醒。"

"中毒的人都觉得自己脑子没问题。"谢星忱垂着眼，冲他比画了个数字，"这是几？"

羞辱谁？算了，平静，深呼吸，不生气……

林曜语气温和："二。"

谢星忱多了个手指："现在呢？"

林曜继续压着脾气："三。"

谢星忱比出一整个巴掌，在他眼前再度晃了晃："再来一个？

对了就可以确认看来常识应该是没问题。"

林曜忍无可忍，毫不留情地冷声骂道："谢星忱你是不是有病啊？当我是智障吗？！"

对味儿了！

"这才像你，你刚才跟被幽灵附身了似的，怪吓人的。"谢星忱揶揄道，"别真吃果子吃傻了，到时候没医生，只能像个小傻子一样在岛上跑来跑去。"

有些人吧，天生就是欠收拾，非得让人骂两句才高兴。

"你再多说一个字！"林曜余光扫过桌上的粉色水晶，心弦微动，"许愿晶石都救不了你。"

谢星忱低下头，语气惋惜道："我以为好歹能当一次免死金牌。"

这时，木屋的门被骤然打开。两人双双回头，只见门口站着乌泱泱一群警卫，后面跟着裴一忠。终于找到了人，他抬手示意旁边的人先撤离，解释说："霍院说你们的飞行器出了故障，定位失效，玫瑰星又大，地广人稀，光是联盟长的人可能不够，所以我才带人过来。"

在没有定位的情况下，一天时间就搜索到了这里，已经算是行动迅速了。谢星忱利落地站直身体："没耽误，我们俩刚下海游泳回来。没想到裴将军竟然会比老头先找到，挺厉害的。"

"可能他对自己儿子也没那么上心。"裴一忠语气淡淡，他看向林曜，"没受伤吧？我送你们回去？"

林曜赶紧起身："没有，那就麻烦您了。"

谢星忱正要把长裤穿回去的时候，谢恒之带着人也到了。

"裴将军，好久不见。"谢恒之转头打着招呼，"突然对两个小辈这么热情，谢某真是感谢你的关心。"

"毕竟是从我那儿回去的,有必要护送到家,这点良心我还是有的。既然你来了,那谢星忱就不需要我多照顾。"裴一忠转身,话都懒得多说一句,"林曜,跟我走。"

这话一出,林曜头一回有了一种有人撑腰的底气。他淡淡地看向谢恒之,顺手把桌上的粉晶石握在了手心。谢呆藏在林曜的外套口袋里,挡着脑袋,生怕被人看见,被抓回去。

不过,这俩人怎么不坐同一架飞行器回去啊?谢呆一瞬间有了一种不知道该跟谁走的慌张。林曜帮他做了选择,手掌往下一按,彻底将它塞进了口袋,转身跟谢星忱说:"那我跟裴将军走了。"毕竟他实在不想看谢恒之那张脸,谁知道到时候对方又会说出些什么难听的话。

眼看着林曜要走,谢星忱抓着还没来得及穿的外套跟过去:"我跟你一起。"

谢恒之轻咳了声,表情不悦:"当你爸是透明的?"

"裴将军是客人,我得陪陪,尽地主之谊。"谢星忱说话滴水不漏,倒也没在人前驳了他爹的面子,只是跟上的脚步太快,显得实在是父子不亲。

裴一忠的飞行器很大,坐几十个人也绰绰有余,警员们整齐地坐在前排,他们仨坐在最后,气氛有些凝滞。

距离回去的时间还有近十个小时,裴一忠看出了他们的尴尬,也没为难:"后面有卧铺,你们要是没休息好,就去睡会儿。"

林曜睡了好久才刚起来,根本不困,过去还得装睡。但这会儿台阶在面前,他赶紧顺着就下,十分刻意地打了个哈欠:"是困,那我去了。"

谢星忱也准备起身,却被裴一忠叫住:"你先留一下。"

"将军还有事？"谢星忱挑眉，仍然觉得他对于林曜的关注度实在是过高。

裴一忠看着林曜进隔间的背影，直截了当地问："你跟林曜到底有什么秘密？"

谢星忱愣了下，笑道："将军怎么会这么问？"

"我……我把林曜当自己儿子看，我是想提醒你，你爸不会想看到你们两个有任何瓜葛，绝对不会。"裴一忠淡声道，"你如果要站在他这边，就请做好断绝父子关系的准备，不然不要再靠近林曜。"

谢星忱盯着他看了一瞬，过往一系列奇怪的举动串联在一起，让他突然有了个大胆的猜测："您是想把他当儿子，还是觉得他就是您儿子？"

是他之前误会了，以为人家是想要招上门女婿。所以，次次拖家带口的出现，凑巧的生辰，莫名的亲昵，裴湘的热情，是因为彼此是血缘至亲吗？

裴一忠沉默不语，而他的反应已经代表了一切。

谢星忱盯着他的眼睛出声："那林曜受欺负的时候，您在哪里呢？现在弥补，不觉得太晚了吗？裴湘过着锦衣玉食生活的时候，他在发传单，睡地下室。等了十八年都没有等到的爸妈，现在才出现，不觉得讽刺吗？"

"不是的，他刚出生就被人带走了，我一直在找他，找了十年。"裴一忠喉结滚动，松了口，告诉了他那段沉痛的过往。

"八年前，实验室爆炸，发生大火，我们才找到那里，等来的却是他死亡的消息，我们家里现在还有他的墓碑。当时，我们找到尸体的时候，尸体已经被烧焦碳化，一碰就碎，无法提取DNA，但尸体和他的贴身警卫在一起,手腕上有写着代号的标牌,脖子上还戴着我们家族特制的项链,怎么看都是我们家的孩子,所以当天就带回去下葬了。"

林曜把可以验证身份的东西留给了别的小孩,伪造了自己的死亡?谢星忧难以想象,一个十岁的孩子,为了从那里逃出来且不被继续追查,在大火里惊慌出逃时,竟然还周密地设计了后路。可也正是因为这个举动,林曜阴差阳错地错过了前来找寻自己的父亲。

谢星忧终于懂了裴一忠不敢和林曜相认的原因,他不是出于迟来的愧疚,而是怕林曜会后悔当初的选择,会更加痛苦。他陷入了漫长的沉默。

裴一忠抬手抹了把脸,一向淡然的表情上此刻带着痛苦:"我不知道实验室背后的人是谁,大火之后,就再也没有任何线索。林曜太苦了,我不想他再受到任何折磨。我跟你坦白这些,是觉得你是个好孩子,应该知道怎么做对他的伤害最小,对吗?"

"你想让我跟他划清界限?"谢星忧反问。

"我是想让你做决定,林曜和谢恒之,你只能选一个。"裴一忠说,"在你想好之前,我劝你不要做多余的事。"

谢星忧笑了,语气笃定:"那我当然选林曜啊,这还用问吗?"

没想到他答得这么爽快,裴一忠有些愣神儿:"什么?"

谢星忧表情平静,声线却不太稳:"我爸有两个儿子,没了我,他还有谢允淮。但林曜的朋友不多,没了我,他就真的没有可以说真话的人了。"

裴一忠红了眼圈,停顿了许久,才欣慰地点头说:"好,我知道了,我没看错人。今天跟你说的事,暂时对他保密。我希望以更温和的方式,让他慢慢接受。"

原以为是个狠心父亲抛弃孩子,没想着居然是这种情况。谢星忱抹了一把脸:"这事儿确实是难搞,林曜已经习惯了一个人,您还是做好心理准备吧。"

"嗯,知道。"裴一忠抬了抬下巴,"去吧。"

谢星忱站在门口整理了一下情绪,过了好一会儿才笑着推开门,只见林曜和谢呆不知道为了什么事儿正在斗嘴。

"这么基础的知识你都没有,当初给你设置程序的人是不是文盲?"林曜冷言嘲讽。

谢呆上蹿下跳,大呼冤枉:"我是陪伴机宠,又不是智能百科,你的要求也太高了吧!"

"蠢货。"林曜骂完,转头看向站在门口的人,"他跟你说了什么,讲这么久?"

"你猜?"谢星忱懒洋洋地走进去,居高临下地看着他,"天天换着方式霸凌谢呆,别把它搞自闭了。"

林曜直接忽略后半句,揣测起裴一忠找谢星忱的原因,迟疑地说:"他不会想把裴湘介绍给你吧?这老头儿怎么天天想着把小姑娘许配出去啊?"

谢星忱突然一笑:"没有。"

和裴湘无关,那还能是什么?他很好奇,便问:"那裴将军跟你说什么了?"

"说你。"谢星忱打算帮裴将军一个小忙,"他想认你当干儿子,又怕直接跟你讲会被拒绝,就拐弯抹角地找我想办法。"

谢呆扑棱着翅膀,上蹿下跳:"好啊,好啊!"

"闭嘴。"林曜伸手把那只蠢鸟抓过来按在桌上,疑惑地问,

"为什么是我,因为我是孤儿吗?"

谢星忱"嗯"了一声,试着说出一点儿实情:"你无父无母,他的儿子在很小的时候就去世了,所以他对你一见如故。他没别的意思,也没想要让你当女婿,就是单纯地想找点寄托。他们一家人还不错吧?"

想到那些精心准备的伴手礼,林曜动了动唇:"但……我们不熟,这很奇怪。"

其实,还是渴望亲情的,对吗?谢星忱观察着他的表情,试着引导他:"你不需要做什么,就把他当成一个普通的长辈,他对你好,你就接着,不要有负罪感。"

"不需要回报吗?"林曜抬眼看他,"我好像给不了他什么……"

谢星忱非常确定地说:"不需要,你的存在,对他来说,就是回报。"

林曜从来没听过这样的话。

他一直觉得,世界上任何一种爱都是相互的,甚至可能要付出更多,才能得到可怜的一点儿。因此,他以前时常安慰自己,反正也生性冷淡,正好省了麻烦。但现在谢星忱告诉他,爱不需要交换,只需要存在于世上,就会有人来爱你。这简直颠覆了他的人生观。

"我……"林曜仍然觉得忐忑,"我怕我做不好,我没有跟长辈相处的经验。"

"我说了,你什么都不用做。"谢星忱笑道,"将军比你多吃这么多年的饭,自然能够理解你。再说了,他需要你,胜过你需要他,这些事情就该由他来考虑。"

林曜思考了很久,才点了点头,松了口:"那你帮我跟他说,试试吧，我也试着把他当……干爹。"因为从来没说过类似的字眼，说完，他就别过了脸。

"他肯定很高兴。"谢星忱笑道，"我去跟他讲。"

林曜看着机舱外的繁星，陷入长久的沉默，不知道在想些什么。

谢星忱没再打扰他，转身出去向裴一忠汇报战果，总算是扬眉吐气："看吧，林曜现在特别听我的话。"

裴一忠肃然起敬："你真厉害。"

"那当然。"谢星忱十分不要脸地包揽了所有功劳，顺便给出经验，"你也别天天待在南河星了，多在他跟前晃晃，刷刷存在感。等时机成熟了，来个父子相认，抱头痛哭，多感人呀。"

裴一忠很无语，不过，他没用"荒星"这个大家调侃贬低的名字，而是十分尊重地用了原名，已经是十分有涵养了。

"行，听你的。"裴一忠现在对他十分满意，直言不讳地说，"你唯一的缺点，就是生成了谢恒之的儿子，那老东西，简直……"

谢星忱"哎"了一声，语气很是无奈："亲爹可选不了，我也没办法啊。"

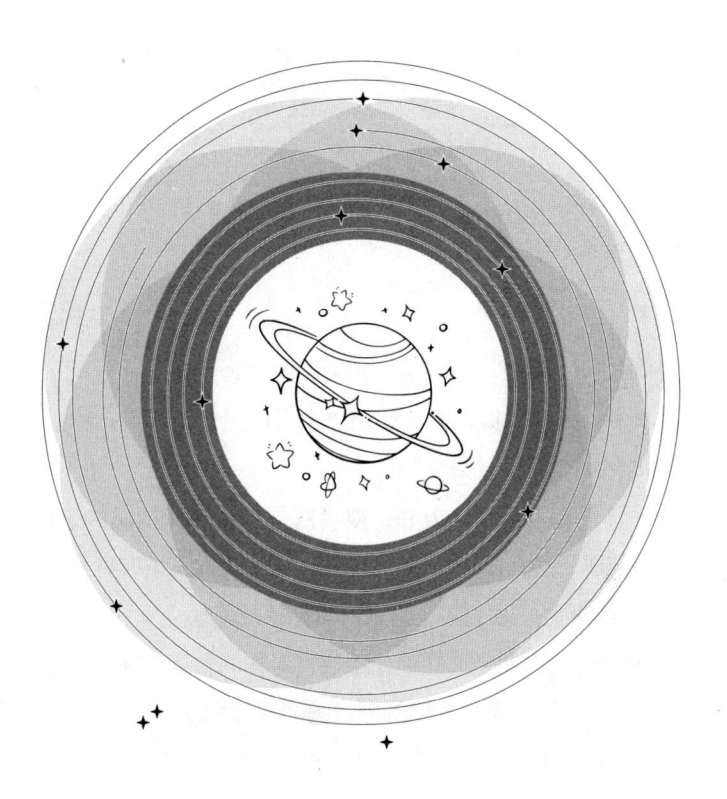

番外　酸甜

"林曜今天又赢你了,要不找兄弟再教育他一顿?"

放学后,人群熙攘,谢星忱偏过头看向说这话的人,脸上的笑意瞬间淡去:"你说什么?"

他平日里看上去脾气很好,很少露出这么有压迫感的表情,对方的声音弱了些,低声抱怨:"老被他压一头你不生气吗?上次我揍他的时候明明威胁过了,这家伙真是软硬不吃。"

"你动他了?"谢星忱猛地伸手拽过对方的衣领,直接把人从地上提到半空,压着火问,"之前那次赛前他受的伤是你打的?"

怪不得林曜每次跟他交手,都带着难以遮掩的恨意,他总以为是两人气场不合,原来这才是缘由。

"我还不是为了……喀喀……帮你……谢……"对方挣扎着想要从他的手掌中夺回一点儿新鲜空气,"松……开……"

"我们不再是朋友了。"谢星忱咬着后槽牙,把人重重扔到一边,低下身警告道,"你再敢碰林曜一下,你伤他多少,我还你十倍。"

他的声音不重,却让对方感受到了巨大的威胁,瞳孔紧缩:"你……居然为了他跟我翻脸?"

谢星忱冷着脸,没再多说一个字,只是飞快地起身,快步朝着前面的背影追过去。他伸手拽住了男生的手腕："等一下。"

林曜回头，看见了那张讨厌的脸，又低头看着被他抓紧的手腕："有事？"

谢星忱滚了滚喉结，不知道该从何开始解释，那件事与他无关，又与他直接相关，这账怎么算都只能落在他头上："上次比赛你被打的事不是我的意思，但我……"

"不用再说了。我不想再提。"林曜干脆利落地抽回手。动作间，手背划过了谢星忱外套上金色的袖扣。那玩意儿看起来做工精细，林曜对他这副富家子弟的做派更是嫌弃地皱了眉。

谢星忱没法再解释，只能先道歉："对不起。"

林曜头也没回。他很瘦，风吹过他的校服衬衫，薄薄的衣衫贴上后背，隐约还能看到之前留下的还未痊愈的疤痕。

谢星忱再次快步追过去，试图叫住对方："我把奖金还给你，你再揍我一顿，揍到你消气为止。"

林曜回过头，眼神淡漠地看了他一眼，嘲讽道："少爷今天又想找什么新乐子？再跟着我，我只会更讨厌你。"

谢星忱猛然顿住了脚步，没再往前一步，只是动了动唇，却没有发出半点儿声响。他们俩关系太差了，次次都如同今天这般剑拔弩张，以至于他想要着手修补，都不知道从何下手。

谢星忱隔着一段距离，跟着他走了很长的路，看着他打工、忙碌，想象着他之前受了那么重的伤，是如何一个人强撑下来的。

旁边是家蛋糕店，他快步走进去，跟店员交代了几句，又给了他一笔钱，然后再次回到拐角，看着林曜一脸疲惫地收拾着最后的桌椅。

"小林，下班了哦。"店长语气带着歉意，"今天后厨没有剩下的菜了，要不我给你煮碗面吃了再走？"

林曜抬手擦了擦额头上的汗，语速很快："没事，我不饿。"他生怕麻烦对方，把围裙脱下来折叠好转身就走，"不用麻烦了，明天见。"

只是刚出门，他的肚子就很轻地叫了一声。路过旁边的蛋糕店时，他的目光落在了橱窗里的精致圆台上，他咽了咽口水，又重新低下头。

"哎，帅哥！"有人好像在叫他。

林曜抬起头，看到里面的人透过那扇玻璃窗朝着他招手："来！恭喜你成为今天的幸运顾客，可以免费得到一个蛋糕！"

林曜环顾四周，见周围空无一人，不确定地指了指自己："我？"

对方点了点头，热情招揽："就是你，来！"

林曜云里雾里地走进去，看着他把一个包装精致的盒子递过来。蓝色丝带打成了漂亮的蝴蝶结，看上去价格昂贵。他有些手足无措，低声道："这太贵了，我没钱买。"

"免费的。"对方笑嘻嘻道，"本来是一个顾客订的，可是他突然又不要了，我就自作主张决定送给关门前碰到的最后一个路人，那个幸运儿就是你。"

林曜一直不觉得自己是个幸运的人，从小就不是。但此刻他捧着那个蛋糕，像是捧着至高无上的珍宝，心口发酸，又觉得高兴："免费的？那我真的很幸运，谢谢。"

他拎着蛋糕出了店，走了一段路，来到了街心花园的长椅旁。之前很长一段时间他都睡在这儿。一群小猫看到熟悉的人，瞬间围过来"喵喵喵"直叫。林曜先从兜里摸出随身携带的猫粮摊开在地上，喂过它们后，才小心翼翼地拆开了蛋糕盒上的丝带。他盯着蛋糕看了好一会儿，才切下来一小块，低头郑重地咬了一口。

"橙子味的，酸甜口。"林曜自言自语，"还挺好吃。"

谢星忱站在昏暗里，看着他默默吃蛋糕的模样，脚边那群无家可归的小猫安静地陪在一旁。他看到林曜脸上露出了他从未见过的笑。

"对不起，林曜。"谢星忱轻声开口，唇边的话变成淡淡的雾随风飘远，"往后都这样笑吧，不会再受苦了。"

昏黄的路灯一排排地亮了起来，像是亮起了一条光明的路。

林曜咬着蛋糕，抬起眼，恍惚间看到了一道身影，露出的金色袖扣在昏暗里轻轻闪烁了一下，像是银河里突然闪耀的暗星。

（未完待续）

© 团结出版社，2025 年

图书在版编目（CIP）数据

暗星长曜 / 欲汀著. -- 北京 : 团结出版社，2025.
8. -- ISBN 978-7-5234-1832-1

Ⅰ．Ⅰ247.5

中国国家版本馆 CIP 数据核字第 20254YZ514 号

责任编辑：张　茜
封面设计：青空·阿鬼

出　　版：团结出版社
　　　　　（北京市东城区东皇城根南街 84 号 邮编：100006）
电　　话：（010）65228880 65244790
网　　址：http://www.tjpress.com
E-mail：zb65244790@vip.163.com
经　　销：全国新华书店
印　　装：三河市兴博印务有限公司

开　本：145mm×210mm　32 开
印　张：9.125　　　　　　　字　数：204 千字
版　次：2025 年 8 月　第 1 版　　印　次：2025 年 8 月　第 1 次印刷
书　号：978-7-5234-1832-1
定　价：49.80 元

　　　（版权所属，盗版必究）